挖掘

（英）贝琳达·鲍尔 著
孔保尔 译

新星出版社 NEW STAR PRESS

图书在版编目（CIP）数据

挖掘 /（英）鲍尔（Bauer,B.）著；孔保尔译. --北京：新星出版社，2012.8
ISBN 978-7-5133-0802-1

Ⅰ.①挖… Ⅱ.①鲍… ②孔… Ⅲ.①长篇小说—英国—现代 Ⅳ.①I561.45

中国版本图书馆CIP数据核字（2012）第170062号

BLACKLANDS by BELINDA BAUER
Copyright © 2010 BY BELINDA BAUER
This edition arranged with GREGORY&COMPANY AUTHORS' AGENTS
through BIG APPLE AGENCY, LABUAN, MALAYSIA.
Simplified Chinese edition copyright
2012 NEW STAR PRESS
All rights reserved.

挖掘

（英）贝琳达·鲍尔 著；孔保尔 译

责任编辑：徐蕙蕙
责任印制：韦　舰
装帧设计：李　冰
出版发行：新星出版社
出 版 人：谢　刚
社　　址：北京市西城区车公庄大街丙3号楼　100044
网　　址：www.newstarpress.com
电　　话：010-88310888
传　　真：010-65270449
法律顾问：北京市大成律师事务所
读者服务：010-88310800　service@newstarpress.com
邮购地址：北京市西城区车公庄大街丙3号楼　100044
印　　刷：三河兴达印务有限公司
开　　本：910mm×1230mm　1/32
印　　张：8.875
字　　数：206千字
版　　次：2012年8月第一版　2012年8月第一次印刷
书　　号：ISBN 978-7-5133-0802-1
定　　价：28.00元

版权专有，侵权必究；如有质量问题，请与出版社联系更换。

1

埃克斯穆尔高地满眼是一片灰蒙蒙的欧洲蕨丛,遍野乱长的平淡野草,刺荆豆和去年的欧石南,满目苍荒,暗无天日,仿佛遭雨浇灭的火灾,景色惨淡,树木萎靡,高沼地天寒地冻,荒野无敌,展现出冬天无尽的肃杀。蒙蒙细雨融化了天际,使天地在能见的路标周围变成了一个模糊不清的灰膜——一个穿着黑色光滑防雨裤没戴帽子的十二岁男孩,孑然一人拿着一把铁锹。

雨已经下了三天,但草根、欧石南根和荆豆根盘结在土里,依然抵抗着铁锹的侵入。斯蒂文面不改色;他又一次把铁锹刃掘进土里,感觉到一个令人满意的小小的撞击之感直达腋窝。这一次,他划了一个标记——在他周围宽广的地带上划了一个细细的人字形标记。

斯蒂文还没有来得及划下一个标记,第一个窄窄的长条里已经灌满了水，继而又消失了。

三个男孩低头垂肩地走在希普考特大街的雨中，双手深深地插进衣服口袋，连帽夹克衫的帽子遮住他们的小脸，双肩弓起，一副迫不及待地要逃离大雨的模样。但是，他们无处躲避，只能在雨中跌跌撞撞地行进，哈哈大笑，咒天骂地，只是为了老天知道他们的存在和他们依然拥有的锦绣前程。

那条大街狭长蜿蜒，而且，在夏天，熙来攘往的游客会对门开在右边对着人行道并有古老而别致的百叶窗油漆成海滨蓝颜色的排房笑脸盈盈。然而，下雨使一幢幢黄色、粉色和天蓝色的房子变得黯然失色，成为那些年龄小得、老得和穷得出不了门的人的一个避难所。

斯蒂文的奶奶目不转睛地看着窗外。

她以格罗莉娅·马纳斯之名开始她的人生。之后，她成为了罗恩·皮特斯的妻子。成为人妻之后，她成为莱蒂的妈妈，然后是莱蒂和比利的妈妈。后来，她当了很长时间的"可怜的皮特斯太太"。现在，她是斯蒂文的奶奶。但是，她骨子里永远是"可怜的皮特斯太太"；一切都改变不了这一点，就连她的孙子们也改变不了这一点。

傍晚时分，前窗上落满了雨水。马路上的人们早已经把他们的灯光打开了。一个个屋顶与一堵堵墙壁大相径庭。有的还盖着古老的陶瓦，青藓绿苔遍野瓦上，有的是盖着映出多雨的天空的平灰石板。星罗棋布的屋顶上方，高沼地的顶上雾气蒸腾，一览无余……一个颜色柔和、形状圆圆的东西来自那个方向。从装有中央暖气设备温暖的前屋到开始在厨房里鸣哨的水壶，那幢房子实际上看起来很简约。

三个男孩中个子最矮的男孩用手掌心拍了拍窗户,斯蒂文的奶奶吓得往后退缩。

孩子们哈哈大笑着跑开了,虽然没有人在后面撵他们。他们知道绝对不可能会有人撵他们。"爱管闲事的老东西!"他们其中一个人回头喊了一句,但是很难看清是谁喊的,他们脸上的风帽都遮掩得很低。

莱蒂匆匆跑进屋里,气喘吁吁,惊慌不安。"怎么啦?"

但斯蒂文的奶奶仍然站在窗前,没有转身看她的女儿。"茶准备好了吗?"她说。

斯蒂文将他带兜帽的夹克衫、湿透的冒着刚刚费过九牛二虎之力造成的蒸气的T恤衫搭在肩上便离开了高沼地。经过几代步行者从欧石南中踩出的一条小路泥泞不堪。他走着走着停了下来——锈迹斑斑的铁锹像一支来福枪似的扛在另一个肩膀上,直冲村里。街灯已经亮了,斯蒂文感觉像一个天使或者一个外星人似的,从高处眺望着黑黝黝的住宅和住在下面的小人。他一看见三个穿着连帽夹克衫的孩子在水汪汪的马路上奔跑,不由自主地急忙弯下了身子。

他把铁锹藏在湿滑台阶附近的一块岩石后面。虽然那把铁锹已经生锈,但还是有人会把它拿走。他不能把铁锹拿回家,铁锹也许可能会引起一些他不能或者也不敢回答的问题。

他走向房子旁边狭窄的过道。现在他已浑身冰冷,跑到花园的水龙头下脱掉软底运动洗冲鞋时全身发抖。这双鞋以前是白颜色的,走路时发出蓝色的亮光。他的妈妈如果看到这双鞋成了这般模样会气得发疯的。他用两个大拇指把鞋揉搓揉搓,将鞋上的泥挤掉,直到鞋只是脏为止,然后把鞋使劲儿甩了甩。泥水溅到了屋子的侧面,但雨水很快便将泥水冲洗干净了。他的灰色校服的短袜沉甸甸、湿漉漉的;他把校袜脱了下来,双脚冻得煞白。

"你都淋湿透了。"他的妈妈从后门注视着,她脸色憔悴,深蓝色的两眼晦暗无光,犹如北海。雨水落到了她向后梳着一个小小的、功能性的马尾辫的稻草色头发上,她猝然把头缩回屋里将头发上的雨水抖落干净。

"我知道我淋湿了。"
"你到哪儿去了?"
"和刘易斯在一起。"
这不是一个严丝合缝的谎言。他一放学是和刘易斯在一起来着。
"你们在干什么?"
"没干什么,确实没干什么。你知道的。"
他听见他的奶奶在厨房里说:"他放学后就应该直接回家!"
斯蒂文的妈妈瞪着他湿漉漉的衣服。"这双软底运动鞋在圣诞节可是新的。"
"对不起,妈妈。"他一副垂头丧气的表情,这种表情常常奏效。
她叹了一口气。"茶泡好了。"

斯蒂文吃饭就像他的胆大一样那么快,那么多。莱蒂站在洗涤槽旁边抽着烟,把她的烟灰掉到排水孔里。在这幢老屋里,他们开始和奶奶一起生活之前,他的妈妈过去总是与他和戴维围桌而坐。她常常与他们一起吃饭,常常与他说这说那。而现在,她的嘴却总是闭得紧紧的,一言不发,尤其是当她的嘴上叼着香烟时更是一句话不说。

戴维舔掉他炸薯条上的番茄酱,然后小心翼翼地将每一个炸薯条推到他的盘子边上。

奶奶把她裹了面包屑的鱼肉切成一条一条,用疑惑的目光将每一个鱼条检查完后才吃完。

"鱼怎么啦,妈妈?"莱蒂轻轻弹掉过长的烟灰。斯蒂文面色紧张地看着她。

"骨头。"

"那是鱼柳,盒子上是这样说的,鲽鱼柳。"

"他们总是会漏掉一些骨头,你不能太听他们说的。"

出现了很长时间的沉默,斯蒂文在良久的沉默中听着他自己咀嚼食物的声音。

"吃了你的炸薯条,戴维。"

戴维吹胡子瞪眼睛地说:"薯条全都潮了。"

"你舔了那些薯条之前咋不说潮了,你咋不说?你咋不说?"

在一遍又一遍的追问中,斯蒂文停止了咀嚼,但奶奶的叉子却在刮着盘子。

莱蒂迅速走到戴维旁边,拿起一根受潮的炸土豆条。"吃了它!"

戴维摇摇头,下嘴唇开始战栗起来。

随着默默的郁闷,奶奶喃喃地说道:"丢失物。如今的孩子们根本不知道食物是怎么来的。"

这时,莱蒂弯下腰在戴维短裤下面的赤裸大腿上狠狠打了一巴掌。斯蒂文眼睁睁看着他的弟弟皮肤上的白色手印很快变成了红色手印。虽然他爱戴维,但是每当看到有人而不是他自己遇到麻烦,总是能给斯蒂文一个小小的刺激感。而现在,看着她把他的弟弟猛地一下推搡出厨房外,推到了楼梯上,他的弟弟叫喊得声嘶力竭,他感到好像他无论如何都得到了一种荣誉似的:他妈妈压在心底里的愤怒消除了的荣誉。谁知道呢，他把对奶奶的不满情绪经常撒到他身上，拿他出气。但是，这是斯蒂文一直想在某个时候做进一步证明的事情——戴维在五岁的时候终于到了能够遭受在游泳池训练那份罪的年龄。这是一个不深的游泳池，或者是一个不危险的游泳池，但是管它呢。他的妈妈动辄发怒和对待他们的粗暴行为，在斯蒂文看来是对他们减半的处罚。也许根本就算不上是处罚。

这会儿，他的奶奶还在不停地吃鱼，虽然每吃一口都显然会有一个潜在的危险。

虽然戴维现在啜泣的声音很低沉，但斯蒂文还是以探求的目光与奶奶取得联系。终于，她瞥了他一眼，给了他一个转动眼睛的机会，仿佛这个调皮的孩子的沉重负担被人分担了似的，这份分担使他们的关系更进了一步。

"你也不怎么好。"她说完又把注意力放回到了她的鱼上。

斯蒂文的脸腾地一下变红了。他认为他很好！如果他能够向奶奶证明这一点，一切事情都会不一样了——这一点他是很清楚的。

当然，这全是比利的错误——就像平常一样。

斯蒂文屏住了呼吸。他听到他妈妈正在洗餐具的声音——瓷器在水中的碰击声——他奶奶擦干餐具的声音——许多盘子放在餐具架上发出更高、像音乐似的刮擦声。末了，他慢慢开开比利房间的门。有股好闻的味道，香甜的，像是床底下放了一个桔子。斯蒂文感到门在他身后咔嗒一声轻轻地响了一下。

窗帘都拉上了——总是拉上的。窗帘与淡蓝和深蓝相间的正方形的床罩相匹配，却与使人晕眩的棕黄色地毯不协调。地板上放着一个造了一半的莱哥拼装玩具空间站和自从斯蒂文上一次来访时一只小蜘蛛织成的看上去像是一个天然扩展坞的网。现在，这个网在那儿等待捕捉从肮脏的卧室的外层空间飞来的卫星哩。

有一条垂落的围巾钉在床上头的墙上——天蓝色和白色相间的，曼彻斯特城的——斯蒂文对比利产生了一种习惯上的怜悯之心和愤怒：死后仍然是一个失败者。

斯蒂文有时候爬进这里来，好像比利也许会在另一个世界的岁月中走过来对着这个外甥的耳朵低声细语地说一些秘密和方案似的，这个外甥与其说是已经充分享受了人生，又过了一次生日，不如说是他自己故意安排的。

斯蒂文很久以前就放弃寻找真实线索的希望了。最初，他可能认为比利舅舅也许可能会留下一个他自己死亡预感的证据。一本关键性的页码折角的书《五小危险》，字首"AA"潦草地在床头柜的木头桌面上写着，散落的莱哥拼装玩具显示出罗盘的点和 X 标志的点。那件事情发生以后，一个观察力很强的男孩儿可能发现并破译了潦草的双 A 字迹的意思。

但是，什么也没有。只有这个已经成为历史和令人苦痛的所见所闻，和一张瘦瘦的，长着粉红色脸蛋儿、歪歪扭扭的牙齿、被他的大笑几乎挤得要闭上的深蓝的眼睛的漂亮孩子在学校照的照片。很久以前，斯蒂文就意识到这张照片肯定是后来放到这里的——没有一个孩子有本事能在他的床头柜上拥有一张自己的照片，除非显示他正在拿着一条鱼或者一个奖品。

十九年以前，这个十一岁的孩子——大概很像他自己——厌倦了他想象的空间游戏，便在一个天气暖和的夏夜到外面去玩，很显然，很令人生气，不知道他竟然在一个星期天的下午再也不回来把他的玩具收起来或者对着电视挥舞他的曼城围巾，甚至连床铺也不整理了，这些事情，他的妈妈——斯蒂文的奶奶——后来帮他做了许多。

有一次，晚上七点十五分过后，报贩雅各比先生卖给斯蒂文一袋麦提莎巧克力后，比利舅舅走出假象的孩提世界，进入了活生生的恶梦王国。报贩的摊子和这幢房子之间的距离在二百码以内——斯蒂文每天早上和晚上要从学校走二百码的路——比利舅舅感到很是无地自容。

斯蒂文的奶奶一直等到晚上八点半以后才打发莱蒂出去寻找她的弟弟，一直到九点半，这时，夜幕正在降临，她自己也到外面去了。在灯火辉煌的夏天之夜，孩子们玩耍的时间长得超过了他们冬天上床睡觉的时间。但是，直到邻居特德·米德尔说也许他们应该报警，斯蒂文的奶奶从此以后才从比利的妈妈变成了"可怜的皮特斯太太"。

可怜的皮特斯太太——她的丈夫六年以前骑着自行车摇摇晃晃地走到巴恩斯达帕尔公共汽车道上被公交车愚蠢地给压死了——他还一直在等待着比利回家呢。

一开始，她在门口等着。一个月来，她每天都在门口站一整天，十四岁的莱蒂从她身边挤过去去上学，然后在三点五十分准时回来再把她的母亲从忧郁中拯救出来，她几乎都没有注意到——如果这件事情是可能的话。

天气突变的时候，可怜的皮特斯太太就在她上上下下都能够看到马路的窗前等着。她在一次雷暴中变成了一只小狗的神态——机警，眼睛睁得大大的，紧张。街上的任何动静都会使她心跳剧烈，浑身激灵。然后她就会突然倒下。这时，雅各比先生、萨莉·布伦凯特和蒂思柯特就会变得神态各异,不管对她发挥出多么大的想象力,她都不认为他们看起来像一个留着金黄色板寸头、脚穿新耐克软底运动鞋和手里拿着吃剩半袋麦提莎巧克力的脸色红扑扑的十一岁男孩。

莱蒂学会了做饭,学会了打扫卫生,学会了呆在她的房间里,这样她就不必看着她的母亲在马路上浑身激灵的情景了。她始终对比利是最受喜爱的人产生怀疑,现在比利不在了,她的母亲不再有力量隐藏这个事实了。

所以,莱蒂故意装作一副怒气冲冲、桀骜不驯的样子,借以保护自己的弱点,这个弱点是只有十四岁,惊恐和以不相上下的程度为失去她的弟弟和妈妈而感到遗憾,仿佛她的弟弟和妈妈在那个天气温暖的七月的晚上是被她夺去了生命似的。

比利舅舅怎么能不知道呢?当斯蒂文又一次环视了这间毫无线索、死气沉沉的房间后,他感到那股怒气油然而生。怎么能没有一个人知道他们将要发生的那件事情呢?

2

比利失踪一年之后,一个来自埃克塞斯投递邮件的司机在别的地方因为别的事情被抓了。

一开始,一个名字叫梅森·丁格尔的小男孩儿对那个司机对他的闪露性器官行为进行控告以后,警察只对阿诺德·埃夫里进行了询问。

阿诺德·埃夫里对一个小孩露阴已经不是第一次了——虽然,当然这件事情他一开始并没有向警察招供——但是,用计将十五岁的梅森·丁格尔引诱到他的厢式运货车上,埃夫里没有意识到会遭到报应。

梅森·丁格尔本人并不为警察所了解。他矮小的个头和唱诗班男童歌手的相貌仅仅是一个幸运的假象,这个幸运的假象掩盖了普利茅斯的"凤头麦鸡"身份这一令人恐惧的真实面目。胡涂乱画，敲诈勒索，非法侵入全都是梅森·丁格尔的先天遗传，警方知道，之前丁格尔少爷以传统的家族习俗追随他的弟兄们，只是个时间问题——这就是正在过着的一种关押生活。

但是，梅森·丁格尔到那儿以前（他绝对到那儿了），他帮助抓获了那个人，后来通俗小报将他称为"厢式货车的扼杀者"。

当然，警方根本就不知道这么一个小孩儿杀手逍遥法外了。孩子们一个接一个地失踪，只发现了两三个死尸。但是，这事在全国都有发生，警察当局在八十年代除了最引人注目的谋杀竟然案在任何案件上都没有办法交换信息。因为所有的政府部门都在对改进工作作风、人力资源和资料库进行低声抱怨，警方的案件侦破率始终停留在很一般的水平，他们往往会周期性地用在通常的嫌疑犯名单上扎上一针来达到目的。

但是不管怎么说，知道梅森·丁格尔参与诉讼程序之前，阿诺德·埃夫里的受害人并没有被发现一人，埃夫里本人也从来没有被抓住过一次，就连开车超速处罚单都从来没有接到过，所以全世界的资料库都不会将他的名字扔到检察官的办公桌上。

于是，当他看到梅森·丁格尔独自一人毫无疑问地在破烂的凤头麦鸡儿童游乐场的一个红色塑料秋千的座上龙飞凤舞地写下流话时，埃夫里便将他的白色厢式货车开过来，做好自己的准备工作，打了一声唿哨引起那个男孩儿的注意，这种情况就连自信的德文和康沃尔郡警察局也没有办法，任何其他地区的警察局也没有办法。

这时，梅森抬起头看了一下，看到他讨人喜欢的脸蛋儿，埃夫里的心一下子提到了嗓子眼儿。他朝那个男孩儿招了招手，梅森缓步走到了那辆厢式货车跟前。

"能给我指指路吗？"

梅森·丁格尔扬了一下眉毛表示同意。埃夫里现在发现，有关他的一切情况都像是一个小男子汉。这里是一个小男孩儿和几个大哥在一起的场面，他是否以前见到过一个。他无精打采地坐在那儿的样子，坦率而又急于想得到帮助的态度，在刮净的太阳穴旁边柔软的小耳朵后面夹着一支香烟。但是，啊，他的脸！一张天使般的脸！

"马上吗？老兄？"

"是的，"埃夫里说，"你能在这张地图上给我指指工业园在哪个位置吗？"

"就在那儿，往左拐，老兄。"

"你能在这张地图上指给我吗？"

梅森叹了口气，然后把头伸进厢式货车，低头看着铺在埃夫里腿上的地图。

"你能把它给我指一下吗？"

停了一会儿，梅森·丁格尔没能明白他想要看到什么，然后他稍稍甩了一下头，把头撞到了门框上。埃夫里以前见过这种反应。现在会发生两种情况中的一种情况：要么那个男孩儿会开始脸红，说话结巴，迅速退缩，要么他会开始脸红，说话结巴，感到被逼无奈——因为埃夫里是一个问他问题的大人——指向地图的那个地区，因为他的手离那个地区只有几英寸的距离。一旦那种情况发生的话，事情就能朝任何方向发展——有时候事情就是这样发展的。埃夫里宁愿要第二个反应，因为这能延长冲突时间，但是第一个反应也不错，因为能在他们的脸上看到恐惧，局促不安和羞愧的表情，在白天快要结束的时候，他们全都需要它。他本人更是需要通过正当手段得到它。

但是，梅森·丁格尔偏偏选择了第三条路；这时，他从里面把厢式货车的窗子摇下，转动了点火开关的钥匙。"你这个下流的老混蛋！"他说着咧开嘴笑了一下，把那串钥匙提了起来。

埃夫里立刻勃然大怒。"把钥匙还回来，你个小混蛋！"他从箱式货车里出来，艰难地把自己的裤子拉链拉上。

梅森从他身边一跃跳开，哈哈大笑。"日你！"他大喊一声，跑了。

阿诺德·埃夫里对梅森·丁格尔重新进行了评价。外表终究是个假象。他长着一张天使般的脸蛋儿，但是显然他是一个粗野的孩子。因此，埃夫里希望那个男孩儿拿着他的钥匙很快再出现，或者要钱，或者至少一个上年纪的男性亲戚或者警察能够拿着他的钥匙出现。

这个想法没有使埃夫里感到害怕。梅森·丁格尔的城市环境中巧妙生活的能力目前为止对他是起了作用，但是埃夫里认为，城市环境中巧妙生活的能力使用起来也会对他不利。像这种事情好孩子也没有一个人敢相信——就更别提那些调皮捣蛋的孩子了。尤其是，那个被指控下流和性变态的人只是坐着没事可干等着警察的到来，而不是安分守己，好像他有事要隐藏似的。于是，埃夫里点了一支烟，在游乐场里等着——他在游乐场里一点儿也不会使人感到惊奇，因为梅森·丁格尔会返回来。

一开始，警察真的没有把梅森当回事儿。但是，他知道他的权利，他坚持不懈，所以两名警察最后把他拉进了巡逻警车里，对他正在浪费警察的时间进行了大量的警告，然后开车把他带回到了游乐场，在那儿他们发现了那辆白色的厢式货车。他们核对了梅森拿出的那串钥匙，正是那辆厢式货车上的钥匙，这时，阿诺德·埃夫里怒气冲冲地走了过来，对两个警察说那个男孩儿偷了他的钥匙，企图用那串钥匙进行敲诈。

"他说如果我不付钱给他，他就要向警察告我企图对他胡来！"

警察的注意力转回到了梅森身上，但是，那个男孩非常详细地诉说了真情，埃夫里可以看出，警察还是相信他自己对事情的陈述，只是太着急了点儿。

于是，一切事情都正在按照埃夫里的方向发展，随着一阵颓丧感，他看到一个小男孩儿和一个看起来好像是正在暴跳如雷的父亲的男人走了过来。

和两个警官在一起，他仍能泰然自若，埃夫里在心里暗骂自己愚蠢。他必须要做的全部事情就是等待！如果他只是等待的话，一切事情就都OK了！可那儿是一个儿童游乐场，所有的儿童游乐场都对孩子们有吸引力，虽然那个敦实的八岁男孩现在正嚎啕大哭着朝他走来，可那不是他真正想要的类型，第一个男孩过了很长时间才回来！他想干什么？

那么，在最后的分析中，这全是梅森·丁格尔的过错。虽然阿诺德·埃夫里对一个负责杀人罪的警察大胆进行了这个建议，六个小尸体在历尽风雨的埃克斯穆尔高地的浅墓中被发现以后，那个警察用反手一掌打烂了他的鼻子，而他自己的律师只是耸耸双肩作罢。

这件事情整个崩溃了。

慢慢地而又铁定地理清了关系，点也对上了，阿诺德·埃夫里被指控犯有六桩谋杀罪和三个绑架儿童罪。谋杀指控限定在他们的高沼地能够找到的尸体的数字，绑架指控限定于在埃夫里的家里和小汽车里发现的件数，这些都与儿童失踪案有着密切的联系——虽然埃夫里从来对任何一宗指控都不承认。一只胳膊的芭比娃娃属于温彻斯特十岁的马里尔·奥森伯格的；口袋有一个独角兽肉冠的一件绛紫色的轻便短上衣曾经温暖过西沃德·何村的保尔·巴雷特的身体，在那辆白色的厢式货车前面的乘客座位底下还发现了一双几乎是新的耐克软底运动鞋，鞋舌底下用毡头笔自豪地标着：比利·皮特斯。

3

亲爱的先生：

我的奶奶被你的鲽鱼上的骨头卡住喉咙窒息而死。盒子上写着，鱼柳。

请问这件事情你准备怎么办？

您真诚的

斯蒂文·拉姆，于希普考特

奥利里夫人说，"您真诚的"是错误用语。在商业上，一般应该写"您忠诚的"。斯蒂文把它改正了过来，但又想她肯定错了。他知道并乐于宁愿对人比对当地的超市经理忠诚，他的鱼的质量目前已经下降到了低于广告宣传的水平，还杀死了他的奶奶。

这时，他写了自己的私人信件，"真诚的"听起来很死板，很正式。但是，他固执地认为，这是奥利里夫人做的记号，所以他最好还是遵循她的说法为好。

奥利里夫人还指出了他的拼写错误，但没有小题大做。她说他的信写得很好，很真实，而且对全班念了这封信。

斯蒂文但愿她没有念那封信。他感到其他孩子们的一双双眼睛就像激光纹身似的用烙铁在他身上烙了一遍。看我们以后怎么收拾你，你这个溜须拍马的东西，因为这件事情弄得他们后脖子发烫。在课堂上这么突出，注定会在操场上受到同学们的欺负，他哀声叹气地打算在后面几天巧妙地躲开，隐藏，对老师退避三舍——"你怎么啦，拉姆？去玩去吧！"

幸运的是，这事儿并没有经常发生，他很小心。斯蒂文仅仅是一个普通学生，是一个几乎不给人找麻烦也不引人注意的沉默寡言的孩子。奥利里夫人写期末鉴定的时候，对着她花名册上的名字还想了一会儿那个瘦骨嶙峋的黑头发男孩儿。和钱特勒·考克斯，泰勒·劳兰和维维恩·汗在一起，斯蒂文·拉姆是一个不在场的真正能看得见的孩子，这时，老师对他进行了稍纵即逝的关注以后，在他的名字旁边打了一个 X。

就像往常一样，斯蒂文和刘易斯一起在体育馆门口的旁边度过了午饭时间。刘易斯吃了奶酪、腌菜三明治和一个玛氏巧克力棒，斯蒂文吃了鱼酱和两片装的雀巢奇巧巧克力。刘易斯拒绝交换任何东西，而斯蒂文也不能责备他什么。

那三个戴风帽的男孩在沥青碎石路面的落网球球场踢足球，只是偶尔抽时间用带有威胁性的目光乜斜着眼睛瞅瞅斯蒂文，或者当球落到左边的时候喊他一声没用的东西。他们之中还有一个人做出一个要把球扔到斯蒂文脸上的假动作,这使斯蒂文滑稽地眨了眨眼睛,那个男孩对斯蒂文沉闷无趣地咯咯笑了笑,不过,这全都令人可以忍受。

"你想让我帮你揍他吗？"刘易斯两个嘴唇粘满了巧克力问道。

"不,算了。"斯蒂文耸耸双肩,"但还是要谢谢你。"

"想让我帮你揍他随时告诉我一声。"

刘易斯比斯蒂文个头矮,但却比斯蒂文净重二十磅。斯蒂文其实从来没有见刘易斯打过架,但是一般来说不跟人打架是他们两个人都赞同的事,刘易斯直到八年级但不包括八年级都是任何人的对手。眼睛半能看得见的钱特勒的兄弟迈克尔·考克斯就在八年级,他的个头有六英尺多高,除此而外,还是个黑人。大家都知道黑人孩子都比较粗野,而迈克尔·考克斯是所有黑人孩子中最粗野的。

除了迈克尔·考克斯之外,斯蒂文承认刘易斯是任何人的对手。但是既然刘易斯打不过所有三个人,如果他决定要打一个的话,那他无疑会被他们打个半死。他俩都知道这一点,所以他俩心照不宣地换了个话题。

"老头子明天要带我去看比赛。你想去吗？"

斯蒂文知道,比赛会涉及到本地的球队"黑黏土地区人队"。在附近缺少一支顶级的联合足球队的情况下,刘易斯和他的爸爸不顾一切地对黑土地人队进入固执己见的支持,当地一般高智商的人都对该队进行了各种各样的募捐,刘易斯还以同样的热情密切关注着这支球队的命运,而他的同学们却都在关注利物浦队或者曼彻斯特联队。

去看球赛是刘易斯和他爸爸永远一起做的唯一一件事情。

他爸爸是一个个子不高,很精神,说话不多的戴眼镜的人。他穿着超出他年龄的休闲长裤,在梅因海德的一个办公室里做事,但刘易斯从来不关心确切发现的什么事情——"法律上的事情"。当斯蒂文问他的时候,他总是耸耸双肩。在家里,刘易斯的爸爸做《电讯报》的猜字谜和在线研究他的家谱的事情。冬天每周一次,他和刘易斯的妈妈去村会议厅打羽毛球——斯蒂文偶尔看见他们穿的服装,他曲卷的白色腿毛和她穿着打到两个大腿的超短裙,觉得这种令人可笑的比赛更加糟糕。

斯蒂文和刘易斯做了几年的朋友,刘易斯的爸爸曾经直接对他说的话只有三句:"你好,斯蒂文,"在很多时候说,"你们两个玩得高兴吗?"无论什么时候他碰巧遇到他们正在进行鬼鬼祟祟的活动,或者一旦碰见,他便给他难堪,"谁在见鬼的厨房闲逛拉了狗屎?"

和他个子高大、生气勃勃的妈妈一样,刘易斯一般也不太搭理他的爸爸。在斯蒂文的陪伴下,他做所有事情打招呼时,他的爸爸都喷喷地转动着眼睛对他说话,或者满脸凶相地一声不吭。

有一次,斯蒂文和刘易斯的家人到梅因海德去看堆沙堡比赛。他们刚到那里,一场夏天的倾盆大雨迫使那些杰作变成了模糊不清和令人伤心的土堆,使童话中的城堡看起来像是"泰坦尼克号"似的,使栩栩如生的巨鲸看起来像是一个橄榄球一般。尽管如此,刘易斯的爸爸还是穿着伯格豪斯牌雨衣从一个土堆走到另一个土堆,用几个角度给每一个土堆拍照,企图激起刘易斯重唱"你看见它看起来会像什么了吧"的热情,整段时间,刘易斯和他的妈妈都在一把折叠伞下浑身发抖,不停地转动着眼睛,心里却在大声嘀咕着要一杯奶茶。

斯蒂文没有一点勇气抛弃刘易斯和对那些沙堡表示支持,而是站在他的朋友、他朋友的妈妈和离那把伞稍微远一点的距离。他宁愿让雨把自己浑身浇湿,也比他们假惺惺的热情和轻蔑地把他撂到一边好。

斯蒂文认为这是一个父亲的废墟之地。

刘易斯把他拉到伞下,诱人地说了一句话:"巴滕都脱离了受伤害者的名单。"

斯蒂文摇了摇头。"我可不能。"

"可今天是周六。"

斯蒂文耸耸双肩。刘易斯遗憾地摇了摇头,"你很忧伤啊,伙计。"

斯蒂文认为这句话未必不对,他已经看过了黑土地人队的比赛。

星期六气候很干燥,如果不暖和的话,在一月份来说,至少也不是特别冷。午饭之前,斯蒂文挖了两个完整的洞,然后吃了一个草莓酱三明治。每个星期六,他总是自己给自己做三明治,这样他绝对不会遭受吃鱼酱之苦了。他还带了一些干面包片——现在谁还会对干面包片感兴趣啊。有一片干面包片上还长了一层霉点,他用满是泥土的手指把上面的霉点抠掉。这使他想起了朱德叔叔。

在斯蒂文所有的叔叔当中,他最喜欢朱德叔叔了。朱德叔叔个子很高——真的很高,长着一对浓密的怒眉,说话的声音像锤击似的吓人。

朱德叔叔是一名园丁,有一辆用了四年的卡车,雇用了三个人,但他的指甲总是很脏,这一点奶奶很反感。斯蒂文的妈妈总是说他指甲里是正常和干净的泥土——不是她所谓的排水沟里的污垢。当然,那是在他们分家以前的事了。分家以后,斯蒂文的妈妈对奶奶给朱德叔叔的批评的唯一反应是不太顶嘴了,但对斯蒂文和戴维发火更厉害了。

送给斯蒂文铁锹的是朱德叔叔。斯蒂文给朱德叔叔说他要在后院挖一块菜地。当然，他绝没有去挖菜地，而朱德叔叔对他想要菜地也没有表现出什么热烈的支持。他走进厨房，透过大雨使劲看了看枯萎的黑莓灌木丛地说："土豆长得怎么样了，斯蒂文？"要么是说："我怎么没有看见豆子长出来啊。"而且，他和斯蒂文还交换了怪笑，这使斯蒂文的心怦怦直跳。

有时候，喝完茶后，朱德叔叔就玩弗兰肯斯泰因游戏（一个创造了怪物而自己却被那个怪物毁灭的医学研究者，是英国女作家玛丽·W·雪莉于1818年所著小说《弗兰肯斯泰因》中的主角），这个游戏意味着他要去房子里到处追逐斯蒂文和戴维，伸出他的两只胳膊慢慢地跟跟跄跄地从一个房间走到另一个房间去抓两个孩子，一边还要吓人地发出低沉的声音，"嗨嗨嗨！跑跑跑，藏藏藏，弗兰肯斯泰因会找到你们的！"

斯蒂文那时快十岁了，到了足以懂事的年龄，但是朱德叔叔巨大的身躯和三岁戴维歇斯底里的尖叫声总还是使他的心里感到十分恐惧。他谎称是为戴维才玩这个游戏——藏在沙发后面或者把头裹进前屋厚厚的绿布窗帘之中，等待着朱德叔叔来找他们——他知道他微弱的激动不安的呼吸声和咚咚的心跳声骗不了人。

戴维忍受不了这种紧张的气氛，老是沉不住气，总是会从他们藏身的地方跳出来，冲到朱德叔叔的腿下，乞求地喊道："我是弗兰肯斯泰因的朋友！"斯蒂文趁着这个机会也站起来，对着被戴维破坏了的游戏转动着自己的两只眼睛，他对停止的游戏心里感到如释重负。

他回忆朱德叔叔的时候，淡淡的冬天阳光照得他的脊背暖洋洋的。他是前面的叔叔。在他之后有一个尼尔叔叔，只存在了大约两个星期便拿着他妈妈的钱包，吃了一半鸡肉晚饭消失了。但最近有布莱特叔叔，布莱特叔叔怀着虔诚的热情坐下来看电视，直到他的奶奶和他的妈妈在他看完电视的倒计时期间在他的头顶上方发生激烈的争吵。这时，布莱特叔叔警告她们别为那些莫名其妙的事情争吵，他们两个人便对他大打出手。打那以后，他就没有回来。

他的妈妈现在归两个叔叔所共有。斯蒂文始终不喜欢他的叔叔们，但他们走后他却总是感到遗憾。他的家庭是一个又小又寂寞的家庭，任何阶层的人充实进来都会受到欢迎，即使其结果总是暂时的。

他的铁锹挖到地上，碰到了坚硬的东西。斯蒂文弯下腰用两只手把土扒拉到一边。通常，他碰到的东西都是石块或者草根，但是这一次碰到的东西好像不同寻常。

当他看到肥沃的黑土地里露出光滑的白骨时，斯蒂文的心猛然抽动了一下。他跪下来扒开高沼地厚厚的被草根缠住的泥土。他没有其他工具，只有毫无理性的铁锹，他感到土太硬了，顶得他的指甲发痛。

现在，他不能再用手指来抠泥土了，而是用力撬开泥土。土微微移动了数毫米，但露出一颗牙齿足够了。

一颗牙齿。

斯蒂文呼吸急促，心跳加快，他俯下身子动了动那颗牙齿。

这使颌骨里面出现了轻微的颤动。

他袖手旁观。天空和欧石南在他的周围旋转，他把头歪倒一旁，恶心地呕吐到了荆豆之中。一串串黏液从他的口鼻中流到了地上，霎时间，他感到自己的黏液把他和高沼地连在了一起，于是他一头栽进了土里,在土里动来动去,所以他的鼻子和嘴巴上全是泥土、草根、盖料和小咬虫。

他猛地一下把头扬起来,迅速站起身来。

斯蒂文用他裸露的胳膊擦了擦他的鼻子和嘴巴,吐了几次唾沫清理他的喉咙。恶心的酸味一直在他的嘴巴后面挥之不去。

这时,他站在十几英尺的距离,小心翼翼地朝那个浅浅的洞里看去。他必须向前走两步才能看见那个颌骨,然后他站在那儿一动不动。

他找到了颌骨。

他做了警方用他们的热追踪射线和他们的警犬以及他们的指尖搜寻处置不了的他们所有人力和技术上的事情。

他找到了比利·皮斯特。

而且,他动了他的牙齿。

想到这儿,他的心又提了起来,但他悬起的心又放了下来。

突然,他感到浑身无力。他重重地坐在了一层欧石南和羊胡子草上。

很显然,他有种如释重负的感觉。

他很了不起!

他的奶奶马上就能看到那个东西,一切都会有所改变。她会一动不动地站在窗前等待一个叫人难以置信的孩子回家;她会开始注意他和戴维,而且不再是用恶狠狠的态度了。但是从各方面看,做祖母的都应该关心他们——用爱,用默默祈祷和用五十便士的糖果。

如果奶奶对他和戴维充满爱怜的话,也许他和妈妈就能和睦相处;如果奶奶和妈妈和睦相处的话,他们全家就会感到比较幸福,他们就会成为一个正常的家庭,而且……嗯……一切都会变得……

更好。

归根结底,还得说到这一点——这个光滑的奶油色曲面骨头和骨头里面的男孩的牙齿。斯蒂文想起比利舅舅的牙刷刷过那颗发黄的白齿,很快把他脑子里的形象掠过去了。

他缓慢地走回来将脚步移向那个暴露出来的颌骨,已经查明了事情的真相,他的内心激动不已。

种种新的可能性就像火焰照亮了他,几乎不敢奢望存在的将来的一扇门在他心中迸开了。他会成为一名英雄!他的名字会登到报纸上。坎奇斯基老师会在班会上作出宣布,大家都会对这个作出壮举的普通孩子惊奇不已的。说不定还会获得一个奖,或者一个奖章。妈妈和奶奶会多么自豪,多么感激啊。她们会把世界都给他,但是他只要一个滑板,这样他就可以和那些大孩子们一起去斜坡学习做一名穿着宽松牛仔裤、带有钥匙链、裤子上留下战斗损伤的青少年了。即使打上石膏绷带也在所不惜——但这阻止不了他滑冰。当然了,他一开始会摔倒,但是他很快就能飞速滑行,他会成为村里最棒的。他会教戴维滑冰,他会对戴维很有耐心,当戴维摔倒后他会抓住他的手,把他拉起来。而且当他胳膊底下夹着定做的滑雪板的板面喝着可乐走回家时,一群女孩子会互相咯咯咯地笑着留心跟着他。也许戴一顶棒球帽。当夕阳在蓝绿色的天空中沉下时两条白色的耳机线吊在他裸露的胸前。人人都想做他的朋友,但是他仍然会对刘易斯保持忠诚,刘易斯是一个真正的朋友,即使他不肯用一个玛氏巧克力棒交换一个双条状的雀巢奇巧巧克力。

开着的门把他吓住了。如果他对那些事情想得太多的话,失望的可能性就很大。最好是毫无希望,稍有收获就行,他的妈妈总是这么说。所以,他允许烟花爆竹发出噼噼啪啪的响声和虎头蛇尾的嘶嘶响声,如同一桶水里的热气似的冒出烟雾。他几乎能够闻到十一月份一个干燥的夜晚被雨浇灭的火焰的味道。他第一次有意识地又喘息了一会儿。

然后,他回到了埃克斯穆尔高地上。

一股寒风袭来,雨云正在压顶,于是斯蒂文心里清楚,如果准备开始带来光荣之事的话他就必须快点干。

这时,他发现他的双手在颤抖,罗格叔叔以前常用的办法是喝一杯酒。

斯蒂文极力越过他脑子里咧开嘴露出许多小白牙的比利学生时期的形象,一直在那个颌骨周围挖啊刨啊,直到最后他能够把那个颌骨从土里拉出来为止。

他傻乎乎地把那个颌骨看了很长时间。

错了。

全错了。

斯蒂文摸了摸他自己的下巴尖,感觉一下他是怎么动的,怎么连接在一起的。这里是靠近脸的一侧到耳朵的部分。那个部分看起来很正常,但是这就是不正常的地方了。下巴太长了。牙齿也不正常。它们不是整齐的男孩儿牙齿——它们又长又平又黄。斯蒂文用他的手指在他自己的下巴上滑过他的一排牙齿。那些白齿在宽阔的正面到尖利的门齿都是塌陷的。然而,他手里的颌骨拥有的白齿却是又大又鼓,在瘦长的正面只有两三个长长的门齿。一切都是不正常的。

斯蒂文又一次感到恶心,但是这一次他没有呕吐。他感到恶心、疲累,仿佛这个等待时间和令人沮丧的生活永无止境似的。

这颌骨是一只绵羊的。

它当然是一只绵羊的了。高沼地遍地都是绵羊、牛和矮种马，他们在这里生生死死——从不间断。他们的骨头应该比被谋杀的孩子们的骨头多一千倍———百万倍——比人要多。

　　他怎么能那么愚蠢呢？斯蒂文朝周围巡视一圈，看看是否有人目睹了这个耻辱。他感到了失败的痛苦，而且，是深深的痛苦，丧失将来的痛苦，他朝周围瞥了那么短暂的一眼，但却是那么值得称道。

　　他直挺挺地站在那儿，让那个颌骨从他麻木的手指中掉回到了那片他花了两个小时才拖着脚走出高沼地的令人痛苦的泥土中。他拿起铁锹，雨点般地在那个颌骨上进行撞击，直到筋疲力尽，他才停止。颌骨被捣成了四块，大部分牙齿被敲掉了。他用脚将土踢到颌骨上面。

　　眼泪灼痛了他的双眼，斯蒂文扛着他的铁锹回家去了。

4

洛夫乔伊先生一直不停地讲啊讲,讲着古罗马基督教徒的故事,然而,斯蒂文的思绪却飞到了别的地方。奇怪的是,他想的事情不是足球或者晚餐,而是奥利里夫人的英语课。

写信。一种古老的艺术。

斯蒂文家里没有电脑——也没有手机,他羞愧难当——但这两种东西刘易斯都有,所以斯蒂文知道怎么发电子邮件,怎么发手机短信,但他发短信发得很慢,以致于刘易斯经常在失望中气愤地吼叫,并一把将他的手机夺回来为他发完信息。这多多少少破坏了允许斯蒂文练习的全部理由,但是当斯蒂文看到刘易斯的手指在键上打字有多么快时,他也懂得了他看着自己的无谓的努力有多么恼人。

不过,写信就截然不同了。他擅长写信。奥利里夫人这样说过,他的信写得很真诚。

奥利里夫人也许可能已经忘记斯蒂文写过一封漂亮的信，使她继续忽视他的存在，但是斯蒂文却没有忘记她的表扬。他很少受到表扬，不过他现在在洛夫乔伊先生的历史课上，脑子里转动着那个值得自豪的表扬，从每个方面对这个表扬进行检查，对这个表扬进行深思——像任何探矿者一样——想弄清楚这个表扬是不是值得。

几乎是在无意之中他偶然发现了自己的写信才能。这不是他以前选择的一种特殊才能——滑滑板或者弹低音吉他——都是比较好的——但他不是一个没有首先查明一件东西的潜在价值就扔掉那个东西的孩子。

他突然想起来，他十岁的时候发现了一辆形状扭曲的小孩儿的童车，扔在一个路边的停车区里。这辆童车全毁坏了，好像一辆小汽车从它上面压过去过似的。一切都只剩下了三只轮子。轮子是好轮子，有橡胶轮胎和金属辐条。它是那些高档的越野童车中的一种，好像买这辆车的父母计划带着他们的婴儿去登珠穆朗玛峰似的。

斯蒂文把三个轮子拿回家，并保存起来。直到差不多一年后，奶奶的购物小手推车在从雅各比先生家回来的路上坏了。她的小手推车是在带坚硬皮轮圈的两个笨重的金属轮子上装了一个令人尴尬的格子呢图案的盒子，但这个小手推车她用了很长时间了，一个轮子坏了以后，她很苦恼。现在她想买一辆新的，但是它们的价格奇贵无比，如同当今的其他一切东西一样。

斯蒂文在后花园里对这辆小手推车下了一番工夫。兰德尔先生借给他几件旧工具，甚至教给他怎样使用垫圈，避免比较宽大的越野轮子磨购物袋的边。

当斯蒂文将那辆焕然一新的小手推车呈现在他奶奶的面前时，

她满腹疑虑地噘着嘴,粗暴地把它在地上使劲儿推来拉去,好像只要她使足力量那几个轮子就会即刻掉下来似的。但是,斯蒂文早已经认真地——很认真地——把每一个螺帽往紧里拧了又拧,这个小手推车浑然一体。

"看起来傻不唧唧的。"奶奶说。

"它们是越野轮子嘛,"斯蒂文胆敢顶嘴,"它们一弹就能轻易地从石头上、路缘上或坚硬的东西上跳过去。"

"哼哼。那可是我所需要的——某种越野购货手推车啊。"

她用力地把手推车上下弹跳了好几次,斯蒂文屏住呼吸,但几个轮子安然未动。

"我们好好试试。"她说。

她好好试了试。斯蒂文也好好试了试。他看到,奶奶在他身后拉着小手推车很轻松。它绝不会遇见石头过不去,上下路缘也完全能越过去。其他老太太都驻足欣赏着这辆手推车,而且,在一个令人难忘的时刻,他看见奶奶带着明显的自豪感用她的拐棍实实在在地把其中一个轮胎敲了又敲。

她从来不会说一个谢字,但斯蒂文不在乎。

他也搞不清刚刚正在一门心思考虑他的信时怎么就想起了购物小手推车的事儿,但是突然,他从这个小手推车上又产生了一个错误的想法,这使他感到有点诧异。

他把小手推车拿给朱德叔叔看,朱德叔叔仔细将它检查了一下,推着它转来转去——表情严肃地推着它。最后,他说:"干得不错,斯蒂文。"而斯蒂文心想,虽然外表上他只是点点头什么也没说,但他的心里却是乐开了花的。

然后,朱德叔叔站起来说:"那就是你知道的生活秘密吧。"斯蒂文一本正经地点了点头,好像他已经清楚朱德叔叔要说的话的含义了似的,但他还是想洗耳恭听这个生活秘密是什么。

"决定了你要做的事,然后就要想好怎么把它弄成功。"

这时,斯蒂文有点失望,根据朱德叔叔说的这个生活秘密根本不是什么更加惊人之语,或者一点儿也不神秘。但是现在,他坐在火热的教室里,却没有听到肯特郡高深的知识或道理,但他认为这件事第一次完全及格通过了。

他已经知道他想要什么了。

现在他必须想清楚,在他有限的军火库里的这个新式武器如何能够用来为他达到目的。

5

刘易斯是一个爱唠叨的孩子,有一个广泛的朋友圈子,但他把斯蒂文当作最好的朋友。两个孩子出生时只隔了三户人家,相差五个月时间。

刘易斯和斯蒂文一样思维清晰,斯蒂文长的瘦骨嶙峋;刘易斯和斯蒂文一样脸上长着雀斑,做事有魄力,斯蒂文皮肤白皙,长着黑头发;刘易斯和斯蒂文一样冒失,斯蒂文比较腼腆。然而不管怎么说,两个孩子偶然被放在一起能够由陌生人变成终生的朋友,一直相处得不错。作为长者,刘易斯总是起带头作用,不过,他无论如何都会起带头作用的,他们俩人心里都很清楚。

直到三年以前,刘易斯还决定一切事情哩。到哪里去玩,玩什么,和谁玩,什么时候回家,茶点吃什么,午餐盒凉了怎么办,不怎么办，他们应该喜欢谁，应该恨谁等等。

经过几次反复试验以后，他们进入了一种可以看见他们每做着相同事情的完美的日常生活。他们在斯蒂文家的花园里玩狙击手游戏，在刘易斯家的花园里踢足球，在刘易斯家玩莱格拼图或电脑游戏。安东尼·林，拉洛·布莱恩特，克利斯·波特尔都是受欢迎的玩伴儿，钱特勒·考克斯是在外围，如果他们不惜冒险而她同意当狙击手的目标或守门员的话；刘易斯玩烦了，他们就各回各家；他们吃豆子或者鱼柳和烤土豆片。三明治包括花生黄油酱，奶酪和腌菜，红色的果酱三明治也很受欢迎，还有任何种类的巧克力，尽管一包两条的雀巢奇巧巧克力被认为是巧克力等级中的最低档次。三明治里有鸡蛋，色拉，任何其他颜色的果酱都会受到非议，水果是受人嘲笑的，最好扔掉。他们在学校喜欢洛夫乔伊先生和麦卡特尼小姐，在商店喜欢雅各比先生。他们憎恨风帽。有一次，刘易斯建议他们恨斯蒂文的奶奶，因为她是那样一个性情乖戾的老母牛，但是斯蒂文没有立即同意刘易斯的建议，于是刘易斯便把这个建议当成了一个笑话，他们再也没有提起过这件事情。

然后斯蒂文发现——情况永远发生了变化。

他们九岁的时候，俩人在比利的房间里被抓住了。

他们知道他们不被允许进那个房间，也不被允许动任何东西，但是他们的恐怖组织的司令部还没有完成，刘易斯的莱格拼图玩具就用完了，他在拼命寻找积木。

"我知道咱们可以在哪儿找到一些。"斯蒂文说。

刘易斯不相信。他在这次合作关系中是问题的解决者，他认为这是不可能的，就连他自己都没有办法，他斯蒂文能从哪里像变戏法一样把莱格拼图玩具变出来啊。当然，这无碍看出他心里在想什么。

斯蒂文悄悄把刘易斯引过客厅，客厅里的电视机正在为戴维播放动画片，斯蒂文的奶奶在客厅里凝视着窗外，斯蒂文领着刘易斯上了楼梯。

他们走过斯蒂文与戴维同住一起的带有肮脏不堪大床的小房间，斯蒂文强行把过道尽头的那个门打开了。

刘易斯知道这是比利舅舅的房间，他也知道比利舅舅小的时候就死了。所以，他知道谁都不许进入比利舅舅的房间，他们俩人全都知道的，但是情况就要发生变化了。

他们又往楼下偷看了几眼，便进入了比利舅舅的房间，通过拉严了窗户的蓝色窗帘进行地下活动。

刘易斯看见那个空间站便发出了尖叫声。

"我们不能把积木全拿走，"斯蒂文警告说，"奶奶一直到这儿来，她会发现的。"

"但是，我们可以把后面和边上的拆掉嘛，"刘易斯开始那样做了。

"不能拿太多！"

刘易斯几个口袋里鼓鼓囊囊地装了半个扩展坞。

"他不会玩这些积木了，是吗？他死了！"

"嘘……"

"怎么啦？"

斯蒂文绝对还来不及回答，门外面的地板上就响起了嘎吱嘎吱的声音，他俩警觉地互相看着对方，太迟了，躲不开了……

紧接着，门开了，奶奶俯视着他们。

一想起那天下午的情景，刘易斯还是感到浑身不自在。他尽量不去想这件事情，但是有时候它突然就在他的脑海里浮现出来。每当想起这件事情，他就精神萎靡，一蹶不振，受到很大打击。

奶奶没有吼喊，也没有揍他们。刘易斯不会忘记这件事情为什么那么恐怖。他仍然记得他用几乎拿不住积木的颤抖得很厉害的双手把扩展坞重新垒起来的情景，而斯蒂文在他旁边站着大声哭泣，他把两只袜子都尿湿了。

当他回忆起老太太赫然出现在他们面前时，他们突然困惑地从反恐狙击手代理人一下子落到嚎啕大哭和像婴儿一样尿尿的两个小男孩儿，刘易斯就感到浑身不自在。

之后，他两天没有见到斯蒂文，但是当他见到斯蒂文时，斯蒂文把一个他一生中都不曾听过的最好的故事讲给了他，而且这个故事——在很大很大程度上——弥补了他们在比利卧室里遭受的羞辱和恐惧。

斯蒂文的舅舅比利——就是那个用两只手建成空间站的男孩儿——被人谋杀了！

斯蒂文讲完这个故事后，刘易斯感到毛发直竖。从更大程度上来说，他是被一个连环杀手谋害的，而且从最大程度上来说，他的尸体极有可能仍然在埃克斯穆尔高地的某个地方埋着！就在他、刘易斯两个人都能从卧室的窗户看见的那个高沼地！

这是，斯蒂文仍然对那顿训斥和他对全家人流的眼泪以及他自己家人遭受的随之而来的令人措手不及的悲痛感到害怕。但是，安安全全地坐在第三户人家，刘易斯对这个骇人听闻的惊险刺激事件如痴如醉。

寻找比利的尸体，这当然是刘易斯的主意，他和斯蒂文花了第十年的夏天踏着重重的脚步穿过高沼地在欧石南和坑坑洼洼的地底下寻找了许多块地方。狙击手游戏和莱格拼图游戏玩具在一个死了很长时间的孩子尸体的真正的可能性面前失去了魅力。他们把这个新游戏称为"身体狩猎"。

然而，当夜晚时间变短和下雨天气渐渐寒冷的时候，刘易斯莫名其妙地对身体狩猎厌倦了，并重新对小而五彩缤纷的积木、豆子和炸土豆条表现出他的热情。

令人惊奇的是，斯蒂文仍然雷打不动。更使人感到惊奇的是，那年冬天他拥有了一把生锈的铁锹和一张高沼地的陆军测绘局绘制的地图，而且开始了更为系统的搜寻行动。

有时候，刘易斯陪着他一起进行，但不经常。在这种背信弃义的抛弃之下，他通过忠诚地保守斯蒂文的行动秘密来弥补他的内疚之情，通过经常询问斯蒂文在什么地方和找到了什么这一令人反感的情况来弥补他内心的愧疚。但是，他也会钻研地图，决定斯蒂文下一步应该在哪里挖掘。这留下了刘易斯不仅参与了而且是负责人的印象，这使他们两个人都感到很惬意，并没有什么互相不信任之感。

一开始，当刘易斯对搜寻感到厌烦时，他很想让斯蒂文对搜寻也感到厌烦，他问他的朋友他为什么要继续搜寻。

"我只是想找到他，仅此而已。"

即使他被放到一个分尸架上四肢伸开，刘易斯发出他们应该罢休了的建议的的时候，斯蒂文依然对他为什么要继续不停地挖掘作出毫不含糊的回答。他只是知道，挖掘已经变成了他必须挠的痒痒。

刘易斯只能哀声叹气。他的巨大努力与友好相处相遇，除了决定耸耸双肩，最后他决定让斯蒂文任其自由吧。他俩在学校里仍然是最好的朋友，但拉洛·布莱恩特变成了他放学后的主要朋友，虽然拉洛对狙击手游戏和莱格拼图玩具游戏有许多自己的主意，这使他们的关系对刘易斯来说更难处好。

于是，刘易斯和斯蒂文发展成了一种新型的和不太完美的日常生活关系：他们泡在学校里的日常生活关系，比较一下，有时候交换三明治，避开风帽。末了，刘易斯回家玩他的莱格拼图玩具，斯蒂文继续去高沼地搜寻一个死了很长时间的小孩儿的尸体。

6

斯蒂文躺在欧石南中,躲开每一只眼睛,那些路过的鸟儿的眼睛除外。他的铁锹在他的身边放着,但上面没有新土。二月的阳光这种少见的礼物温暖了他的眼睑,使得从他鼻孔里均匀地呼出的气息感到特别的凉。

在他的眼皮之下,他一边做着一个梦,他的两只眼睛一边微微闪动……

在梦中,他很热,闷得喘不过气来,他几乎不能动弹。他的两只胳膊固定在两肋,柔和的黑影压在他的脸上;他的头顶上有一种轻微拉拽的感觉……

他从某个地方感觉戴维的小手拉着他的手,摸起来很舒服,他捏了捏戴维的小手,但除此之外不能动弹。他能够感觉得到恐惧来自于戴维的手，小小的热热的手指头滑进了他的手指里，那孩子的身体压着他的两条腿……

斯蒂文知道他们在前屋厚厚的绿色窗帘之中一定会受到伤害，散发着霉味的布裹住他的头，扶摇直上到窗帘盒上，把他的头发也卷到了上面。然后，戴维猛然呼吸了一口气，他自己的呼吸停止了，突然，他所能听到的一切是他自己的耳朵里砰砰心跳的声音，斯蒂文知道朱德叔叔走进了房间。斯蒂文没有动，他动不了，但他可以感觉到戴维比他要紧张，他们缠绕在一起的手抓得那么紧，都抓疼了。

朱德叔叔没有发出溃溃的声音。他也没有给他俩发出任何警告。然而，斯蒂文和戴维可以听到地板在他巨大的脚下发出的嘎吱嘎吱的声音，越来越近，越来越近，斯蒂文突然有一种可怕的感觉。正在走向他们的根本不是朱德叔叔，而是保护他们免遭邪恶的东西侵害的一个绿色的旧窗帘，现在正在向他们移动……然后，戴维大喊一声："我是弗兰肯斯泰因的朋友！"冲出了隐藏处，把他们给暴露了，但斯蒂文并没有感到如释重负——只是感到害怕，这次的游戏并没有即将结束。这一次，游戏才刚刚开始。

他抽泣着猛地一下惊醒了。

他知道他应该做什么了。

7

　　亲爱的埃夫里先生

　　阿诺德·埃夫里不看了,坐回到了他的床铺上,眼睛瞪着天花板,这时,那些话好似魔咒似的在他的脑子里飘动。
　　亲爱的。
　　埃夫里。
　　先生。
　　自从他收到如此称呼的一封信到现在有多长时间了？十九年？二十年？当然,是在他进来之前。
　　自从他被汽车送进格洛斯特郡的黑维特里监狱的一道道大门,通过两旁吐口水的夹击和憎恨一步步走到他的牢房以来,他就以各种各样的方式开始收到来信:"埃夫里先生"是来自他毫无希望的提供减价服务的律师,"亲爱的儿子"是来自他毫无指望的提供减价服务的妈妈,"你他妈的混蛋家伙"等各种各样的主题,来自许多毫无希望的提供减价服务的陌生人的信。

这个想法使他感到一阵极度的痛苦。"亲爱的埃夫里先生"使他想起了煤气账单、保险推销员和露西·阿姆威尔。露西·阿姆威尔事先没有考虑周到就想组织一次同学聚会,好像他们全都生长在加利福尼亚州而不是沃尔沃汉普顿里一座烟雾弥漫的垃圾堆放场似的。然而虽然如此,他们也是想要对他好和不经判断就要与他进行互相影响的人,他们都是那种隐藏不住哼哼唧唧说话和呲牙咧嘴的令人深恶痛绝的冷酷表情的人。

亲爱的埃夫里先生。那才是他的真正称呼!为什么其他人就理解不了这个称呼呢?他又把信看了一遍。

亲爱的埃夫里先生
我正在寻找 WP,你能帮助我吗?
真诚的,
萨默塞特郡希普考特市巴恩斯泰帕尔路 111 号 SL

假如阿诺德·埃夫里有一个牢友的话,那牢友会被这个身材瘦小的杀手为一个小而徒劳的事情制造的死一般的寂静吓傻的。这不是明显的寂静而是睡着了——好像埃夫里迅速进入了一种昏睡状态,没有他,地球也在转动。他淡绿色的两只眼睛半闭着,他的呼吸几乎令人难以察觉。那个牢友也会看见埃夫里缺乏阳光的皮肤突然起一身鸡皮疙瘩。

但是，如果那个假设的牢友暗中知道埃夫里脑子里的活动的话，他也许可能会被埃夫里脑子里出人意料的活动感到震惊的。

信纸上认真的手写字如同一颗炸弹似的在埃夫里的脑子里爆炸了。他当然知道 WP 是谁，正像他知道 MO 一样，还有 LD 等等。他们是他脑子里装满子弹的手枪中的扳机，这是他只要想要就可以用来发射的一连串令人兴奋的回忆的扳机。他的脑子是一个有效力的信息档案柜。现在，当他的身体停止活动，让他的脑子进行更加高效工作的时候，他允许自己拉开标有 WP 字号的抽屉往里面看——这种事情他几年都没有干过了。

WP 并不是他的最爱。一般情况下，他使用 MO 或 TD，它们是最棒的。但是，WP 不会被人发现，在那心灵的抽屉里，埃夫里聚藏了大量从他的人生经历中、从报纸上和从那个孩子失踪的电视频道上获得的信息，而且后来又从他自己的审讯中获得了大量的信息，这些都已经被转移到了风景如画的卡迪夫的刑事法庭上了——大概他只有一线机会，你想一想，这一线机会是荒唐可笑的。

威廉·皮斯特，年龄十一岁。一双深蓝色的眼睛上面的金色头发留着刘海，白皙的皮肤，粉色的脸蛋——稍等片刻——一个咧嘴一笑，几乎吞没了他原本宽大的两只耳朵。

埃夫里在村子里破烂不堪的小商店里停下。因为一直在如饥似渴地进行卢克·丢布利的掩埋工作，他买了一个火腿三明治。出于习惯，他浏览了一下当地报纸《埃克斯穆尔高地号角报》。

当地报纸对他这样一种人来说是一个丰富的信息来源。报纸上满是儿童照片。为慈善活动打扮成海盗模样的儿童，在国际单簧管比赛上获得银牌的儿童，被选拔出来的 13 岁以下的儿童，尽管他们刚刚十一岁，穿着足球、板球和赛跑服装的全队儿童，每一个孩子照片的下方都适宜地印着他或者她的名字。有时候，他还会给他们打电话，假装是另一个记者想给另一家报社要材料。这很容易。自私自利的家长们巴不得把他们孩子微不足道的成绩的消息登出来，都把电话移交了过去。只有很少几个家长及时地把电话从他们孩子的耳朵上夺了回去——一张稚嫩的小脸上警觉地露出迷惑不解的震惊表情。

有时候，他在公园里和儿童游乐场里使用一个孩子的名字和细枝末节随便与小孩子们搭讪。"你几岁了？你肯定认识我的侄子格兰特吧？就是刚刚获得救生奖的那个孩子，你认识吗？嗯，那就对了。我是他的叔叔迈克。"然后，他就离开了。

多么随便啊。

他拿着三明治刚回到他的厢式货车里，这时，他看见了威廉·皮特斯——他的妈妈后来在报纸上把他叫做比利——走进了商店。他只对比利迅疾地瞥了一眼，但是一直等到他出来是值得的，他想。他一边等，一边吃着火腿三明治。根据天气太闷热他不回家的原则，他没有买《埃克斯穆尔高地号角报》。虽然他没有在埃克斯穆尔高地住，但这儿是他刚埋完一具尸体的地方，所以他暗下决心要避开当地的孩子。但是，比利身上有一种非同寻常的气质……

埃夫里心里清楚，那孩子要等一会才能出来。

几年以后，现在，埃夫里仍然要设法重温他认定了一个目标那个时刻的某种兴奋感。他的表情变得冷酷无情，他的嘴里溢满了口水，以致于他必须咽下去才能避免像傻子一样的口水不流出来。

比利的身材有点瘦，但是他有一个小男孩儿非常引人喜爱的快乐。他从埃夫里的厢式货车旁边走了过去，无忧无虑和感觉迟钝地刚刚为他年轻的生命挑选了最后的晚餐——一袋麦提莎巧克力。这使埃夫里脸上露出微笑，注视着那个孩子大摇大摆地走向街道，嘴里嘎吱嘎吱地嚼着糖果，沿着街边的排水沟踢着一个塑料牛奶瓶子。他喜欢一个有自信的孩子，一个有自信的孩子最有可能渴望帮助别人——接着，他还能够把那个小钻头伸到车窗上……

于是，他给那辆厢式货车挂上档，开到街道上，他把地图拉过来……

突然，埃夫里浑身打了个哆嗦。

"鹅走过了你的坟墓吗？"

瑞安·芬利警官通过门上的窗口乜斜着眼睛瞅着埃夫里，他的酒徒鼻子伸进了埃夫里的空间，他水汪汪的蓝眼睛迅速将里面扫视了一遍。牢房里的杀手感到愁肠百结，深恶痛绝。

"芬利警官，你好吗？"

"还行，阿诺德。"

埃夫里更恨他了。

阿诺德。

好像他们是老朋友似的。仿佛有天晚上瑞安·芬利也许可能早早地在临时拘留所把他的一只胳膊架到埃夫里的跟前说："来吧，伙计，让你和我把两个人关起来，按下开关。"好像埃夫里也许会欣赏这个乐趣似的，喝着一杯黑黄色的酒，被一堆粗脖子大头看守围着谈论锁门和开门以及在楼层之间护送一群温顺的窃贼有多么艰难。

"有什么有趣的事情吗？"芬利对着埃夫里手上的信点点头。那时，埃夫里知道芬利早已经看过它了，芬利一直对不能在这封信里找出问题而感到失望，而且这个问题现在是调查问题的一个拙劣的努力，他知道无论如何这封信里一定含有那方面的信息。

"只是一封信，芬利警官。"

"自从你收到这封信的时候它就是一封信,是吗?"

"是的,它是一封信。"

"啊,那就好。"

"是吗?"

芬利停了一会儿,考虑了一下他进行攻击的下一个困难的路线。

"家里来消息了?"

"是的。"

芬利又一次迷茫得不知所措了。他花时间把令人讨厌的东西从他的左鼻孔里抠出来。埃夫里把自己的情绪控制得令人钦佩。

"那么,家里发生了什么事情了吗?"

芬利抠鼻子的时候,埃夫里已经预料到了这个问题,并为这个问题做好了全面的准备。

"没什么特别的事情,是我侄子的事儿,他是一个电脑迷,我有一台旧的字处理机——一台阿姆斯特拉德牌的,他说这是台收藏品或者类似这样的东西,一直想让我把它让出去。"

"他是个电脑极客,是吗?"

"他是一个电脑极客。说得很对。"

芬利朝四周看了看,表现得很随意。"你准备让他拥有它?"

埃夫里耸耸双肩。然后,他笑了一下,一切都在这个笑容里面了。"我们研究研究吧。"

芬利是一个具有二十年工作经历的监狱警官,但是面对这种笑容,他的疑虑烟消云散了,他不禁感到他和埃夫里突然分享了某个极其惊人的秘密。

芬利暂停了他的思维列车,但暂停得确实很好。这辆列车好得在白天开不动。它是一列夜间列车,虽然没有卧铺。他对这列列车心里暗暗发笑。今天晚上他要回到 WP 上面去,他刚刚对这封又重新看到的奇怪短信的潜在价值发生了兴趣。潜在的价值是监狱生活的第一个不幸事故。牢房的门咣当一响,潜在的价值就减少了。对于大部分囚犯来说,他们是会完全一蹶不振的。即使服刑了几个月或几年的犯人也会出人意料地发现,他们一生中的潜在价值就和鞋带一样被没收了。以前,他们希望得到白领工作,现在他们只能期待体力劳动或者发放一份失业救济金。囚犯靠一种完全不同的可能性的概念生活。对于终身坐牢的犯人,潜在的价值已经变成更小的东西了:有可能是炸土豆条而不是土豆泥,有吃排骨的可能性,而不是肉末。

埃夫里不知道 SL 是谁,但是为了搞清楚这个人是谁,他决定将 SL 作为男性来考虑。

SL 的这封信写得很谨慎。他很高明地认识到或者知道,所有的信件不经过工作繁忙的监狱检查官在那些来信上整个爬一边,那些信件是不会转给恋童癖患者和连环杀手的,也不会替恋童癖患者和连环杀手把信传递出去的。所以,他把那封信写得短而隐蔽。他也聪明至极地知道,最低限度的字首对埃夫里是有内含的。

但是,当然,回信地址是赠送的。埃夫里第一次入狱的时候,他收到了希普考特和希普考特周围的十几封来信。大部都是辱骂和要求他认罪的,那些信很容易忘记,但他收到了一封比利·皮特斯姐姐的来信,如果记忆力还是够强的话(如果肯定的话,就不能允许他保存一大扎信件)。这是一件平常的事情——想要知道比利发生了什么事情,他埋在了哪里。她乞求埃夫里将她的妈妈拉出苦海。他写了回信指出那个令人高兴的巧合——比利已经求他为他做同样的事情了。

埃夫里对比利·皮特斯的姐姐是否曾经收到过那封信表示严重的怀疑。有一天,他把信投入监狱的邮箱以后这个事实就加强了这个坚定的信念,他不知不觉被领到了 B 楼的淋浴间。监狱的看守们告诉他隔离开的淋浴间重新铺设了管道。铺设管道的问题涉及管道、管腔和水拔子等专业词汇,似乎使走向 B 楼途中的两个看守异常开心,一旦他们把他一丝不挂地留到淋浴间——给了他一条质量低劣的法兰绒狱用的毛巾——他就明白为什么了。

他住了两个星期医院——犯人中第一个脸朝下爬着。

具有讽刺意味的是,就在两年以前,长高沼地这里的经常受到批评的犯人号子里的淋浴间真的被翻新了,动工以后,埃夫里十二天拒绝洗澡。

而且,对于埃夫里来说,那是一个严肃的决定。

阿诺德·埃夫里不喜欢肮脏。痛恨肮脏就像痛恨瘟疫一样。有时候,刚被另一个囚犯碰一下或者被送他的看守碰一下,他就赶快跑到淋浴间去用力搓洗他的衣服和皮肤。

爱干净仅次于信奉上帝。

扼死是他能够选择做的与爱干净一样的事,但是虽然如此,扼死的人有的呕吐,有的恐惧得尿裤子,有的比呕吐和尿裤子更糟糕。但是,当他们做那些事的时候,那些令他厌恶的事情熄灭了他的激情,尤其使他痛恨的是他们破坏了他的感觉。在那个非常的时刻,他把他们杀死以前,必须用水把他们冲洗一遍才运走。

而且,即使他们死了,他们也会令他生厌。他情不自禁地流下异常兴奋的眼泪,而他们的继续存在却变成了冰凉的脸上一副愤怒的表情。

真是乱七八糟的。

他不能肯定,但他认为很有可能那封来自 WP 的姐姐信也是来自同一个地址:巴恩斯泰帕尔路 111 号。

那么,SL 是谁?参加十字军的邻居?WP 的妈妈?侄子?孙子?另外,再往后,是努力生儿育女组成的一个新的家庭来补充这个最后的黑洞成为 SL 的吗?埃夫里沉思片刻,但他们同样都有可能是 SL,所以他不能浪费太多的时间。

亲爱的埃夫里先生令人满意。WP 也不错。寻求帮助的恳求很中肯。

但是,真正给阿诺德·埃夫里留下印象的是那个"真诚的"字。

斯蒂文·拉姆写给阿诺德·埃夫里的第一封信给他退了回来,用很粗暴的黑色毡头笔写的字迹弄得五马六道的,很难辨认。检查官最后放弃了一线通过的机会,没有将那封信转交给犯人。他只在信的末尾的地方龙飞凤舞地写上"不能接受",便把它退回到了希普考特。

斯蒂文感到很丢脸。他感到就好像是一个戴着假胡子的小孩子溜进一家成人电影院被抓住了似的丢人。

几天以后,他自我原谅,恢复了信心,进行另一次试验。他才十二岁啊,他暗忖,不能指望他像第一次给连环杀手写的信一样。

第二周过去了,他一直在脑子里构思那封信,每一次他都删啊裁啊减啊的,一直到他决定从需要的信息范围的另一个方面写起。这使一开始构思的百分之九十都用上了。

对究竟是用"你真诚的"还是用"你忠实的",他又花了两个星期的时间进行了思想斗争。

虽然这是一封私人信件，信上未来的接收人的名字他还是熟知的，但"你真诚的"令斯蒂文难以接受。他根本不能说"你真诚的"这句落款。

然而，奥利里夫人却会对"你忠实的"持批评态度的。

夜里，他一直为这个问题睡不着觉，他在历史课和地理课上也是两眼茫然瞪着空间。当他在一个课间休息的整个时间坐在刘易斯旁边一句话不说的时候，他全神贯注的愣神儿达到了顶峰。试了三次与斯蒂文搭话以后，刘易斯对他喊了一句"滚蛋"，便走开了。

斯蒂文知道他必须一封接着一封地写信。

当他真的把钢笔放在纸上，用他最整齐的大写印刷体字母写信的时候，他突然发出的脑电波是写"真诚的"，而不是"你真诚的"。这把他拥有的每一个问题都解决了。他又要求是真诚的，但他绝对肯定，不是"你的"。

斯蒂文带着很大的希望将那封短信邮寄了出去。

十天以后，他收到了一封回信。

亲爱的 SL

我不知道你在说什么。

日安

真诚的

AA

8

"scam_sacking egg and tomato",刘易斯瞪着眼睛看着他的三明治,然后乜斜着眼睛瞅着斯蒂文,"你有什么?"

斯蒂文倚靠在他的铁锹上,用他赤裸的胳膊抹掉了他脸上的汗水。他犹豫了一下,好像他要撒谎,但是撒谎终会带来很大的麻烦。

"花生酱。"

"花生酱!"刘易斯站起身来。"你想交换吗?"

"绝对不换。"

刘易斯知道斯蒂文不会交换。土豆使斯蒂文犯恶心。刘易斯知道那个情况,他知道斯蒂文知道他知道那个情况,但是一想到花生酱而不是鸡蛋和土豆,他只想着自己的事情。

"啊,废话。你把它拿出来吧,一半对一半,不能说不公平吧。"

他马上在斯蒂文的斯巴牌包里乱翻一通。雅各比先生商店的东西是习以为常的东西。现在它是斯巴，而雅各比先生也不得不穿厚实的胸前带有箭头商标的绿色艾尔特克斯网眼衬衫。

斯蒂文无奈地望着刘易斯的脊背。

"别换成正好一半。"

斯蒂文轻轻叹了一口气。和刘易斯在一起真是喜忧参半啊。

斯蒂文独自一个人的时候，他挖啊挖啊挖啊，吃三明治，喝水，然后再挖。在一个天气晴朗的星期六，他可以挖五个洞。每个洞都是一个十一岁的小男孩儿的身体那么长那么宽那么高，虽然斯蒂文没有愚蠢到认为他占有一切优势的程度。他懂得，如果他挖掘一系列两英尺宽、四英尺深形状像大象一样的洞的话，那他很有可能会取得类似成功的机会。但是，他正在寻找的是一个特殊尺寸和形状的尸体，而他挖掘的那些洞是那个尸体的一张永久的催账单。这是一个耗费精力和常常使人感到寂寞的活动，但又是一个特别令人满意的事情。

然而，当刘易斯偶尔对高沼地发动突然袭击的时候，一切都更改了。当然，这是友好相助，穿连帽运动装的那些家伙们就没有什么机会撵他到家了，但是美中不足。

一开始，刘易斯总是带着"要帮忙吗？"的话来的，但随之而来的并不是帮忙。刘易斯从来没有把自己的铁锹带来过，也没有主动接过斯蒂文的班。

而且，刘易斯的出现，离给斯蒂文帮忙差之千里，实际上是给他帮了倒忙。刘易斯说的话问的问题，斯蒂文还得被迫回答。刘易斯也能点出一些事情——那是斯蒂文头低在欧石南上绝对不会看见的事情，也很少关心的事情——而且需要对那些事情进行一番讨论。

"妈的！瞧那个东西！"

"什么？"

"那个东西。在哪儿！"

斯蒂文不得不抬起头，倚在他的铁锹上。

"那是什么？"

"我不知道。我认为它是一只老鹰。"

"很像。这儿周围有很多。"

"你看我像什么？某种笨蛋？我认识，但这不是。"

斯蒂文总是耸耸双肩，把身子转回到他的洞里去。刘易斯总是坐着，朝周围巡视一圈，或者拿起上面有许多蓝色圆珠笔xx的英军测绘局地图，标记着斯蒂文在哪里挖过了，像一个星座似的星罗棋布。

"这是一个挖掘的坏地方。"

"这个地方与任何地方一样好。"

"不，那不好。"沉默良久，"你知道为什么吗？"

"为什么？"

"你不认为你像一个谋杀者。"

"是吗？"斯蒂文把草拧成一个结，嘴里咕哝着，把草拧来拧去。

"是的。你开始做的事，看看，这样想：如果我谋杀了一个人，我会把他们埋到哪儿？"

"可他把他们全部埋在这儿和邓克利·比肯了。"

刘易斯沉默不语了，但只是片刻时间。

"也许那是大家都搞错了的地方。想想看，如果我杀了六个人，把他们全都埋在这儿，也许埋完以后，我会开始在别的地方再埋。就在那儿。或许在黑土地上面。减少任何人发现他们的机会，明白吗?"

长久沉默。

"斯蒂文?明白吗?"

"嗯。我明白。"

"下一次我来帮助你,我准备在黑土地挖掘。"

刘易斯做的另外一件事情是吃他的三明治。斯蒂文对三明治里有什么东西企图撒谎,但刘易斯总是要检查的,然后无论如何都要吃他的三明治。末了,斯蒂文只有立即吃刘易斯的三明治了,无论他饿还是不饿,否则,刘易斯也会把他自己的吃掉,连渣渣都不剩。

刘易斯厌烦了。那天他没有开始要求他们在四点以前回家,这样的时候很少很少,那时,还有整整三个小时挖掘的时间。

刘易斯与斯蒂文在一起的时候,斯蒂文根本记不住挖掘了三个以上的洞。即使这样,刘易斯说要来帮助他的时候,斯蒂文还是一直对他进行了鼓励。有他的朋友在场,斯蒂文很少感到不可思议——仿佛为了一具尸体挖了半个埃克斯穆尔高地是很正常的事情似的,只要有个伴儿就行。

现在,他撂下铁锹,拉开了那个斯巴包。

"你取出好的一半!"

"我不取!"

"你取!你取出有顶层干面包片的一半!"

吃惊和天真的表情没有从刘易斯宽而有雀斑的脸上露出。"你把那叫好的一半吗?对不起,老兄。"

斯蒂文叹了一口气。什么是关键时刻?他和刘易斯至少在六个场合讨论过一个三明治好的一半的问题。刘易斯知道斯蒂文也知道什么是好的一半,但是面对如此无耻的否认,他能做什么呢?为一个花生酱三明治的好的一半失掉一个朋友值得吗？

当然，斯蒂文知道答案是"不"，但他隐隐约约地感到，在将来的某个时刻，这个时刻也许可能会到来，到时，所有坏的一半三明治他都必须吞掉，撑死他，让一股不可阻挡的怒潮将他冲走。

他很快吃了他自己的三明治，然后把刘易斯留给他的一半鸡蛋三明治里的土豆取出来——又是坏的一半，他郁闷地看了看——也把它吃了。

斯蒂文没有把信的事情告诉刘易斯。他被那封信搞得很尴尬，好像他给斯蒂文·杰拉德写了一封信要一个亲笔签名似的。

当然，假如他有斯蒂文·杰拉德的亲笔签名的话，学校里的每一个孩子都会要看一看，摸一摸（比利舅舅除外，比赛失败者曼城连队迷除外，斯蒂文飞快地想到）。但是，即使这样一个亲笔签名如愿以偿了，要求亲笔签名者和亲笔签名的作者也不会当回事儿——很可能会发生肢体冲突，每天都要劈头盖脸地把他揍一顿。

不，要是最后放弃威廉·皮特斯的尸体。还会有人知道那封信吗？

然后，斯蒂文肯定会承认他所做的事情，奶奶和妈妈经过深入了解以后会表示赞同——也会对他所做的事情充满感激——这个目的证明了手段的正确性。

斯蒂文收到阿诺德·埃夫里的来信，读完以后，他对落款字首的兴奋被失望取代了。这是一开始的事。

但是，几天以后，两个包含那一点含义的书写整齐的句子开始在他的脑子里有了更深的用意。这个事实是，除了信纸顶头埃夫里的监狱和牢房编号以外，本应该是一封从来没有过的夸夸其谈，在某种程度上来说需要认真思考和分析的信只有两个句子。

我不知道你在说什么。

两三天以后，斯蒂文认为这不是真的。不可能是真的！

与刘易斯语气肯定的那番话相反，斯蒂文写信的时候尽了最大的努力像一个谋杀犯一样来考虑问题，他考虑的事情与其说是谋杀，不如说是大多数十二岁的人考虑的事情。

比利舅舅的卧室事件发生以后，当时他尿了一裤子（尿裤子的事，谢天谢地，无论是他还是刘易斯从来都没有再提起过），妈妈告诉了他比利舅舅发生的事情。

起初，斯蒂文被吓昏过去了，但是，在刘易斯的刺激和鼓励下，他慢慢学得心醉神迷了。他的妈妈把埃夫里的名字告诉给了他，但有关埃夫里的情况也倒没说多少。大约第二年，斯蒂文却读了许多关于连环杀手的故事。他认为最好秘密地做这件事情，把图书馆的一些书藏在他的圆筒形帆布背包里，并且打着手电筒在被子里面看。

在许许多多听到受到羽绒被保护的外面朝他走来的嘎吱嘎吱的脚步声的紧张时刻下，他了解了比同龄的任何一个孩子都知道的更多的关于谋杀的事情。

他知道了有组织的杀手和没有组织的杀手的情况，知道了寻求刺激者们的情况，知道了为获得奖杯而下赌注的人们的情况，知道了悄悄跟踪猎物的杀手们的情况和掌握了他们的心理对他们进行突然袭击的那些杀手们的情况。他读到了压死的小狗和剥去皮的猫的消息，读到了恃强凌弱者和受到胁迫的人的消息，读到了窥阴成癖者和生炉子的引火物的消息，读到了狂砍乱杀和临床解剖的消息。

斯蒂文的疯狂阅读起到了两个重大的结果。第一，在一年时间里，他在学校的阅读水平考试成绩从七年级跳到了十二年级。第二，他懂得了除了他们明显的疯狂工作性质以外，像阿诺德·埃夫里这样的连环杀手实际上做事是特别有条不紊的。这就告诉他，如果他要一如既往的话，埃夫里很可能会回忆起他生吞活剥地杀害的那些人。

首先，他的受害人中的每一个人都是精心挑选出来的，假如埃夫里在杀他们的时候不知道他们的名字的话，他肯定在事后要想办法找到他们的名字的。

他每天都要在学校的图书馆在十五分钟的自由上网时间里进行他的搜索，他只找到了两三个对埃夫里进行审讯的在线存档报道，但是从这几个报道中他发现埃夫里是从《布莱克尼尔地区消息报》上挑选出亚斯明·格雷戈莉这个名字的。亚斯明给安妮公主献上了一束难看的橘黄色百合花。报上有一张她行屈膝礼的照片。那张剪报后来在埃夫里与他寡居的母亲一起合住的房子里找到的，在她的亲属的申诉下，那份报纸的剪报随他母亲一起被安全地放了回来。剪报簿是被警察在装有前面印有闪闪发光的字"星期二"的亚斯明的黄色短衬裤的一个鞋盒子里发现的。那件女式短衬裤已经洗烫过了，报道说，埃夫里对"体液深恶痛绝"。

报道还说，亚斯明的生命至少被延续了两天。斯蒂文又搜索了一下，发现了一张亚斯明穿着矢车菊蓝裙子的照片——一个眯着眼睛，牙缝隙很大的金发小女孩儿。那张照片被裁成了单独的一个人，但斯蒂文判定照照片时她一直抱着一只狗。

斯蒂文感到不寒而栗，虽然小小的学校图书馆闷热得叫人透不过起来。

亚斯明·格雷戈莉，她抱着一只大黄狗。亚斯明·格雷戈莉,她也许认为她在学校受到挑逗是由于她的色迷迷的眼睛。亚斯明·格雷戈莉,星期二她穿着短衬裤离开了家,但她到星期四才被杀害……斯蒂文迅速关掉了电脑。

那么,埃夫里把比利舅舅的生命延续了多长时间。

图书馆管理员在他身后喷喷地咂嘴:"你应该退出网络系统再关机,你是知道的。如果你不能正确上网的话,就不允许你再上网了。"

"对不起。"斯蒂文说。

他慢慢地走回家,脑子里嗡嗡作响。

剖开每一个社会现象,没有被抓住,异常地安逸,对小里小气、对容易受到别人的指责和对轻信别人感到烦恼,埃夫里像死亡天使和从他的家里拔出一个大头针似的扫除了一切。然后,他根本不用呆在家里看着事情暴露。

斯蒂文的思绪迅速被埃夫里的罪行夺去。他想出了控诉他的罪行的那些话,但是他想过那些话不久以后,埃夫里所做的事情的概念便在他的脑子里消失了,他做的事太邪恶太不合逻辑了,简直无法在他的脑子里长时间停留。埃夫里把不同的规则玩弄于股掌之间——那些规则很少有几个是被人类所接受的。那些规则似乎完全是从另一个世界发明出来的。

斯蒂文一旦出乎意料地看见阿诺德·埃夫里居住的那个世界,就会吓得他出一身冷汗。

有一天,詹姆斯夫人在地理课上给他们出示了一张银河的图片,当她指出银河是在太阳系之中时,斯蒂文感到一股电流通遍了全身。多么小啊!多么渺小啊!银河真是微不足道啊!在那个亮点里面的一个地方只是行星的一点,他们在它的表面只是一个微生物。

难怪埃夫里做了他做的事情！为什么不应该是他做的？事情的整个方案上有什么关联？这难道不是他，斯蒂文·拉姆，傻乎乎地介意一个亮点里的一个点上的其中一个微生物如何如何吗？为什么每个人都对微生物那么愤怒？看懂那个大图片的人是埃夫里，懂得人类的生活的真正价值真正为零的人是埃夫里。那样认为就和没有认为一样，那样的良心对快乐只能是一个自我加强的障碍，那种痛苦如此短暂，百万儿童也许可能在宇宙的眼睛一眨之间被折磨和杀害。

感想结束了，斯蒂文的脸蛋儿和耳朵随着恐怖的感想变得通红。好像非常格格不入的东西刹那间侵入了他的脑子，极力将他拖入完全的现实之中，使他在黑暗的虚无海洋中漂流似的。他抬头看着詹姆斯夫人，班上的其他同学都带着好奇和轻蔑交加的目光看着他。他绝对不知道他做错了什么，或者他做了什么事情引来了他们的目光，但是他绝对不会在乎，他只是感到恢复到了轻松的感觉之中。

后来，想起这件事情，斯蒂文意识到了他要对他的信保守秘密的理由了。这比写给一个足球运动员或者一个流行歌曲歌星更糟糕得多的多。他正在做的事情是给一个怪物写信，给圣诞老人写信，给外星人写信——给这个现实的星球上根本不存在的一个人写信。

斯蒂文正在给魔鬼写信，乞求宽恕。

那么，随着他不停地读书和研究以及在地理课上的神灵显现，斯蒂文在写信以前，感到他弄清楚了有关阿诺德·埃夫里的大量情况。

那就是他为什么坚信埃夫里对他在说什么了如指掌的原因。但是，如果埃夫里撒谎说他不知道斯蒂文在说什么，那么，不是对

"日安"这句话同样也要产生怀疑吗？一旦斯蒂文断定了这个问题，他便确信那个问题是有道理的，但他开始解答出埃夫里可能拥有的真正含义了。

那两个字在对斯蒂文的要求的断然回绝之中确实没有余地吗？斯蒂文没有学习过语义学，或者就连这个字都没有听说过，但是阿诺德·埃夫里的信对这个学科是一个很好的引言，奥利里夫人都会被他的结论感动的。

斯蒂文住在萨默塞特，但他不是傻瓜。他有一张埃米纳姆的光盘，看过许多震耳欲聋和枪林弹雨的好莱坞警匪片。凭在一个陌生的国土中的那些陌生人的经历，他估计那个断然拒绝看起来好像是这样的意思："别再给我写信了，大傻瓜。"或者是"日你，日你妈。"斯蒂文还不知道什么是反语，但是他能感觉得到信上的那种意思是冲着他的。他知道那两个字的意思不是断言。到第三天，"日安"在斯蒂文的脑子里变成了"你是一个勇敢的孩子"的代码。到了第五天，它似乎是说："我佩服你试图得到这个信息。"

到了第七天，他非常确信它的意思是："最好下次能够走运……"

9

春季的这一天,老天不赏脸,巴恩斯泰帕尔镇每逢下雨,即使是最有知识才能的城镇设计师也束手无策。

一股狂风刮向山坡,宽阔的陶河黄泥水面上荡起无数涟漪。

就连大街上的连锁商店看起来也被这恶劣的天气所包围,一个个人挤在上面破烂不堪的维多利亚时期的群楼之中。马克斯和斯本瑟商店是今年的襻带时装鞋的临时总部,在这个临时总部的门口,一个愤怒的一条腿酒徒大声喊道,"日你妈《大问题》。"(一本由英国流浪者在街头售卖的周刊杂志)。

几盆吊兰恼人地将雨水滴落下来,滴湿了几个顾客的衣服——报春花和冬季的三色堇花的朵朵花瓣落满了它们自己的叶子上,或者带水的花蕾沉得低垂着脑袋。

斯蒂文知道它们的感受。雨水将他的头发粘到了他的额头上，滴到了他的衣领下面。奶奶不赞成戴棒球帽，斯蒂文拒绝穿令人发笑的黄颜色带帽子种类的长雨衣，戴维年龄太小了，不能拒绝。他不时地慢慢移动脚步挪到了莱蒂的伞下，没有明目张胆。

奶奶围了一条把带子系到下巴底下的透明塑料头巾。这是大多数人穿上两次就扔掉不用的那种东西，奶奶拥有她的透明塑料头巾已经有斯蒂文出生的时间那么长了——至少。斯蒂文知道，他们回到家后，她就会把它放到暖气设备上晾干，然后像叠一把扇子一样把它叠成一个界尺大小的条子。之后，她会将它卷起来，用一个橡皮筋将它扎上，井然有序地放进她的包里。

斯蒂文的上一双软底帆布运动鞋穿了两年以后被扔进了垃圾箱，因为他没有把那双"特别好的鞋带"取下来，她一直生了一个星期的气。

现在，莱蒂在她的钱包里乱翻了一通，在人们从她身边挤过去的时候，她皱着眉头拿出了一个单子。

"对了，"她说，"我得去一趟布彻斯罗市场和班伯里百货商店。"

蒂夫顿镇比较方便也比较近，但巴恩斯泰帕尔镇有班伯里百货商店。

"你想在班伯里买什么？"奶奶疑惑地问道。

"就买几件内衣裤。"斯蒂文听到了她声音中的尖利声调——拖着音直到声音变得微弱。

"你的那些旧内衣裤怎么啦？"

"我真的不想在这儿讨论这个问题，妈妈！"她用嘴巴笑了一下，而不是用眼睛笑。她的声音放得越轻，就越微弱；很可能是变哑了。

奶奶耸了一下双肩，表示如果莱蒂想在内衣上浪费钱财她也无所谓。

莱蒂把她的购物单收起来，然后把身子转向斯蒂文。"你把戴维领去花他的生日钱吧，我们大家十二点半见。"

戴维兴高采烈地问："在蛋糕店吗？"

"是的，在蛋糕店。"

奶奶站在莱蒂身后，决定要发表她的意见，声音非常大地说："不是谁都要看你的内衣裤吧。"

莱蒂没有把两个孩子打发走，但斯蒂文看见她的牙齿紧紧地咬住她的嘴唇。戴维把目光从他的妈妈转向他的奶奶时，他的兴奋马上变成了担心，他不知道说话，只知道感受。

莱蒂抓住斯蒂文兜帽的领子，一把将拉锁拉上，碰到了他的下巴。

"我敢发誓，斯蒂文，你感冒了活该！"

他一句话没说。

"赶快带戴维去花他的钱。但别让他浪费钱，明白吗？"

斯蒂文心里清楚他摆脱不掉戴维。见鬼的奶奶！要是她能让妈妈闭嘴，妈妈就会很高兴地让奶奶来照看戴维，那他就可以去图书馆了。现在，他让戴维给拖住了。

戴维拥有生日礼金。三英镑。戴维从一个盒子里拿出每一个橡胶恐龙看了看，然后一个都不买，斯蒂文很不耐烦，烦躁不安。戴维又走到了下一个盒子，这个盒子里装满了里面带廉价玩具的透明小圆球。经过长时间认真的斟酌之后，他挑选了一个装满粉色塑料小卵石的小圆球，它的价格是七十五便士。

斯蒂文拉住戴维的手急忙地往图书馆走去，但是当他们路过一家糖果店时，戴维又把自己弄得行动迟缓，进退两难，斯蒂文不得不又一次等着，戴维眼睛使劲地看着每一个棒棒糖，每一个小包包，又使劲儿往每一个糖罐子里看了看，最后拿着四分之一磅软胶虫糖和一个科里沃利巧克力棒出来了。他又想在街角的一个卖无线电遥控汽车的商店停下来，但斯蒂文一把拉住他往前走去。

没有太阳把它的光照射到高大肮脏的窗户上，那图书馆既阴暗又寒冷。

图书馆管理员——一个戴着耳环，头的一边剃成了Z字形的小伙子，胸牌上写着"奥利弗"——让斯蒂文用一种怀疑的口吻大喊了一声"档案"。档案在参考部分后面的角落里——他的办公桌看不见。

"哪一年的？"

"90年6月。"

"1890年还是1990年？"

斯蒂文做出一个迷惑不解的表情。他从来没有遇见过他们会把那些报纸倒退到1890年。

"1990年。"

奥利弗叹了口气，在顶层的架子上查看那些巨大的书。然后，他打开了脉冲荧光灯，又看了看。

之后，他目光急切地看着斯蒂文和戴维，好像急着要找他们的毛病——一个给他提供一个借口不帮他们的忙的事情似的。

"他不能在这儿吃这些东西。"

"我知道，"斯蒂文说，"他不会的。"

奥利弗用鼻子哼了一声，伸出手要糖。戴维本能地把糖撤了回去。

"我不能让科里沃利把我的档案室抹得哪儿都是的。"

戴维看着斯蒂文,向他咨询。

"把糖给他吧,戴维。他会把糖替你安全存放的。"

戴维极不情愿地交出了那些糖果。

奥利弗把一个凳子吱吱呱呱地踢向地板,爬上凳子,拉下一个巨大的合订本,然后他把那个合订本撂到办公桌上,砰地发出一声恼人的巨响。

"不能吃,不能剪,不能叠,不能舔报纸。"

斯蒂文眨了眨眼睛;他怎么会舔报纸呢?

"明白吗?"

"明白。"

斯蒂文坐在仅有的一把椅子上,戴维坐在地板上,开始把他的小卵石摆开。奥利弗在门口转来转去,斯蒂文对他不屑一顾,直到他离开后,他才打开那本巨大的书。

《西部晨报》过去非常非常有名。在这份巨大的报纸上看到千篇一律的通栏大字标题是令人感到很奇特的事。斯蒂文开始认真地翻阅一本大书的时候,就感觉到好像是一个小矮子正在读一本巨著似的。他因为这个想法咯咯地笑了,戴维抬起头看着他。

"有什么好笑的?"

"没什么。"

互联网真好,就是东西不全。埃夫里的案子早于互联网,斯蒂文有种沮丧的感觉,东西有不少,但不是他需要的。不过,至少互联网不会散发出像臭袜子的味道。

戴维正在使劲儿把那个塑料球体打开,他的舌头在全神贯注中伸了出来。

"你要我打开它吗?"

"我能打开它。"

报纸的页面已经发黄,让人伤脑筋的是已经变脆了。在很多处,磨损的边都给撕烂了。斯蒂文站了起来,以使他能够更有效地驾驭这本大部头的书。

"虐待,拷打,杀害。"这个大标题完成了斯蒂文的搜寻。

上面有一张阿诺德·埃夫里的照片——这张照片斯蒂文最早已经看见过。他下意识地把报纸拉得近一点,以免错过任何一个细节。那张照片看起来与国内体育专版上的照片一样——一个两次为黑土地人队打败埃克斯穆尔高地公驹队和赢得了三局的年轻人。

斯蒂文感到为难了。他原来希望……哦,他希望什么?直到现在他脑子里对埃夫里的印象都是模糊不清的——也许简直就不是人。埃夫里在埃克斯穆尔高地的一次大雾中一直是一个黑暗的轮廓,一个在恶梦的边沿上移动和声音低沉的大杂烩。

但是,这里是真正的埃夫里,不知羞耻地直接对着警察的照相机,他的黑色刘海时尚地甩到一只眼睛上,他的微微上翘的狮子鼻给他提供了一副和蔼可亲的表情,他宽阔的嘴几乎是闭着的和露出笑容的。斯蒂文记得,埃夫里的两个嘴唇很红。这是一张黑白照片,但它能够被分辨出来。当他更近距离地把那张照片研读了一番后,他就更加明白埃夫里的嘴巴几乎紧闭的原因,他是呲呲牙。它有一个像素的白色。

斯蒂文对这张照片感到困惑,但是埃夫里看起来三分像他犯下罪行的犯人七分像受害者。

倒是有几个埃夫里的受害人的照片,不过在这次诉讼案件中的关键时刻,《晨报》把他们称为"所谓的"受害人。

小托比·邓斯坦在文字说明中被描述为"最小的受害人"。一个笑呵呵的六岁的小孩儿，长着一双扇风耳，眼睑上还有雀斑。斯蒂文呲牙咧嘴地笑了：托比看起来长得像扇子一样。然后他又想起来——托比死了。

头版上还有一张图，那是埃克斯穆尔高地的地图。斯蒂文从他的衣服口袋里掏出一片纸，复制了地图的模样——一个粗糙起皱的橄榄球。被发现的六个孩子的坟墓用指向六张照片的 X 和箭头标示——每人都被确定为受害者。托比·邓斯坦的同样的照片，亚斯明·格里戈莉不一样的照片，然后是米莉·刘易斯·克鲁普，露易斯·莱佛雷特和约翰·埃里奥特的照片。

斯蒂文用红笔在橄榄球里标出每个孩子名字的字首。他们所有人都被粗糙地堆集到高沼地的中心地带。希普考特没有标出，但斯蒂文知道哪些墓地是在希普考特和邓克利·比肯之间。他们之中的三个是在比肯的西边。

他以前从来没有看见过标示坟墓的地点，但他感到欣慰的是，整个这段时间他都在这个大致的地方挖掘。当然，这张地图上的半平方英寸就是现实中的几英里的一望无际的高沼地。一想起他的寻找，他浑身都充满了新的活力。

他小心翼翼地把那张纸叠起来，开始看报。

6 月 10 日是在卡迪夫开庭审理的第一天。斯蒂文很快意识到，这意味着 6 月 10 号是原告方告诉法官的重点。这就犹如"比赛日"（英国广播公司 BBC 的老牌节目，主要播出英超足球联赛，周六晚播出，周日晚播出的为"比赛日 2"）或者总是开始用"哦，以前……"作为开场白的那些油腔滑调的美国电视连续剧似的。

以前，阿诺德·埃夫里——连环杀手……

原告方的高级律师，他的名字一直叫（而且很可能仍然是）普里查德·奎因QC先生，这个名字具有一切言外之意，好像埃夫里毋庸置疑、不可否认和不可更改有罪似的。他的嘴里已经没有地方说"大概"或"也许"了，因为诸如"冷酷无情的"、"冷血的"和"残酷的"词已经很满了。

普里查德·奎因告诉法官埃夫里是如何接近孩子们和如何要求孩子们为他引路的。然后，他会主动用汽车将他们带回家。如果他们逆来顺受的话，他们就死定了。如果他们不从的话，他们无论如何也是一死，因为他会一把将他们拽到汽车上。

斯蒂文对埃夫里的厚颜无耻感到吃惊。就这么简单！不能走开，不能躲藏，不能抓住东西耍赖不走和逃跑，一个小孩儿只能弯着腰往前走——身体有点不平稳——一直力大无比的快手。斯蒂文想着比利舅舅的双脚踢蹬已经打开的车门和感觉到他慢慢翻身仰躺的情景。

"有效果。"

斯蒂文抬起头来。戴维已经把一些粉色的小卵石放到了桌子上。现在，他拿出了其中两个小卵石给斯蒂文，把两个小卵石紧紧握在手里。

"什么？"

"有效果！"

"你说的是什么意思？"

这时，戴维把他的灰熊戴在脸上。"不会粘的！你把它粘到一起试试！"同时，他使劲把两个小卵石放到一起用手捏，仿佛单凭意志力便能把东西合并一体似的。

"它们合不到一起，它们不是那种可以合到一起的东西。"

戴维用越来越不满意的目光看着那些小卵石。

"来，我弄给你看。"

斯蒂文抓起地板上的小卵石，发现了那个滚落到墙边的小红球。他弹了那个球，又捡起一个小卵石，然后又弹了它，然后又捡起两个小卵石。

"明白吗？那就是它起的作用。"

戴维的脸色很难看。

"你想试试吗？"

戴维摇摇头，脑子里慢慢地想着他把他的一大笔生日钱花在了他不感兴趣的东西上了。

"我不想要它们，"他怒气冲冲地说，"我要我的科里沃利。"

"我们走的时候你才能拿到它。"斯蒂文说。

他知道他的话一出口，就成了对戴维的一封邀请信，而戴维抓住这句话，立即回复……

"我要走。"

"等一会儿。"

"我现在要走！"

"等一会，戴维。"

戴维猛然躺倒在脏兮兮的瓷砖地板上，开始大声哭闹，他挥胳膊蹬腿地把他的小卵石撒得满地都是。

"闭嘴！"斯蒂文嘘了一声，但是已经太晚了。

奥利弗在门口出现了，他们走了。

雨停了，太阳正在出来，但是一辆辆小汽车仍然在发出嘶嘶作响的声音，飞驰而过，把水溅到不小心的行人身上。

斯蒂文知道他为了戴维走得太早了,但是他并没有在意,他连拉带拖着他的小弟弟一直往前走。他几乎是半拖着脚坚持往前走,全然不理那小孩子的哭哭啼啼。一天时间浪费了,他们一年只来巴恩斯泰帕尔三次——圣诞节、八月购买校服和过生日。斯蒂文的生日是在十二月,所以,他的生日旅行是和圣诞节旅行合在一起的,但这次是戴维的生日旅行——3月1日——所以,要过几个月妈妈才能把他们带过来,抱怨斯蒂文的脚大和他校服衬衫上的破洞。

那么,他这次来有何建树吗?一无所有。只有一张粗略的地图和碰到了一种奥利弗那样的敌人,他大概绝对不会让他回来进入档案室了,或许就连图书馆也不会让他进入了。愚蠢的戴维和他愚蠢的小卵石啊。

当他们匆忙走着的时候,一大群购物者的脸在斯蒂文面前出现,好像他第一次发现一群人是一个人似的。

什么一个人?那么多农民是一个人吗?那么多营业员是一个人吗?那么多性变态者是一个人吗?那么多杀手是一个人吗?

斯蒂文突然感到巴恩斯泰帕尔的购物者们对他产生了一股极大的吸引力。阿诺德·埃夫里会来购物的。他会很正常地出现在他的邻居面前,不会吗?斯蒂文在被子里面看过的那些书里充满了朋友们的引语——甚至是家庭成员的——当他们"正常的"邻居、儿子、兄弟、侄子等作为杀人狂暴露的时候——他们也是束手无策。一想到阿诺德·埃夫里或者像他一样自由自在地走在这条街上就使斯蒂文感到紧张不安。他警惕地朝他的周围看了看,紧紧地握住戴维的手。

一个灰白头发男人的妻子指着曼休妮品牌女装专卖店橱窗里的东西喃喃低语的时候,他盯视着她,一双眼睛半张半闭,摄人心魄。

一个穿着肮脏的裙子的女孩儿拙劣地弹着一把旧吉他,用乏味单调的一个声调唱着"苍白的浅影"(莎拉·布莱曼 1967 年演唱的经典歌曲),而她的杂种猎狗却在一条潮湿的毯子上浑身发抖,他听着这首歌没精打采得一步都走不动了。

一个年轻人朝他们走来。一头像科特·柯本(美国音乐家,以身为油渍摇滚乐团和超脱乐团主唱、吉他手及词曲作者而闻名全球,因吸毒年仅二十七岁在西雅图的家中开枪自杀)蓬乱的黄头发,棕黄色的山羊胡子,一身摩托车夹克装。一个人。一个人有危害吗?斯蒂文看了他一眼,希望他没有危害。那年轻人一副冷漠的表情,但也许那是一个诡计。也许他会从斯蒂文和戴维身边走过去,诱骗他们放松警惕,然后转回来,用手抓住戴维的右臂,斯蒂文开始用绝对没有希望取胜的尖叫声和恳求与那年轻人进行激烈的争夺,这时,购物者们文雅地朝他们走过来,没人想管此闲事……

"啊,斯蒂夫!找你找得好苦啊!"

"对不起。"他说。

他们几乎全都在班布里百货商店。

"你要到哪儿去,拉姆?"

是穿连帽运动装的那帮家伙。

斯蒂文的心怦怦跳得很厉害,继而心情沉重起来。他是一个优秀的赛跑运动员,在巴恩斯泰帕尔的一个星期六,他会很容易地甩掉那帮连帽运动装的家伙。那得在没有戴维的情况下。他又一次对他的弟弟怒火中烧。

"哪儿也不去。"斯蒂文不看他们的脸。

"我们要去找妈咪,"戴维说,"我们要去买蛋糕。"

连帽运动装们哈哈大笑,有一个连帽运动装发出了尖利刺耳的欢笑声。"要去找妈咪,要去买蛋糕。"

戴维也哈哈大笑了，斯蒂文突然感到他把对他弟弟的愤怒又转向了斜瞪着眼睛的连帽运动装的家伙们了。他打不过他们，如果他站在那儿不动的话，他就要挨一顿痛打。他唯一的优势是出其不意，攻其不备——就在现在，当戴维正在哈哈大笑的时候……

借着一大堆购物者们壮胆，斯蒂文冲过连帽运动装们，一把拉住戴维就走，几乎将戴维拉倒。那三个男孩儿刹时被他的胆大包天弄得目瞪口呆。随后，他们跟随着他。

一开始，戴维对走路的速度感到不可思议，但是看看斯蒂文的脸色，这种脸色提醒他，情况很严重，于是他尽量坚持跟上斯蒂文的速度。斯蒂文拉着他冒冒失失地穿过人群的时候，众多胳膊肘和屁股砰砰地碰着他的头。他们两个人如同两个小小的、惊恐万状的弹球戏似的在购物者们的身上撞来碰去。

要是斯蒂文一个人的话，他会跑得既远又快，但带着戴维这累赘，他知道他只能一步一数，于是他一直往前走，离班布里百货商店的玻璃门只剩下二十码的距离了。

连帽运动装们意识到了他的目的地了，企图拦住斯蒂文。他们走得没有那么快，但是他们走得很野蛮，不太喜欢绕着人走。当人群分散，显示连帽运动装们距离戴维近在咫尺的时候，他尖叫一声。

这时，一个推着购物车的女人出乎意料地走进了他们的路线之中。

"他妈的！"

其中一个连帽运动装冲过购物车，另外两个迷惑了斯蒂文和戴维很长时间的连帽运动装突然冲出了班布里百货商店的门。

一个中年胖保安马上转向他们，斯蒂文硬着头皮停下来不跑了。戴维在他们后面使劲看了看，心里非常害怕，但他不知道这是怎么回事。

外面，连帽运动装们一边对恼怒的妈妈破口大骂，一边向门口飞奔。

"斯蒂文？"

"嘘！"斯蒂文猛然拉了一下他的手，引起他的注意，领着他悄悄地走向各种提包、珠子项链和皮带货架。那个保安皱了皱眉头——他的行动现在无法实施了，那两个男孩儿慢慢地走着，开始装得像顾客似的。

玻璃门砰地一声推开了，连帽运动装们直接跑向了那个保安。

斯蒂文和戴维走上自动扶梯时，斯蒂文往后看了看。连帽运动装们正在火冒三丈地为他们的合法权益大喊大叫，而那名保安却将他们推出了门外。

"我们迟早会抓住你的，拉姆！"

文雅的购物者们往周围看了看，迷惑不解。斯蒂文双颊绯红，眼睛直直地看着前面。戴维紧紧抓住斯蒂文的手，仿佛他绝对不放心似的。

10

亲爱的埃夫里先生,
谢谢你的来信。
希望你在这里。
真诚的
SL,希普考特市巴恩斯泰帕尔路111号。

埃夫里感到惊奇。这封信什么也没有说啊!信上没有乞求,也没有请求,更没有主动提出在他的假释听证会上帮助他——第一次假释听证会已经开过了,他没有出席,而且已经导致将他从黑维特里转到了低级别的高沼地监狱了。

他把那封信又看了一遍,一股慢性子的怒火开始在他的心底里燃烧开来。他自己的信是漫不经心和意义含糊的，他心里清楚，因为他费了几天工夫才想出他要表达的周密的思想状态——无知，为了通过检查员这一关，在信里开了一个差不多的玩笑，还真引来了一个高明而又意志坚定的读者的回信。埃夫里的收文篮里在十八年之久的时间里一直都是空的，那封信竟然使他收到了一封回信，他几乎不敢承认他自己内心的兴奋。再说了，收到的一封回信竟与他最爱的课题有关系。而且——终于——收到了一封从某种程度上来说与其中一个儿童家里人有关系的人的来信。

SL的第一封信为阿诺德·埃夫里打开了记忆和兴奋的潘多拉的盒子。他从WP开始，从每个方面仔细检查那个记忆。

这耗费了他几天时间——那是他不再被女王陛下的快乐所吸引，而要根据他自己的情况而定的几天，那是芬利警官的青筋鼻子使他失去向他挑衅的动力的几天，那是被人递给了一小纸杯鼻涕而不是在他的汉堡包上抹芥末没有影响的几天。那是他空闲的几天。

之后，他的思绪又回到了开始，品味着对孩子们中的每一个孩子近一个月时间之久的又一次长久时间的狂喜。

眼下，又是这封信。

SL可能是一个很严肃的写信人，但是他是一个讨厌鬼。像个女人似的！像个小孩儿似的！实际上，假如SL果真是个女人的话，他也不会感到惊奇的！SL竟敢对一个封信感到吃惊，然后又发给他这封什么也没说的信？SL可以去他妈的！

他怒不可遏地把那张纸折成A5的纸要将它撕碎——然后，他注意到纸的背后上有个什么东西。

埃夫里皱了一下眉头，将那张纸举到灯光上，但一举到灯光上那东西却不见了。他把那张纸又斜拿着，一直到能够看到它是什么东西为止。他的心突然砰砰跳动。

阿诺德·埃夫里咚咚地擂打这牢房的门，大声叫喊，要一支铅笔。

SL 用的 A5 的纸是高级纸。它比高质量的纸还要高级——它很厚，有点像卡纸。埃夫里在学校学过美术，他认为这是水彩画纸，稍微有点凸纹的质感。

埃夫里认认真真地费了好长时间用不尖的铅笔在那封信的背面摩擦。

把一张纸放在这张纸的上面，SL（他现在又认为 SL 是一个男人，因为这封信写得很狡猾）给人留下一个写得犹豫不决的印象，然而不管怎么说，用一个大圈从纸的顶头弯弯曲曲运行的一个线路绝对是经过精心设计的。线路之内有字首 LD，在 LD 下面的一个不长距离是字首 SL。

信纸上另外给人留下印象的符号是一个问号。

埃夫里差一点哈哈大笑出来。这个信息用如此简单的方式进行传达，真是太孩子气了。用一条线路和四个字母，除了他对任何人都毫无意义，SL 给他显示了埃克斯穆尔高地的地形轮廓，它是在向埃夫里说明他知道卢克·丢布利的尸体已经被发现的地点和他与那个地方的关系，他只是再问一遍——比利·皮特斯在哪里？

阿诺德·埃夫里会心地笑了。于是，他写了一封回信。

11

阿诺德·埃夫里小的时候,好事情似乎对他发生得太快了。事情也结束得太容易太快了。鸟儿——他将他们引到一张种子桌上,用网子捕住——他们在投降当中表现得太可耻了。他踩在一个朋友的白鼠头上的时候,那只白鼠就那样温顺而轻信地卧在地上。他把他奶奶的肥猫伦尼放到她亮白色的洗澡盆的水底下时,伦尼拼命地挣扎,一开始脾气很暴躁,但很快就变乖了。

他们谁都不敢向他挑战。他们谁也没有向他请求、乞求、撒谎或者威胁过他。当然,伦尼抓挠过他,不过那没有什么大碍。他淹死的第二只猫——黑白比布斯——狂撕他从一个行李箱旧物销售站偷来的摩托车广告单。

很早的时候,他看到一个个孩子被人从汽车里或者儿童游乐场上绑架，几个小时后发现被扼死的报道，他被这种废话搞糊涂了。如果有人铤而走险去偷一个最大的战利品——一个小孩儿——为什么绑架以后那么短的时间要杀死这个战利品？这对埃夫里来说是讲不通的。

十八岁的时候，他把一个比较小的小孩儿锁进了一个旧煤箱里，把他在那儿锁了将近一整天——显然他担心损害了他，但他享受了那份控制那个孩子的乐趣。八岁的蒂莫西·里德起初还哈哈大笑，之后恳求他，然后要求他放了他，随后咚咚地砸门，末了威胁要告发他，而后扬言要杀了他，后来就变得非常非常安静了。此后，开始求情告饶——又是花言巧语，又是许诺保证，拼命再三求饶，涕泗滂沱。埃夫里被他的胆大妄为弄得与听到蒂莫西的一声声凄惨的叫喊时一样兴奋。他放他出来以后，天已经黑了，他对他说这是一次测验，这个测验他及格了。他和蒂莫西现在是秘密朋友，每当他向那个小男孩儿打招呼的时候，那个小男孩都吓得发抖。阿诺德是他的秘密朋友，他从不暴露。

他必须保持那个秘密。

警惕了几个星期以后，蒂莫西开始对阿诺德的友好问候作出回应了。他禁不住接受了偷来的"水下作战战士"玩具和偷盗的糖果。煤箱事件发生两个月以后，阿诺德·埃夫里把一个瘦弱的九岁小流氓拷打得泪如雨下，低三下四地进行道歉时，蒂莫西·里德在场观看。那个小流氓在儿童游乐场里作出了保证，蒂莫西可悲地对有这样一个年龄和个头都比较大的哥们儿做盟友和保护伞感激不尽。

然而，一旦蒂莫西·里德将他看做一个英雄，阿诺德便感觉到时机正好是叫一个非常亲密、非常秘密的朋友做他也许会同意做的他偏爱的事情了。

阿诺德·埃夫里猥亵了蒂莫西·里德，直到这孩子的行为完全改变，功课一落千丈，受到他父母亲得严厉质问——之后很快——受到了警察的讯问。

这样，阿诺德学习了他的第一课——动物们的长处是，他们不会开口讲话。

阿诺德·埃夫里十四岁的时候就被送到了少管所，他在那儿服刑三个月的每天夜里和几个白天花时间学习，得知真正的性能力不是摆在那儿问而得到的，而是简单的夺取。事实是，他一开始就在这个令人痛苦的方程式的结果上完全提交了这个方程式的等值，这是他学到的第二课。

他回家了，然而他再也没有回来过。

在他杀害保尔·蒂西柯特（他与蒂莫西·里德具有惊人的相似之处）以前，他又过了七年，但这是值得等待的。埃夫里将保尔的生命延续了十六个小时，然后在邓克利·比肯附近埋葬了他。没有人对埃夫里有所怀疑。没有人质问他，当他开着他的厢式货车在西部乡村转来转去、一份份地看当地报纸、给当地的一个个家里打电话和与当地的孩子们聊天时，没有人瞥他一眼。

而且，谁也没有找到保尔·巴雷特的尸体。当时，他们还在西沃德·何村孩子家的附近寻找尸体来着。

所以，邓克利·比肯是埋尸体的安全之地，埃夫里认为。

而且，他很好地利用了这个地方。

12

  山丘上的欧石南被雨水淋透了，现在森然滴落到斯蒂文挖开的湿漉漉的草坪上。

  他挖了两个洞，然后吃上一个乳酪三明治，然后再挖一个洞。

  自从发生了"绵羊下颌事件"以来，他一想起这事便对挖洞失去了一些兴趣。那种最高的高峰和一落千丈的低潮情绪使他把无望的使命变成了极大的消遣解闷。现在，他的两个胳膊肘每用力一次，他的背部每疼痛一次，他的手上每拿一个碎片，不知怎么的，他似乎都感觉更加厌烦。

  他新生的低落情绪的根源造成了他对刘易斯和脾气暴躁的戴维的强烈不满。即便是在高沼地上这个地方，十分艰辛的劳动除了有种隐约的疲劳以外，他把所有事情都从脑子里驱赶出去了，他感到天不遂愿，抱怨连连，虽然没有人发牢骚，他本人也没有可以发牢骚的人，他的脚下只有他的铁锹和一望无际的高沼地。

他没有收到埃夫里的来信，自从他发出那封背面带暗号的信以来，到现在快两个星期了。是他太小心了吗？那么小心，埃夫里本人怎么能发现那个秘密的信息呢？难道比利舅舅的杀手只看了一下那张纸的正面的毫无意义的话就将它扔进了垃圾桶里了吗？或者，即使埃夫里看了背面的秘密信息，他看懂它的意思了吗？在斯蒂文满含谋杀的心里，他认为他提供了足以引诱埃夫里回信的条件，但是也许埃夫里破译不了这个密码。或许，他根本不想破译。也许他不想和斯蒂文这只讨人嫌的猫玩捉老鼠的游戏。随着时间一天天的过去，长高沼地上没有一个答案，斯蒂文抑制不住失败的懊丧心情。他希望能够把他的不安告诉刘易斯，但是他知道这是他必须守口如瓶的事情。别人是不会理解他所做的事的。实际上，他清楚假如他透露了这封信的任何事情，他本人就会尴尬地成为人们的一个谈资。

他先前已经操了很大的心确保一旦邮递员来了他可以随时出现。邮递员来得早——大约是早上七点钟——但斯蒂文开始把闹铃拨到差一刻七点，以保证弗兰克·蒂希柯特走到小径上的时候他已经站在了楼梯顶上。他需要的最后一件事情是他的妈妈或者她的奶奶能够收到一封写给他的信。斯蒂文从来没有一封通过邮箱传递的个人信件——甚至连一张圣诞卡也没有——他想了很多将会被人问到的问题。然而，他先前用冰凉的脚趾站在楼梯顶上花的时间造成的失望已经被他不断的灰心丧气远远替代了。

他又开始挖另一个洞，但是仅仅是在纤维地上试着挖了挖之后，他便把铁锹撂下了，把铁锹撂下后他就自己开始伤心难过起来。

几乎很短的时间，他廉价的防雨裤就开始被雨湿透了。冰凉的土使他的身子底下难受起来，湿漉漉的欧石南用滴滴嗒嗒的水幕缠绕着他。他一点点儿出的汗很快就全干了，他开始全身发抖。

铺天盖地的雾气从地上悄悄钻入潮湿的毯子下面，使腐烂的昆布草发出难闻的气味。

斯蒂文感觉自己在茫茫大地之中正在变小。星系的印象又在他的脑海里浮现。他是边远之地中一个微生物上、一个微粒上、一个尘埃上和针孔上的一个原子。很久以后，他才能挺直身子，变得强大，发出热情。现在，仅仅在几秒钟之后，他就是一个等着在太空中飘泊无定的尸体。埃夫里是对的。这全都没有任何意义。

斯蒂文两眼一热——没有进一步的预报——他开始哭泣起来。起初，他只是两眼一热，但随之身子也跟着抖动起来，他开始像在欧石南草中伸开四肢的弃婴一般伤心难过，嚎啕大哭，他的心里七上八下，五味翻腾，肚子的肌肉一用力紧绷绷的，冻得发白的双手缩成一双孤苦无告的拳头，松弛地向上翻着。

他躺在那儿哭了几分钟，不明白这是一个什么样的情绪，也不知道这样的情绪是打哪儿来的。他唯一想弄清楚的是一种隐约而超然的忧虑，他是不是疯了。

他的哭泣缓停下来，哭红的双眼被黑沉沉的天空上寂静无声地旋转着的毛毛细雨淋得冰凉。他眨了眨眼睛，发现这个努力几乎对他不管用。他心力交瘁，精疲力竭，浑身的每个部位沉得像铅似的，紧紧地将他压在高沼地上，此时，除了躺在地上等待听命以外，他的全身已经没有剩下一丝力气干事了。

斯蒂文的身心完全平稳下来了，但他的脑海里又思绪万千起来，点点滴滴涌上心头。开始，他感到自惭形秽，他希望他的妈妈来这儿发现了他，用一条绒毛白围巾将他裹住把他抱回家，给他喂炖菜和巧克力布丁。他停止了一次小小的抽噎以后，他知道这种情况不会发生了——不只是现在，而是永远。他心里的又一个更加冰冷的刺痛感告诉他，这个记忆的希望可能再也不会发生了。每当他被雨淋和浑身感到寒冷的时候，他根本就没有想起过绒毛围巾，或者炖菜，根本就没有想到过要他的妈妈用安全温暖的双臂把他搂住。他对他妈妈的大量记忆是她粗鲁地脱掉他脚上被雨淋的湿袜，对着洗衣桶粗鲁地大骂脏话，用他们那晚上挂起来早上还一直是湿着的其中一条薄毛巾粗鲁不堪地将他的头发擦干。那使他想起了肮脏的卫生间的地毯，肮脏的卫生间地毯扮演了冬天在抽水马桶后面生长巨大的红色真菌的角色，好像外面的一层已经悄悄蔓延到他们的屋里来了，屋子里充满了寒冷和缓慢爬行的东西。戴维第一次看到真菌不禁叫喊一声，并且尿到了床上，而不是到床的附近去尿。现在，和他们所有人一样，戴维也对真菌熟视无睹了。有时候，他们还对那些蘑菇和霉菌开句玩笑什么的，但是，每当斯蒂文从刘易斯一尘不染的家回来后，他一打开前门，常常是一股潮湿的气味席卷而来。他在他自己的衣服上闻不到这种味道，但是——他也从他的同学们的衣服上闻不到清新如花的浅绿色洗衣粉的味道——他有一种很不舒服的感觉，觉得他就像是一块纳粹分子强令犹太人佩带的上有由两个等边三角形重叠而成的六角星的黄星布，浑身充满了穷酸气。

他从来没有感觉到干净过。他从满地泥巴的高沼地脱身出来的时候没有干净过，他和戴维共同从温水澡中爬出来的时候身上不干净，他在他俩合睡的床上刚一起来穿上昨天的校服衬衫时也不干净。

他怎么了？斯蒂文感到他的脑子里一片混乱，茫然不知所措。这是怎么回事啊？他跑到哪里去了？无论在哪儿，不管怎么说，他这个过去的小男孩儿已经消失了，已经被新的他所替代。他不看

"比赛日"节目,也不在蓝色海豚馆里排队买价值五十便士的面食。他不需要斯蒂文·杰拉德进入堪比他的生命还重要的足球明星邮集里。脱胎换骨的斯蒂文每天下午都在这里直到夜幕降临,在泥土上出汗,吃发霉的三明治,用生锈的铁锹在地上无谓地乱挖,寻找死人。

三年来,这就是他的生活。三年啊!他感觉自己就像刚刚听到了一个徒刑判决宣布了。一想起已经浪费了三年的时间在他后面还要延长,他便想到是否来日同样糟糕。他怎么回事?他到哪里去了?这个顾影自怜的家伙脚底一发热,他突然变得怒火万丈,这几乎是对斯蒂文的身体猛击一拳。他伸出一只胳膊,仿佛他能够抵挡住这一拳似的。愤怒使他正在失去理智。斯蒂文用了一个猛烈的动作在地上滚了一下跪在地上,撕扯欧石南和野草,撕碎几大把欧石南和野草,用他的手指甲挖出泥土,一巴掌一巴掌地拍打着湿漉漉的草坪。欧石南把雨水拂到了他的身上,他打啊、摔啊、踢啊、捣啊。他的喉咙后部发出了一种高昂的哀叫声,被为了这个目标——向本地球发动进攻而使他延续生命的一次次低泣呜咽的喘息所打断。

这时,斯蒂文接下来有了一个神志清醒的思维,他把额头叩在地上,对大自然顶礼膜拜。他的两只手里抓着灌木丛,他的嘴里啃着灌木丛,仿佛他想咀嚼大地似的。

他慢慢地坐起来,凝视他的歇斯底里给高沼地造成的无谓的损害。几块地方撒落了几堆被连根拔掉的野草,欧石南的叶子被从它的一个个茎上撕下,现在在地上等待枯萎,两三小块上面光秃秃的泥块很快吸满了水。这没什么。一点儿都没什么。一匹埃克斯穆尔高地的矮种马正在用蹄子刨冬草,一只小鹿正在躺下睡觉,一只羊正在蹲着拉屎,都会比斯蒂文发出的所有暴怒给人留下更深刻的印象。

他摇摇晃晃地站起身来，矗立在银白色的天空之下。他的铁锹躺在他很长时间以前扔在那儿的地方，他的饭盒和地图丢在附近——在这个雾气弥漫的世界末日，这些个与大自然格格不入的人工制品对他来说已经毫无意义。

他转身要走，但不知道他要走到哪儿去。从任何方向，他最远只能看到十英尺以内，然后便什么都看不见了。这个普通孩子心里的一件事情阻止了他跌跌撞撞地盲目走进正在旋转的空间。他以前就像这样在高沼地上被人发现，被大雾包围，完全迷了路。这种白雾悄悄向你走来，甚至是在蔚蓝色天空中阳光明媚的日子也是这样。两年前，他在夏天重新来到以前的一片乳白色天空下，在一个空墓旁边坐了三个小时后才找到了他回家的路。

那个往事把斯蒂文拉回到了完全的正常状态，他有意站在原地不动。

他很冷，但他一直都很冷。他浑身被雨淋湿了，但他一直都被雨淋湿着。然而，他并不饿。他也没有受伤，只要他不愚蠢地走进大雾之中，应该不会有什么问题。

他瞥了一眼他的铁锹，他对这把铁锹似乎又一次感到很熟悉。虽然不可爱，但至少很熟悉。

雨又一次下了起来，斯蒂文拾起他的饭盒顶在头上。被欧石南草轻轻抵挡的雨一时间在他的头颅上变成了马口铁顶的响板。

静止不动只会使他更冷。在极不情愿的情况下，他俯下身子拾起了铁锹。他发现了那个高低不平的地面首次出现银器的地方，于是他又用铁锹挖了下去。这是一个半心半意的努力，但是他挖的第二锹就更加用力了，而且，到了第四锹，斯蒂文便回到了一种节奏之中。

那个洞还没有挖到一半，斯蒂文知道他要坚持挖下去，那个时刻他还没感到暖和。

挖掘成为了他的人生目标。这是一个小而没有效果的目标，而且很可能会在不只是逐渐变小的毫无意义的任何事情上终止。

但是，目标是人的一种心愿，不是吗？

好像什么地方出现一个小声小气唠叨抱怨的声音，说这个目标没有意义。它没有丝毫的意义。

然而，斯蒂文脑海里却出现了另一个更为强烈的声音。这种声音没有任何回答，只有另一个问题，这个问题是使他不停地挖，一直挖到一个看不见的太阳在一个看不见的天空中正好落下以后的问题。

如果这没有任何的意义的话，那它为什么有那么大的重要性？

13

"斯蒂文!吃饭了!"

"来了!"斯蒂文打开那个连环杀手的来信时,双手颤抖。

  亲爱的 SL
  谢谢你伟大的信。
  时间和潮水都不等人。
  真诚的
  AA

  斯蒂文双手哆哆嗦嗦地把信纸翻过来,举到灯下。什么也没有。信纸是很便宜的那种纸,也很薄——不可能在上面做任何印记。他把厕所的灯打开，但信的背面上没有任何记号。

斯蒂文双眉颦蹙。如果埃夫里不打算帮助他的话，那他写回信的目的是什么？埃夫里先前的信字写得很工整，现在的书写已经被高低不平的手写体所代替，用了不恰当的大写字母草率地一挥而就。

"斯蒂文！！"

"来啦！！"

从这封信上，他感到大凡连环杀手都喜欢玩游戏——开始是和他们的受害人玩，然后是和警察玩。他们喜欢卖弄。从这一点上他可以看出，他们中的大部分人是怎么被抓住的。如果他们被抓住的话。

也许埃夫里想得到回信，而且想勾引他继续写信。

但是，那么这一次他肯定会作出更大的努力引诱他回信吗？

斯蒂文弄不清埃夫里认为他的信是"伟大的信"这句话是不是讽刺挖苦。最初，他承认他的信不是最上层抽屉里的材料，但是，如果埃夫里发现和明白了这个端倪，那么也许他会认为他的信是非常了不起的。也许关于时间和潮水的言论意味着斯蒂文现在提出的这些问题是有道理的。但是，假如埃夫里发现了端倪，他为什么不用别的方法而是用地图进行回应呢？或者……

厕所的门砰地一声打开了，斯蒂文跳了起来。他的妈妈跑到楼上，满脸通红。

"你究竟在干什么呢？"

"妈妈！我在上厕所！"

莱蒂俯视着他。"你不是已经穿好裤子了吗？我喊了你有十分钟了！"

她注意到了他左手里的信。

"那是什么?"

斯蒂文的脸腾地一下红了,赶紧把信折起来。"没什么。"他看着他的妈妈,发现她脸色阴沉,隐忍不发。她不会就此罢休。

"只是一封信。"

"谁来的?"

斯蒂文在她的注视下感到不安。

"把信给我。"

她伸出一只手。

斯蒂文没有动,但是当莱蒂伸手从他手里把信拿过来的时候,他没有胆量对她进行积极的抗拒。

莱蒂打开信,把信看了一下。她沉默的时间比她看信花的时间还要长得多,他畏惧地抬着头看着她。莱蒂凝视着那封信,仿佛心里隐藏了她应该能够反应过来的指示似的。她倏地一下把信翻过来,斯蒂文谢天谢地ＡＡ没有在背面做出地图的记号。

好像过了亿万年以后,莱蒂突然把信退还给了他。

"马上下来。"

斯蒂文目瞪口呆。他跟着她下到楼下,进了厨房,厨房里放了一碗已经在牛奶里泡软了的雀巢脆谷乐谷物麦圈。

奶奶双臂交叉,两只眼睛瞪着他。

"他在哪里?"

"在厕所里。"

奶奶用鼻子哼了一声,好像她知道像他这么大年纪的孩子们在厕所里干什么似的,任何正经人都不会在厕所里做他们要做的事。斯蒂文刚一想到这句话脸便开始红了,奶奶又用鼻子哼了一声——

她最低的希望证实了。

"哦，别管他了，妈妈。"

斯蒂文感到非常惊奇，他使劲儿咬住他碗上的勺子。戴维从他的燕麦粥上抬起头来，但他立即被奶奶紧皱的眉头吓得低下了头。

早餐在一片寂静中挨过去了。斯蒂文洗了他自己的碗和勺子，衣服口袋里装着那个杀手的信上学去了。

连帽运动衫们在学校门口抓住了他。他们不知道从哪儿突然冒了出来，从他的背后扭住他的两只胳膊，按住他的头，弄得他摇摇晃晃地往前走，差一点摔倒。他隐隐约约地听到钱特勒·考克斯说："放开他。"以私了解决丢人的攻击。

"让他把午餐的钱拿出来。"

"我没有午餐费。我带的是三明治。"

"什么？咕哝什么？"有人抓住他的头发把他的头仰起来，这样他们能够听清楚他的话，另一个人像警察学校毕业的似的拍拍他的头，让他的头低下去。

"我只带了几块三明治。"

那个男孩抓住他的头发摇了他几下，斯蒂文咬紧牙关。他感到他背包的拉链被拉开了，他们在包里翻找东西的时候，拉得他身体摇摇晃晃的。他感到自己像一只羚羊一般被一群野狗撕咬，感到他的背包开始活活将他吞噬了。书，本子，笔，他们对他喜欢的这些东西撕扯的时候，这些东西在他的脚下撒了一地——它们无论如何都是他的一部分啊。他感到厌恶。

突然，他的饭盒被放到了他的下巴底下，盖子已经揭掉。他可以闻到鱼酱的味道，他的两只眼睛羞辱得感到刺痛。

"没有蛋糕啊？"

他们全都哈哈大笑起来。斯蒂文一声不吭。

"饿吗？"

"不。"

"他饿了。"

一只肮脏的手拿起一块三明治塞进他的嘴里。他极力转动着头把脸扭开，嘴巴紧闭，但是他的腿出现了剧烈的疼痛，他"啊"地大喊一声，那块三明治就像一个鱼香果冻似的塞得他满嘴都是，噎得他快要窒息了。

斯蒂文咳嗽了几下。

"你他妈的找死！！"他的同伙嘲笑他的时候，那个男孩用他肮脏的双手把湿面包在他的脸上抹来抹去。

"他妈的，这有什么好笑的！"他猛地一下把饭盒扣到了斯蒂文的脸上——苹果撞了他的眼睛，其他的鱼酱三明治强行塞了他一鼻子，假冒的塔珀牌塑料饭盒的边压烂了他的嘴唇，随之而来的是一阵剧烈的疼痛。

当然，饭盒砰地一声摔到了地上，他们马上消失，混入身穿黑色和红色套衫的孩子们的人流之中，这时，一个老师的模糊身影朝斯蒂文走来。

血流到了他的两只胳膊上。

"你没事儿吧？"

血从烂嘴唇上带着一股咸味泄进斯蒂文的嘴里。

"没事儿，老师。"

奥利里夫人凝视着斯蒂文。她知道他是她班上的一名学生，但是她怎么都想不起他的名字。那孩子看起来就像一个傻子似的。他脸色通红，与饭盒把他的皮肤弄成的深红色相符合。一半三明治粘到了他的额头上，他的脸颊被黄油抹得五马六道。他的脸上只剩下了一只黑眼睛和鱼味。她能联系上的事情就是这种味道。原来就是这孩子身上发出来的霉味啊。她对他的同情现在被稍稍的厌恶感替代了。又是霉味又是鱼味。她立即变得生硬无礼起来，

"拾起你的所有东西，西蒙。上课的铃声已经响了。"

"是的，老师。"

她竟然不认识他。

这伤透了他的心。

他是那个写了很多真实的信的孩子啊！我的奶奶被你的鱼柳卡住了喉咙！你送的任天堂游戏机是最好的礼物！我获得了最佳足球运动员奖！

斯蒂文的脑海里突然闪念出如果他告诉她，他为了找到他死去的小孩舅舅的尸体给一个连环杀手写信求助的话，奥利里夫人会不会想起他。他痛苦地把这句话咽回了肚子里。那么，她只会认为他是一个骗子——一个以死亡为主题的幻想家。或者更糟糕，她会猜想他，对他的信叫暂停。这是一个不能取胜的局面。

"喂，快点儿，铃声已经响过了。"

"是的，老师。"

他把他的书和本子一本一本地从肮脏潮湿的沥青碎石路面上拾起来时，她很不耐烦地在他的旁边站着。看到他的那些三明治几乎全都碎了，他的心里很高兴，这样倒免去了把它们拾起来的难堪劲儿了。他的苹果砸黑了他的一只眼睛，已经滚进了马路边的排水沟里，他把苹果留在排水沟里等着它腐烂去吧。

他费了两三分钟在一辆小汽车底下找到了他的饭盒盖子。他又站了起来,两个膝盖沾满了烂泥,看到奥利里正拿着阿诺德·埃夫里的来信。他感到不寒而栗。

"谢谢你伟大的信。"

斯蒂文一句话没说。他能说什么呢?他注视着她的表情,把那张弄湿了的纸扫视了一眼,她的两只眼睛之间出现了少许皱纹。

奥利里夫人的脑子如同一个生锈的密码锁上面的转桶似的缓慢地转动着,最后咔嗒一声对上了位置。她看了他一眼,斯蒂文感到他的心猛然往下一沉。

"那么,你在业余时间还写了那些伟大的信吗?"

刹时间,他以为他听错了,但是他没有听错。他感到一股热气从他脖子上升腾起来,迅速爬到了他的脸上。

"是的,老师。"

她笑了,感到如释重负,能够有点兴趣把这个孩子征召入伍了,他需要这些小小的提示,她没有把她的生命浪费在教学之中。她把信递了过去,他犹豫不决地接过了那封信。

"立即跑步,西蒙!"

"是的,老师。"

斯蒂文飞快地跑去了。

地理课上。

斯蒂文翻到了一幅南非地图。他把南非地图描绘到他的练习本上,开始填上矿藏,黄金,钻石,铂金,多么珍奇的东西啊!当他想到自己家园乡下的矿藏时,他用鼻子轻轻哼了一声:锡,黏土和煤是曾经在叫作英国的这个小小的海底山峰上值得挖掘的仅有的东西。

锡，黏土，煤——还有尸体。埋在泥土里，埋在土壤里，埋在草底下的尽是尸体。那些早已长眠的尸体和安然死亡的尸体，那些被残杀的古代居住在苏格兰的皮克特人、居住在中西欧的民族成员克尔特人、撒克逊人和古罗马人的尸体；那些在甜蜜的英国草地上被屠杀的保王党人和圆颅党人（1642——1652年内战时期的议会派成员）的尸体。当煤炭工业，锡工业和黏土工业消亡以后，尸体业便兴起了。现在，当撒克逊农民的尸骨被小心翼翼地出土的时候，他们的尸骨在电视的黄金时间被人瞪大眼睛观看。这是对在地下安静地沉睡了几个世纪的人的野蛮惊扰。

尸体和英国的矿藏、南非的金子一样多。这个衰落的帝国，缩小到了小针眼那么大，已经变得内向和性喜内省——在征服方面师劳兵疲，软弱无力，现在发现自己就像一个孑然一人坐在一幢摇摇欲坠的豪宅里，在一个破姓名和地址薄里开始做编目号码，他的思绪正在从短暂的将来转向遥远和被忽视了的过去。

英国是建立在那些被征服和征服者的尸体上的。斯蒂文感到那些被征服和征服者的尸体现在就在地基下面、学校下面、教堂地板下面、他椅子腿的下面和他的软底运动鞋的橡胶底下面的土里。

虽然有那么多的尸体，但他只想要一个。看来，无须多问。

当他把字认真地写在白纸上的时候，斯蒂文想知道由于连环杀手的原因地底下究竟有多少古老的尸骨。当四频道的《时间老人之队》栏目播出的在地球上强行打开一堆股骨和碎裂的颅骨节目时，他们不是正在污染一个两千年的犯罪现场吗？撒克逊人的男孩或者都铎王朝的女孩是受害者吗？他们是很多受害者的其中一个吗？从现在起一百年前的考古学家们能够把六个，八个，十个受害者联系起来下一个肯定的结论说他们是被谋杀的吗？而且是被同一个人谋杀的吗？

阿诺德·埃夫里已经犯下了六桩谋杀罪。加上比利舅舅，加上……谁知道有多少？有多少在很浅墓穴里还没有被发现？在整个历史中有多少？他走回家的时候脚下踩碎了他们的骨头了吗？当他在布伦登丘陵地带探测那些老矿的时候，那些没有眼睛的骷髅盯着看他了吗？斯蒂文浑身打颤，戳了一下那张不平直的地图。当他照着约翰内斯堡地图认真地再画上一个约翰内斯堡的时候……

"啊！"

一堆孩子们围着他抿嘴窃笑，詹姆斯夫人抬起头看了看那几张正在画东西的纸。

"你想拥有什么东西啊，斯蒂文？"

然而，斯蒂文用尽全身力气把那群喊喊叫叫的孩子们轰出去了，但他再也画不出另一个约翰内斯堡了。斯蒂文复制的线路比原图的线更加歪歪扭扭，曲里拐弯。他把两只手摇了摇，整个身体在兴奋和恐惧交加之中颤抖。

他把 AA 的公路地图一把推开，它从旧福米卡桌面的餐桌上滑落，当它打开着地的时候，它的书脊破了。斯蒂文一点儿都不在意。这本地图他不是第一次使用了。然后，他在一张美术纸上复制了埃克斯穆尔高地的轮廓图，发给了阿诺德·埃夫里。这一次，他在描图纸上再现了埃克斯穆尔高地的轮廓。边界线加重标出，清晰可见，还有希普考特。

前屋里的电视机开着，但在打开埃夫里的信，把信在桌子上铺平以后，斯蒂文始终用怀疑的目光看着门厅。他把描图纸放到信上面，把"Sincerely"（真诚的）的"S"和"L"印到希普考特的小圆点上。他的心怦怦直跳。Your Great(你的伟大的), YG, 和TiDe, TD, 两个都是希普考特到邓克利·比肯的东北方向。

埃夫里给他指明了亚斯明·格雷戈莉和托比·邓斯坦的墓地。

他破译了密码。

14

莱蒂·拉姆打扫了大房子,在很长时间里第一次想了想他的大儿子。

当然,她每天都会想到他。他怎么没有在楼上?他做作业了吗?他的领带在哪里?他一想起他就会有种烦人的愧疚感,这已经数日、数个星期——也许甚至是数月了。

她刚一想起他,她的思想就要进行激烈的斗争,直到屈服为止。她不能只想斯蒂文而不想戴维,她一想起戴维就有一种他是她的最爱的知罪感,不想她的母亲——可怜的皮特斯太太——她绝不会感到那么内疚——而且一想起来,她多么爱比利啊。

这是一条年深日久磨出来的小径——一个蠕虫洞(指假想中连接黑洞和白洞的通道)连着时间和人——使得她一想起斯蒂文,她便想起了比利。两个人被她训练有素的大脑紧密地连在一起,他们几乎成了同一个人。斯蒂文和比利,比利和斯蒂文。事情是,比利失踪,只能是他的过错更大造成的,斯蒂文与比利的年龄非常接近。虽然她爱斯蒂文,但她一想起那件事情,她就不得不常常提醒自己她对比利的怨恨和内疚是和她自己的儿子很象征性地联系在一起的。

莱蒂擦了擦客厅桌子上的水色戒指。她啧啧地咂了咂嘴巴,好像那水色戒指是她珍爱的红木家具似的。

这不是她的缺点。每个人都有他自己的一件最爱的东西,不是吗?这才是人的本性。而戴维是任何人的最爱。他非常聪明伶俐,活泼欢快,说话滑稽可笑,不带心思。她对此怎么能感到不开心呢?她怎么会阻止让她开心的事情呢?斯蒂文就控制不了自己了,他天性孤僻,平滑的额头中间永远都刻着细小的皱纹。他看起来总是忧心忡忡,仿佛他对一切事情都忧心如焚似的!

莱蒂对斯蒂文的一股怒气感到那样的熟悉。他总是看起来好像他的肩膀上承担着世界上的一切困难之事似的——自以为是的小混蛋!她是不得不把他们全都一起养活起来的人,她是擦洗其他女佣擦洗的地板好让斯蒂文在蓝色海豚公园能够买炸面团的人,她是被人抛弃独自抚养两个孩子的人,不是吗?不是他!看在上帝的份上,这可是他一生中最快乐的日子啊!

那个戒指不会褪色的。坦率地说,人拥有的东西越多,他们在乎的东西就越少。她走进厨房,打开了食品储藏柜,里面放满了超出莱蒂的购买能力的非进口的食品。所有的东西都是马克斯和斯本瑟超市的。她几乎不把它当成是食物看待——在她的脑子里,放在她们食品储藏柜里的哈里森食品店的东西与上到莱蒂餐桌上的廉价的、千篇一律的饭菜之间没有关系。

别客气，要什么只管拿，哈里森太太总是这样说。当然，她不想要野生蘑菇水果馅饼或者撒上小玉米和糖荚豌豆浇鲜奶油的鸡肉。她只认她可以储藏在她叫做"孩子们的橱柜"里的点心和饼干。莱蒂花了很长时间在那个橱柜里寻找吃的东西，但一点儿也鼓不起勇气撕开进行了礼品包装的饼干盒，或者撕开一包酿熟的纯味切德干酪和碎辣椒餐前开胃小菜上弄脏了的食品包装箔。但是，她却取出了蛋糕奶油点心，在洗涤池上面吃点心，以免留下点心皮。

然而，她在食品储藏柜里看见了坚果——几个巴西果，核桃，杏仁和澳洲坚果。巴西果是如此优质的水果，她竟然找不到一个烂的，她把一个巴西果切成了两半。

她往水色戒指上抹了一点儿巴西红，看着那颜色褪去。

那封信斯蒂文拿走了。那就是她一直在想他的原因。看了那封信，她感觉有点儿不大开心，尽管它很显然是私人信件，但是，他妈的，她喊了他十五分钟，嗓子都喊哑了！难道那孩子没长耳朵吗？斯蒂文的两只耳朵呈奇怪的角度往外张，两个耳垂总是红红的，不像戴维的两只小耳朵，很漂亮，光滑柔软。

那封信很奇怪。她想问问他谁来的信，但话到嘴边她却没有问。睡了一小会儿，她想起十二岁的时候，有个叫尼尔·温斯顿的小孩儿在她的英文联系本的背面上写了"你的头发很漂亮"几个字，于是，她咬伤了自己的舌头。

斯蒂文好像太小、太落落寡欢、太他妈的痛苦了，不能有女朋友。但是，他很显然至少是第一次写了一封信。"谢谢你伟大的信。"莱蒂想知道在那个教科书和电子邮件的时代是怎么传递一封伟大的信的。不止这种方式吧？是纠正拼写错误吗？还是永恒的爱情宣言？

莱蒂对斯蒂文很不满意。这只是她担心的另外一件事：一个十四岁的妓女妈妈在她的家门口要求做亲子鉴定以前会需要多长时间？莱蒂双眉紧皱，那个妓女徒劳地想通过她的中学毕业考试的时候，她和那个妓女妈妈轮流照看婴儿，她们的前途在哪里？她，莱蒂·拉姆，在三十四岁就作了祖母，她的前途在哪里？莱蒂突然感到身体不适，必须抓住客厅的桌子撑住自己。她感到在她还能好好地活下去以前，他要用尽吃奶的力气一直拖到她死亡为止。

她的转折点在什么时候？她会在什么时候进行转折？那个小混蛋竟敢毁了她的生活。再一次毁了她的生活。这时，遗憾和顾影自怜一起涌上心头。

她的双眼发热了，在眼泪毁坏她的睫毛膏以前，她用两只手的手掌把眼睛捂住。在接戴维以前，她还有其它两个房子要打扫，她不能让人看见她一塌糊涂的，让别人也跟着她一起受累。

她深深地吸了一口气，等待着那个头晕目眩，天旋地转的感觉过去。

她的两只手里仍然拿着两个半个的巴西果。她突然打起精神，吃了它们。

15

SL 变得越来越不耐烦了。阿诺德·埃夫里感到无聊地笑了一下，躺在带有尖利和不停地移动的弹簧、一夜把他弄醒十次的不平的床铺上，再一次把信放到他的脸上面。

那封信简单明了，好像禅宗似的。

　　WP？

SL 想知道他想知道什么。这把埃夫里逗乐了。但是，这已经告诉他了。SL 认为自己很聪明，把他的身份秘密地隐藏起来了，但是在这儿，他却蠢笨地让埃夫里知道了——或者至少据实估计到——他是哪一种人了。

一开始,埃夫里认为,SL不是监狱里的一个人。如果他是的话,那么他会明白的,在监狱里几乎每一件事情都会发生得非常非常的慢。白天的时间过得很慢,夜里的时间过得就更慢了。早饭和午饭之间的时间是一个时代,午饭和晚饭之间的时间是亿万年,熄灯和睡觉之间的时间长得永无止境。所以,自从他的第一封信发出到现在才六、七个星期时间,SL就按捺不住了,而埃夫里根本就没有放在心上。对埃夫里来说,这种令人快乐和有助于记忆的信走得时间越长越好。

　　他对SL的意志薄弱感到惊奇,有点儿失望。他原来认为SL有同样的高智商,但是现在他认为他的智商不行——差远了。像这样不顾后果地暴露他的不耐烦是一个人考虑问题不周的标志。

　　一想到他那天等着梅森·丁格尔返回来还他的那串汽车钥匙,埃夫里就感到痛心疾首。要是他有点儿耐心就好了。要是第二个孩子没有蹦蹦跳跳地走进游乐场爬到他紧旁边的秋千上就好了。要是他能够学会控制……

　　他所想的一切事情是他拥有的成就,每次想起梅森·丁格尔,他都像厌烦长了水痘疤那些人似的厌烦他。那些想法曾经一周两次不请自来,令人烦恼,使他感到愚蠢和无谓。

　　现在,他判若两人了。关在这个有回声的石头加铁的坟墓里,他懂得了忍耐的意义。与芬利警官进行彬彬有礼的交谈就能达到最大的忍耐效果。排队打饭等了快一个小时的时间,正好有一个皮笑肉不笑的傻瓜告诉他剩下的意大利式卤汁面条是平底锅底烧糊的面条,他忍了下去,控制住了情绪。

　　但是,这一切都太迟了。现在,最后,一把匕首转动着插进了他的腹部,当他学会了忍耐和控制的时候,他练成的超凡技艺却对他毫无意义了。

　　这就是为什么自从 SL 发了第一封认真写就的长信以来，这封发给他的恼人的和叫人费神的信比任何事情都要让他感到快乐的原因，这暴露了 SL 武器库的一个漏洞，给了埃夫里一个他感到在不长的时间里就能把这个事实真相揭露出来的不合适的欲望。这给了他动力。

16

阿诺德·埃夫里没有写回信,斯蒂文感到少了一封信就像少了一件东西似的。有时候,他的耳朵里发痒,或者喉咙里发痒。有时候,他的耳朵和喉咙都发痒。他把手指头捅进耳朵里多深都没有关系,要么就是多少次他的嗓子里发出了一种粗哑刺耳的声音,也不能使他达到想要沮丧地喊出来的顶点。收不到埃夫里的回信就像那样——心里深处的一种痒痒,他想躺到地上打滚,像一条浑身长满跳蚤的狗似的扭来扭去,用无谓的努力去抓痒痒。

时间已经过去四个多星期了,高沼地上的欧石南已经开始发芽。

斯蒂文是一个身体精瘦结实的孩子,但是这几个星期可以看到他的脸更加清瘦,失眠给他造成了稍许伤害,疲惫的棕黄色眼睛底下发黑。一道垂直的皱纹在一个小孩儿的脸无处可长,却深深地刻在了他的额头上。

他已经停止了挖掘。

他每次站在洗澡间的窗前看着房子后面高沼地的山丘都会感到心烦意乱,浑身软弱无力。这催逼着他,提醒着他,审视着离他近在咫尺的微不足道的努力结果,对停止挖掘皱着眉头。

他感到很近——很近——就找到阿诺德·埃夫里的事实真相了,他自己在高沼地上的胡刨乱挖似乎越来越荒唐可笑。

有一个人知道比利舅舅埋在哪里,斯蒂文与那个人取得了联系。

那个人明白了斯蒂文为他们制定的遵循正确的行为准则,加入到了这个游戏之中。

于是,斯蒂文放弃了他的其他游戏——一个没有其他玩耍游戏的人,没有规则,没有取胜的现实把握的游戏。

他承认,他只有承认,他的游戏是一个望洋兴叹的工作,是他少年时期能够记住的最令人气愤和痛苦的时刻。这是使他感到头昏脑胀和万念俱灰的时刻,就连莱蒂也发现了这个情况。

"今天不和刘易斯一起出去玩了?"她终于问了一句,他只是忧伤地摇了摇头。莱蒂没有再多问。她希望他最近的面容憔悴是由于他和刘易斯吵架造成的,而不是因为他有了她假定的那个怀孕的妓女造成的。"谢谢你伟大的信。"这句话一直在她的脑子里打转,令她心神不安——使人心烦意乱得不能提起这事,使人六神无主得忘不掉。

她希望这是刘易斯的原因。别的原因,她没时间顾及。

现在,课讲完了,课余时间,从《银色的剑》开始把每一课读一遍,斯蒂文看着中距离的白色书写板双眉紧锁,他想知道阿诺德·埃夫里不回信是怎么回事。他能够像他以前那样收到信，继续写回信吗？斯蒂文在心里坚持认为"是的"，但是转而他便对这个自欺欺人的谎言感到汗颜了。他已经把他拥有的每一个他们正在玩耍的猫和老鼠的游戏的希望都束之高阁了。事实是，他自己对埃夫里产生了依赖。

在他短暂的人生中大约只有一百万个适合做事的时间，斯蒂文希望找个人吐露吐露心曲。不找刘易斯，而要找一个年龄大一点儿的，更聪明睿智点儿的，能够告诉他哪儿弄错了，怎么搞错的，如何把事情纠正过来的人。

他默默地咒骂自己，犹豫不决地使用了他知道的最坏的词，这个词是"操"。他简直就是一个他妈的白痴。不管怎么说，他的最后一封信使埃夫里达到了恼火的程度。在那个时刻，他接过埃夫里的发球，回家了——斯蒂文突然得到了提醒，那就是埃夫里的发球。随着一种颓丧的感觉，他意识到——如果他——斯蒂文——想要继续玩下去，他就必须做一个努力的人，再交朋友的人，尽管他不想这样做。固执的个性，这个固执的个性使他锲而不舍地在这个累垮了人的任务上花费了漫长的三年时间，一想到与很有可能谋杀了他的比利舅舅的杀手求和就使他变得怒不可遏。

但是，就像一个受过训练的老鼠受到电击后的表现一样，固执突然被一种可能永远莫名的恐惧感减少下来了。电击的感觉很强烈，他的全身一阵痉挛，手腕猛地一下往上一抬碰到了他的课桌，发出砰地一声，声音很大而又恼人，他动作迅疾地在教室里坐直了身子。

"拉姆，真见鬼，你抽风了！"

除了奥利里夫人以外，大家哄堂大笑，她对那个穿连帽运动装的学生进行了轻微的警告——她太担心失败了，害怕把他撵出她的课堂，但她还是想试一试。相反，她却要求他把第二页课文读一遍，那孩子横眉怒目，开始结结巴巴令人痛苦地读完了课文。

  斯蒂文叹了口气，把他额头上晶莹的汗珠擦掉。他知道他不能再一个人单独胡闹下去了。他已经在隧道的尽头看到了一丝亮光，只要埃夫里不给他提供帮助，他知道他会在黑暗中迷途。这不是由一个错误的希望激发出的一时的幻想，这是他对认真的计划和实施步骤进行了几个月的改写的真实进展。埃夫里是一次性交易。斯蒂文心里明白，一旦他错过了这个机会，他便绝不会有下一次机会了。无论他永远地停止给他提供了具有人生意义的寻找，还是可笑地继续寻找下去，可能一直到老，如同在别人的垃圾上挖寻东西的那个烂老头儿一样，但是，和他一起作伴儿的是朱德叔叔生锈的铁锹，而不是一个偷来的特易购手推车。

  斯蒂文意识到他别无选择，喟叹一声。

  他是一个不曾有过许多引以自豪事情的孩子，所以，现在吞掉了一点点自豪是感到心酸难过，但不是不可能的。

  正像朱德叔叔那样，他知道他想要什么东西，他就知道搞到那个东西的唯一办法。

  现在，正像戴维那样，他必须去做弗兰肯斯泰因的朋友。

17

　　阿诺德·埃夫里喜欢考虑制作长椅子就像喜欢考虑他通往自由的证书一样。

　　从他被关进来的第一天起,埃夫里心里就有一个目标,那就是尽快合法地获得释放。

　　人生不再有人生的意义。《每日邮报》的读者们到处发出的恼人的呐喊对埃夫里来说就是悠扬的音乐。当他被逮捕的时候,他就知道人生没有人生的意义了,他在卡迪夫监狱里用这句话又进行了自我提醒。但是,法官竟然说了那句话,他的心里对那个可怕的意想不到的一击感到吃惊。

　　不过,他在到达黑韦特里以前,就已经下定决心要当一名模范犯人,以便他在还有头发和牙齿,还能说话的时候能够出来。那个时候，他还够年轻，能够愉快地活着。

无论从什么意义上来说，他都决定要当模范犯人。

无论如何……

大凡模范犯人都要得到改造，所以，几年来，埃夫里报名参加了无数节课，研讨会和许多课程。他现在拥有各种各样的文凭，数学方面是一张中学毕业证书，英语方面是高级考试合格证书，还有美术和生物毕业证书，一张吓唬人的精神病学知识的考试证书和急救方面的能力合格证书。

这一切努力都没有白费。两年以前，他的第一次假释审查就得到了批准，他从高度安全的黑维特里转到了达特穆尔高原上的长高沼地监狱。就连埃夫里自己都感到惊诧。他希望，但从来没有真正地期待，他表面上的投身改造竟然会达到想望的目标。这实在是令人震撼，埃夫里常常想道。如果他是他自己之外的任何人，他会对这个转移大为光火的。当然，他可以被人信赖的优点不能逃避低级安全程度监狱的关押，与假释裁决委员会在他服刑二十年以后真正批准释放他也不是一码事。然而，这却是一个非常好的开端。

与黑韦特里相比，长高沼地是一个建有小屋和娱乐设施的假日野营地。隔离开的营房新刷了油漆，卫兵也没有那么严厉，统一活动的机会也更多，所以，水暖设备的修理工作也把他累了个半死。

他对木工活有种天生的才能，自感惊奇不已。

埃夫里发现有关木头的一切东西他都喜欢。干燥的锯沫味道，树枝的湿热效果，几乎像变戏法似的把木板变成桌子，把木板变成椅子，把木板变化长条椅子等等。他最喜欢花时间用脑子琢磨和想出相关的小情况，他对这些事情只管自由地去想，就连他在被改造的工作中获得称赞，在假释和极乐世界中也是这样。

在两年时间里，阿诺德·埃夫里一直在操持木工活，一共做了六个长条椅子。他做的第一个长条椅子是难看的木钉接合的令人大失所望的两个座位的椅子。他最近做的是一个斜角支撑、有弯度、贴身靠背、几乎看不见燕尾榫接头的六条腿三个座位的漂亮的长条椅。

现在，他开始继续做第七个长条椅的时候，他又细细地琢磨开了，他的思绪不由自主地游走到了埃克斯穆尔高地。

埃夫里几乎闻到了高沼地的气味。肥沃、湿润的泥土和芳香的欧石南混合着微微的牛、矮种马和绵羊粪肥的味道。

他首先想起了邓克利·比肯，那里是他集中他一切幻想的所在地，以前就像细小的卷须一般布满了整个丘陵环绕的地带。在那里，他差不多能够认出每一个人的坟墓——不是从充斥着淫思色欲的新闻纸版面上认出，而是从真实的记忆中认出，这个记忆支撑着他的整个囚徒生活，并且使他拥有动力进行夜间的幻想。一有这种思想，他便垂涎欲滴，咕咚一声咽下一口唾液。

达特穆尔高地是大相径庭的。这片高沼地是灰色的——被地表上面突起的花岗岩搞得质地坚硬，地球表面的花岗岩怪石嶙峋，拔土耸立，萧瑟凄凉地伸向低矮的天空。

监狱的本身是由石头建成的——颜色灰白，单调沉闷，难看不雅。

达特穆尔高地上的欧石南寥寥无几，仅有刺荆豆和绵羊啃过的黄色野草。没有绚丽的美景和缭绕的紫烟。

达特穆尔高地不是埃克斯穆尔高地，但是埃夫里仍然喜欢从他狭长的窗户观看外面季节的变换。

然而，在精神病专家利弗医生的多次命令下，他的窗户被封住了，利弗医生武断地认为，即便是与高沼地的视觉接触也会使他对阿诺德·埃夫里进行心灵净化的努力适得其反。

埃夫里怒火冲天，暴跳如雷，现在他单单对利弗医生和芬利警官留下了仇恨和愤怒的种子。

使他惊奇的是，利弗竟然不明白这是达特穆尔高地，不明白达特穆尔高地除了对他有一时的审美情趣以外，其他的一无所有。两个都是高沼地的事实显然使利弗有充分的理由——一个五十多岁的面色苍白的人——颁布了堵塞窗户的命令，这件事情即使在夏季的几个月里也使埃夫里意志消沉，情绪低落。

他面对的那可怕的《第二十二条军规》的情况是，利弗有一半是对的。他认为埃夫里也许可能看了窗外，会对高沼地产生精神负担，这是错误的认识。埃夫里只会相信他通过暴露他对半岛北海岸线上达特穆尔高地上年轻、漂亮、温柔的表妹产生的任何想法，思念或者提及的那个真正可怕的精神压力的事实。

如果利弗——或者别的任何人——知道，只要听到有人说"埃克斯穆尔高地"这个词就能使他的阴茎勃起一整天，他的那几个微不足道的特权被剥夺得就会比盖伊·福克斯从绳子上吊上去的速度还要快。

埃夫里从来没有杀过一个成人，但是他知道他能够杀利弗医生。这个巨大的自尊心被他的动力所支配，他推迟了对犯人的劝告。埃夫里没有情感，但是他开始上利弗的第一次课不到五分钟时间就意识到了他自己的优越感。这就像是在一个镜子里瞥了自己的身影一眼似的。

他知道利弗很聪明，他知道利弗喜欢显示他有多么聪明——尤其是在一种他拥有一切特权的环境里去感受那种炫耀的气氛。要知道，任何一个囚犯都比利弗聪明，利弗至少必须承认他们被抓后心绪极其不佳。

埃夫里对利弗炫耀他的智力一事并不当回事儿。一个人有才华就要使用他的才华，一个足球运动员就要踢足球，一个魔术师就要变戏法，一个睿智的人就是比其他人要聪明。这是进化论。

在利弗面前，埃夫里是一个比平常盗贼和酒吧间的打架斗殴者略有智商的聪明人。利弗对很聪明的人很感兴趣，但绝对不能聪明到使他必须提高警惕或者威胁到他的自尊心的程度。

埃夫里老是征求利弗的意见，对利弗的决定唯命是从，即使那些决定对他产生不利的结果也是如此。用木板把他的窗户钉死就是一个最好的例子。当利弗提出这个也许会有益处的建议时，埃夫里抑制住了用牙齿咬破这个人的喉咙的冲动，反而噘起嘴巴慢慢点了点头，仿佛他正在从每一个能够想到的角度审查这个主意似的，但是却心怀叵测。然后，他叹了口气表明这是一个令人遗憾的结局——但是，无论如何都是有必要的。

利弗笑了一下，做了个笔录，埃夫里心里明白，他离与世隔绝的生活更近了。

那些长椅子是自由梯子上的另一个阶梯。然而，制作那些长椅子是从中得到乐趣的。而且，那些名牌对他具有巨大的和无限的吸引力……

埃夫里用他干燥的双手抚摸着木头，摸到了在每个角落都有一个小铜牌的螺丝孔。

"请问，我能用一下螺丝刀吗，警官？"

安迪·拉尔夫用怀疑的目光看了他一眼——好像他在胡作非为之后很少用螺丝刀似的——之后，将一把十字螺丝头的螺丝刀递给了埃夫里。

"请给我平头的,拉尔夫先生。"

拉尔夫把螺丝头的要回去,给了他平头的,他的目光更加疑虑了。

埃夫里对他不屑一顾。这个白痴。

他回忆了自从他被关进来之后所犯的最大错误的情景——一直到回想起 SL 的那些信——他低头看了看他手里的牌子,微微笑了一下……

"我听说你在做长椅子,阿诺德。"

"是的,利弗医生。"

"你怎么对做长椅子有兴趣?"

"好。我喜欢长椅子。做长椅子令人愉快。"

"好。好。"利弗稳稳地点了点头,好像他对埃夫里提高满意度负有个人责任似的。

"问题是……"埃夫里欲言又止,怯懦地舔了舔嘴唇。

"什么?"利弗问了一句,突然感到饶有兴趣。

"我在想。"

"想什么?"

埃夫里在座位上挪动了一下身子,把他的指节弄得啪啪作响——这是一个人遇到巨大难题心中进行斗争的写照。利弗心平气静地看着他。他有的是时间。

"我在想……"现在,埃夫里压低了声音,几乎到了耳语的程度,当他结结巴巴地继续说下去的时候,低下头看着自己磨坏了的黑鞋。"我在想,也许我可以把小铜牌钉到我的长椅子上去。不是我做的第一个粗制滥造的长椅子,而是其他几个。那几个好的。"

"是吗?"

埃夫里用一个火柴棒挖着他的指甲缝,虽然他的手指甲里头已经很干净了。

"把名字弄到上面。"

他的声音在耳语中消失了,他不敢看利弗,利弗在座位里把身子往前倾了倾(给人一种他已经想好了的错觉——埃夫里知道他的棋子的走法)。

"名字?"

"呃……名字……"

埃夫里只能默默地点点头,凝视着他的大腿——希望利弗此时认为这个杀手已经眼泪汪汪了——心知肚明他想说什么。

利弗重又慢慢坐直身子,啪地一声拔掉了他的派克笔笔帽。

埃夫里用袖子擦着他表情毕恭毕敬的脸,知道这能增加一个人感到陷入了人生地狱般的假象,利弗从心理上完全对这个假象信以为真了。

他妈的,这个傻瓜。

埃夫里现在已经把铜牌子用螺丝上到了他做得最好的长椅子上,站在后面欣赏着他的杰作。

"为了纪念十岁的卢克·丢布利而做。"

啊,他的长椅子可是他平安离开这里的证书啊。不过,长椅子以前也是令人感到难以想象的快乐的证书,毕竟他依然还是被关在这个肮脏的地狱般可怕的地方啊。

现在,他的长椅子在其他犯人用他们极其简单的花坛和干净整洁的路沿显示他们的工作成绩的院子里和走廊里增色不少。而且,他每次出去执行任务,埃夫里都朝他做的其中一个长椅子直奔过去。

其他犯人也做了长椅子。其他犯人现在开始把小牌子钉在长椅子上,大部分牌子上都写的是他们孩子、情人或者母亲的名字。

不过,埃夫里没有兴趣去坐其他人制作的长椅子。他靠在"为了纪念米莉·刘易斯·克鲁普"的铜牌子上感到心花怒放;他用大拇指压住"约翰·埃利奥特,7岁"的牌子,抹掉上面的灰尘,在一个令人难忘的下午,他一边凝视着铜牌子上的字"为了纪念露易丝·莱佛雷特",一边小心翼翼地靠在一个长椅子的背上。

他靠在椅子背上的时候,大部分时间都在品味这个妙不可言的令人啼笑皆非的事情。他的处事之道太高明了,竟然让利弗看不出来他真真正正有多么聪明。

否则,多么叫人恼火啊。

否则,收到 SL 的来信多么叫人绝望啊。

除了新练就的控制和忍耐以外,埃夫里禁不住想知道不给 SL 的最后那封叫人费神儿的长信回信是不是做得对。

他收到简单乏味的"WP?"那封信之后的前两个星期,高兴地知道 SL 正在等待他阿诺德·埃夫里不准备给他提供的东西。那真是令人感到惬意和大权在握啊,埃夫里从这个感受中受到了鼓舞。

后两个星期的日子就艰难多了。当他的自我满足意识继续到一定程度的时候,他也为他也许可能发出去的所有信件而得不到 SL 的回信会感到遗憾。他不得不一直提醒自己,他做的事情是对的。但是,他的决心受到了考验,他开始纳闷 SL 是否心灰意冷了。人无持之以恒的毅力,他担心。埃夫里有持之以恒的毅力,但他是需要进行特殊教育的人。SL 是个没有耐心的人,所以也许他对这场体育运动大为恼火,或者心灰意懒或者仅仅是厌倦了。SL 也许可能并不知道他现在应该以退为攻使埃夫里惧怕他这个招数。

SL的第一封信使埃夫里在整个囚禁生活中感觉了四个月的最大乐趣，他并不愿意中断通信。每一封信都对他的黄金时期是一个提醒，每个人都愿意回想他们最好的年华时期，他敢断言。

埃夫里单方面暂时中止了五个星期的通信时间使他感到心绪不宁。SL真固执。埃夫里每天夜里都醒着躺在那里睡不着觉，忧心忡忡，焦虑不安。他对这事恨之入骨，因为自从SL的第一封信使他重新勾起他认为在某种程度上已经消失了很长时间的最详细的回忆以来，每天夜里都变成了他欢乐的咒语。但是现在，他醒着躺在那里，无法重温那些卑劣的感情和烦恼，反而一遍又一遍地想起诸如邮政系统的一些不负责任的事例，或者滋生出SL也许可能用炮制信件这种令人深恶痛绝的恶作剧使他遭受这样的惩罚的想法。

他心中的强烈愤怒被完全激起，这是他最近的思想活动。发火是自他被捕以后不再流露的一种感情，埃夫里知道发火对人的身心健康是有害无益的，这就特别需要忍耐。

忍耐多年来一直是他忠实的伴侣，他对芬利和利弗的愤怒决不允许露在表面，虽然他只要看见他们两个之中的任何一个都会燃起满腔的怒火。

现在，在这个周围暗淡无光的泄不进一丝半点满月月光的漆黑牢房里，埃夫里除了深仇大恨以外，从内心上把他的短路怪罪到了SL的头上，而且决定除了他的上一封信以外不给SL发信——不发一个字，不发一个符号，就连埃夫里小心叠起来的沾了屎的卫生纸也不给他——直到他说对不起为止。

从SL的上一封信到埃夫里收到了第二封信，时间过了五个星期零四天。

没有地图,没有字首,没有问号,只有一个词:

SORRY(对不起)

埃夫里咧开嘴笑了。三分怀恨在心七分低三下四,但情况就是这样。SL 吸取了教训,知道他在这场游戏当中不能自持,因此,埃夫里也应该对这个适当的差异步调一致。他用一个词承认了埃夫里的毅力。

现在,埃夫里坐在那儿想知道如何用最好的办法来操纵这件事情。

18

　　假如阿诺德·埃夫里知道斯蒂文怎样挣扎着写出那一个词的话，他就会对那一个词感激不尽了。
　　斯蒂文一认识到他多有得罪必须求和，便写了十二封信，一封都没有寄出去。这十二封信从他渴望已极想得到消息的冗长乏味啰嗦的陈述，想得到指点迷津的阿谀奉承的请求，到对铁石心肠的遥远囚犯愤怒的慷慨陈词，应有尽有。

　　我的奶奶是一头老母牛，但是，这并不是她的错。
　　如果我、我们得到了比利的尸体的话，一切都会更好。
　　我很想很想很想很想求你帮我个忙。
　　如果我对你做了那样的事，你愿意吗？

时间就这样一天天过去了。持续了几个星期的情感极具变化，使斯蒂文的脑子一想到恳求就心烦意乱，一感到困惑就想发火。总之，他觉得想要忍气吞声非常艰难。

最后，是"真诚的"天资唤起他跟着简洁走的感觉——他只写了"Sorry"（对不起），希望埃夫里能够以潜在的兴趣来发现这个词的含义，达到斯蒂文最终的目的。他能够做的事情不少，但他不准备做更多的事情。

又一个星期过去了，在此期间，刘易斯声称钱特勒·考克斯迷恋上了他。

这不是刘易斯第一次证实他本人的性吸引的力量了。去年夏天，刘易斯就偶然对斯蒂文说过梅兰妮·斯巴克让他摸了她的奶。斯蒂文感到目瞪口呆，这是刘易斯披露的认真急切的探索结果，他只摸进了卡迪根式开襟毛衣和衬衫里，更大程度上是摸到了肋骨，自持力不坚定的梅兰妮便立即与刘易斯进行了舌吻。斯蒂文吞吞吐吐地暗示——只是可能——梅兰妮·斯巴克对摸奶的时间并不是积极主动的附和者时，刘易斯仅仅遗憾地对斯蒂文咧嘴笑了笑，说女人们对性交总是改变主意，这是众所周知的事情。

但是，很显然，钱特勒·考克斯没有改变主意，至少刘易斯没有新鲜的青肿块表明她也许可能改变了主意。

"我和拉罗是狙击手，钱特勒·考克斯跑到了库房的后面，我在后面追她——"

"拉罗在哪儿？"

"他太胆小了。上次他在库房撵着追她，她用水龙带打他。可我四处乱跑，因为我知道爸爸昨天用那个软管洗汽车来着，这是真的。她就站在那儿,所以我用软管喷她,但是由于那个软管质量低劣,她不屈服。你知道吗?"

斯蒂文知道。他几次在刘易斯家的库房后面被那个质量低劣的软管弄得精疲力竭。

"于是我说,如果你不屈服,我就把你变成囚犯,而她却说,那好吧,于是我把她的双手放到背后,用我的夹克衫把她的两手捆上,对吗?"

斯蒂文点点头。他也许多次被刘易斯的夹克衫捆住过双手。这没有伤害,也很容易挣脱。

"然后,她吻了我,就在两个嘴唇上。"

"她吻了你?"

"她吻了我。"

"用舌头?"

"舌头?"刘易斯一脸迷惑不解的表情。

"是的,"斯蒂文说,"她把她的舌头放进了你的嘴里了吗?"

刘易斯的脸上闪现出一种厌恶的表情。"那多恶心啊!"

斯蒂文双颊绯红。他是在某个地方听几个女孩子说的,但是现在——却被刘易斯的矢口否认弄得心情紧张起来——他记不得这事儿是在哪儿听到的,也记不得这个消息来源是否可靠。现在,事事唯刘易斯马首是瞻是他们的友谊不可缺少的组成部分,而眼下他却感到他不仅走出了界限,而且又走进了泥潭,他必须赶快调头转身回到坚实的地面。

他耸耸双肩,歉容满面。刘易斯对他眉头紧锁。

"你也摸了她的奶吗?"斯蒂文认为给刘易斯吹牛的机会能使他的途径回到陆地,而且他不会犯错。

片刻时间,刘易斯的表情木然呆滞,而后满怀热情地点了点头。"是的,两个奶。同时,我的牛牛硬了,我做了一切事情。"

斯蒂文知道这是一个谎言。并不是一切都是谎言。他相信钱特勒·考克斯吻了——或者被——刘易斯吻了。但是,他总是能够判定此时刘易斯偏离了自己的道路,不经意而又笨拙地误入了谎话连篇的雷区。在他偏离自己的轨道之前,他便先露出了微小狡黠的目光,仿佛他对自己即将说出的谎言可能发生的危险用心灵的目光进行地平线的扫描似的。斯蒂文对此总是不予理会。这就如同一块三明治的好的那半似的。争论有什么意义?

而且,他突然产生了一个不成熟的想法,就在上个星期他还对一个活生生的连环杀手进行了道歉,允许刘易斯在花园库房的后面想象中的牛牛硬了,比较起来似乎微不足道。

加之,吻了钱特勒·考克斯是自我吹嘘的事情。她不是多么漂亮,而且她还是个野丫头,但她绝对长着一对小奶奶,虽然她从来没有像艾莉森·洛瓦考特那样与男孩子们调过情。这是显然的事情。斯蒂文听说艾莉森·洛瓦考特在午饭的队伍中向约翰·卡比亮了一下她的胸脯。他几乎不相信这是真的,但是如果这种事情对谁都发生过的话,那对约翰·卡比也会发生的,因为他毕竟率领了一支十六岁以下的足球队,而且显然也是学校里长相最漂亮的男生。

这使斯蒂文想起,这件事是无意中听约翰·卡比自己说的,因此,这几乎可以肯定是真的。他已经在这件事情上矢口否认——可惜现在为时已晚了。但是,钱特勒·考克斯把她的舌头放进刘易斯的嘴里的念头并没有使斯蒂文感到恶心。实际上,这个想法使他的浑身微微战栗,并不是一点儿都不愉快。他脸红了。也许他不正常。不正常应该是阿诺德·埃夫里才对。他皱了皱眉头,对这个想法感到不安,希望这个想法绝对不要进入他的脑子里。

"你怎么啦?"刘易斯以揶揄的目光看着他。

"没什么。"他不由自主地说,抬头看了一下,他们还在刘易斯的家里。

他俩道过别,斯蒂文独自朝自己的家走去。

他朝窗户里的奶奶微笑,但是她却朝他噘起了嘴,他只不过是从学校走回来嘛,好像做错了什么事情似的。

戴维把他拥有的所有玩具在前门后面的客厅里摆了一地。斯蒂文走进去时,脚下的东西发出了碎裂的声音,他低头看去,发现一个破烂的粉红色娃娃,他飞起一脚把它踢到了墙裙。

"斯蒂文?"

他妈妈的声音听起来好像变得沙哑了,斯蒂文一动不动地站着,不知道他是否能够再退出前门,她不知道他是刚刚进门。

"他刚刚进来。"奶奶的话很阴险。

斯蒂文的声音显得很害怕似的:"什么?"

"请你到这儿来好吗?"

他抬起头,看到奶奶已经走到前屋的门口,欣赏着他走向厨房断头台的沉重脚步。

他的妈妈在餐桌旁正襟危坐,手里拿着一封阿诺德·埃夫里的来信。

此时,斯蒂文感到万分恐惧,膀胱憋胀,他几乎是弯着身子勉强控制住没有让自己顺腿尿下来。这整个又是那个莱格拼图玩具空间站事件的翻版。

莱蒂冷酷无情地看着他。

"你收到一封信。"

他找不到话语。想不起来如何找话。他感到芒刺在背，火烧火燎。他的生活方式结束了。

莱蒂低头看着信，清了清嗓子。

"一张照片应该不错。"她念道。

"一张照片！真令人恶心！"奶奶正在他背后站着。现在，她把他推到旁边，这样她就可以走到莱蒂身边从她手里拿过那封信了。莱蒂不让奶奶拿信。

"行了，妈妈，我正在处理这件事情。"

奶奶用鼻子哼了一声。他们都对这个哼鼻子的含义了如指掌。这就意味着她最清楚不过了。

就在她们的注意力刹那间转移到别处的当儿，斯蒂文瞥了一眼那个棕黄色的信封。和以前一样，信封上一无所有，说明了信是打哪儿来的。他知道埃夫里使用的信纸上面没有监狱的标志，这是廉价的课本纸，这封信可能是来自任何地方，埃夫里总是在信纸的顶端写上他监狱的号码，但是，没有上下文，那就毫无意义。

信封和信纸都是匿名的这件事情给了斯蒂文希望，而希望又给了他勇气。

"我能看看信吗？"

莱蒂和奶奶不约而同地看着他，好像他正在要一件纯金做的新内裤似的。

"信是我的，不是吗？"他的话里勉强夹带了一丝愤怒的语气，莱蒂忽地一下站了起来。她打开了那封不属于她的信。无论在任何情况下，那都是很难做到理直气壮的。

然而，她却尝试了一下。

"这也许是你的信，斯蒂文，但是，如果这是来自某个姑娘的，那么这也是我的事情了。我有权知道你是不是准备把某个女孩儿的肚子弄大,有了孩子扔给我,懂吗?"

斯蒂文的思绪飞快地沿着他妈妈已经走了很长时间的那条路去追赶。最后,经过一阵使他想要把自己一巴掌打进某种感觉内心迷乱的极度痛苦之后,他赶到了那条路上。他的妈妈以为那封信是一位姑娘来的,一个秘密的女朋友,一个他实际上也许可能已经性交过了的女朋友。

斯蒂文差点儿大声笑出来。到目前为,他绝对没有与一个女孩儿性交过,他甚至弄不清舌吻真有其事,还是一个令人恶心的笑话。他以前达到和一个女孩儿性交的最大程度是刚刚听到刘易斯讲的关于两个奶头和牛牛硬了的幻想小说的故事。

如果斯蒂文·拉姆成为春天伊始的那个男孩儿的话,他就会大声地笑出来了。但是,给一个连环杀手秘密写信寻找一具死尸的斯蒂文·拉姆看到了机会——而且抓住了机会。

他坚定地伸出了自己的手,但只是偶尔的。"我只有看了信才知道是谁来的,不是吗?"

斯蒂文镇定的语调和莱蒂迅速滋生的愧疚感使莱蒂把那封信递给了斯蒂文,奶奶在莱蒂的背后把牙齿磨得嘎嘎直响。

斯蒂文只需要瞥上一眼就足够了。

A photo woulD Be nice.(一张照片会很不错。)

那就是信上写的全部内容,甚至连埃夫里的字首都没有,没有任何暗示。他一点儿都不懂这句话的意思,不过他会明白的。现在,他保证他会弄懂这句话的意思的。D 和 B 都是大写字母,但是字首

DB 猛地一下对他毫无意义。没有一个受害者的名字是用 DB 开头的。没关系。他已经看了信；他弄懂了这个密码了。他想出来了。

但是——更重要的是——他的妈妈不要弄懂它就行了。

"是那个 AA 来的吗？"

这是他对自己起码的诚实度进行的一次冷静的自我拷问，斯蒂文耸了耸双肩。

"这只是一个姑娘的来信，妈妈。"

"一个姑娘要你的一张照片！"莱蒂竭尽全力想再现她的怀疑和怒火，但斯蒂文的开诚布公让她猝不及防，很是难堪。

他又耸耸双肩，同时，他把信装回到信封里后，塞进了他黑色校服裤子的屁股口袋里了。

"如果我魅力四射的话，这不能怪我。"

本来两个人都可以占上风的，但就这一句话，他占了上风。莱蒂的表情松弛下来，对他笑了一下，然后用两只胳膊搂住他的腰，而他却半心半意地扭动着脸，不让妈妈亲他的脸。

他最后赢了那场战斗，娘儿俩哈哈大笑起来，而奶奶却转身朝水池走去，但是，是在斯蒂文看见他说了那句玩笑话她的脸松弛下来之后走的——真是一个老天保佑的时刻——斯蒂文想起来他一直在挖掘的原因了。

就为这个。

为了如此的时刻——此时有一个暗示，他们总有一天会变成一个突然过着痛苦不堪、愤天恨海、贫穷潦倒、使他感到幸福、又一下子全都感到痛苦悲伤的生活的真正家庭。

他停止了挣扎，允许他的妈妈搂住他，在某种程度上来说，她已经多年没有搂过他了，他允许自己把头放到她的肩膀上轻松一下，她就像一个疲倦的学步儿童一样抚摸着他的背。

"你会小心的,不是吗,斯蒂文?"

"当然了,妈妈。"

"我只是担心你会受到伤害。"

"我知道,我会小心的。"

"问问他的保护措施。"奶奶说,她已经恢复到了原先的状态,脸色变得比他以前认为有可能变得还快。

莱蒂放开了他,对她的母亲怒目而视。母爱的时刻消失了,斯蒂文极不高兴地稍稍挺直了身子。

"别用那样的目光看着我,姑娘。我是希望能帮你做点儿事,那么,你就不必自己……"她的声音变得越来越小,但蓦地一下,意味深长地把头转向了斯蒂文。

他的脸腾地一下变红了——一部分是对他奶奶的愤怒——他的奶奶用她的手紧紧抓住斯蒂文的手。

"你知道保护措施,不是吗,斯蒂文?"

"妈妈!"除了他的妈妈和奶奶可能对他,斯蒂文·拉姆,怀有深得某人欢心——在将来的某个不确定的时刻——考虑与他性交的可能性这很小的一部分使他感到相当得意而外,他真是感到要无地自容了。

这有点儿使人高兴。

然而,大部分都是让人感到尴尬啊。

他离开了她的妈妈,感到头上汗如雨下。

他看到了他妈妈眼睛里忧虑的目光,但是,因为她搂过他,他勉强使用了一种很一般的回答。

"别担心,妈妈。"

"别哄我,好吗?"

他点点头撤退了,但是他从奶奶的脸色可以看出,奶奶认为他轻易地逃脱了惩罚。

他一步两个阶梯地上了楼。这是一口气上去的,刘易斯试验过,但没有成功,所以斯蒂文认为如果刘易斯认为值得的话他也许也应该每天练习练习。他上到楼梯顶上时上气不接下气。

DB。DB。没有一个孩子叫 DB 啊。难道埃夫里正在向他透露另一桩谋杀案吗?

一旦到了他的房间,他便在窗户里的昏暗光线下认真研究起那封信来了。信上没有他能够看见的其他暗记。他拿出与埃夫里通信用得着的埃克斯穆尔高地的地图,认真看了起来。几封信中没有在一张信纸上找到特别的地点,于是斯蒂文不怕麻烦地又把几封信和其他东西一起放好。

A photo woulD Be nice.(一张照片会很不错。)

埃夫里想要一张 DB 的照片,可谁是 DB 呢?

三个晚上之后,斯蒂文被答案惊醒。

他感到胸有成竹了。

DB 不是"谁",而是"什么"。

它是沼泽地的最高点,离所有已发现的尸体位置很近。

阿诺德·埃夫里要的是一张 Dunkery Beacon(邓克利·比肯)的照片。

19

虽然斯蒂文没拿铁锹,在路上可以加快速度,但走到邓克利·比肯也花了他一个多小时的时间。

铁锹。

虽然他已经停止挖掘了,只要一想起"铁锹"这个词,潜在的失败内疚感就会使他感到浑身不自在。

虽然如此,没有铁锹,他的手脚倒是更利索了,他的两只胳膊可以自由地挥舞,步履艰难地爬上小山的时候产生了一种节奏感,也略微出了点儿汗——在沼泽地上行走——总是上坡。带上三明治,一瓶水和把他的旧带兜帽的厚夹克弄得鼓鼓囊囊的照相机,他也不怕麻烦。

照相机是戴维的,一架不值钱的一次性使用的照相机,这是他收到的三盒生日礼物之一。他第一次照相拍得尽是人脚、天花板和模糊的人影。他在泛着彩色浴液泡泡的浴缸中拍摄水下作战战士和非地球人海之间雄壮的海战时，把第二个相机掉进了浴缸里。戴维看到五颜六色的胶囊在热水里溶化，泛起一层白色的浮油——一层如同冻胶似的果胶，已经太晚了，他不敢让喜欢奢侈品的愤怒的妈妈知道，于是便在痛苦之中把照相机丢了下去。

第三架照相机在卧室的窗台上放着，积了一层灰，一直到阿诺德·埃夫里的信来到，然后，斯蒂文问心无愧地偷走了这架照相机。

他需要它，戴维不需要。

邓克利·比肯不但是埃克斯穆尔高地上的最高峰，而且当周围的风抽打着他廉价的带风帽的厚夹克衫，金属拉链拍打得他的两个大腿火辣辣地疼的时候，斯蒂文认为也是最冷的，他拉上拉链避免受伤。

由于邓克利·比肯除了风就是风，没有风景可看，斯蒂文用很短的时间看了一下全国在1935年为纪念比肯，一个自然风光无限美好的地区发生的瘟疫赠送给比肯地区的礼物。捐助人的名字都被刻在了石碑上，斯蒂文禁不住用鼻子哼了一声：他们应该看看今天的自然美景，他暗忖。

从埃克斯穆尔高地常常可以看到布里斯托尔海峡，有时候能够看见布雷肯灯塔，从威尔士的外国土地上则可以看见涨潮的航道，但是今天，随着滚滚白云的消失，银白色的天空使地平线模糊不清，一片光秃。他转过身，朝身后把他带到这里来的崎岖不平的小径上看去，看到形成了一个停车场的一小块平展展的碎石沥青路面。那里停放着两辆小汽车。这并没有什么好奇怪的——喜欢风景的人除非幸好也是爱好徒步的人，没有一个人能够同时兼顾，除非他们走出汽车，别无它途。

斯蒂文往四周扫视了一下，没有看见一个人。人们在埃克斯穆尔高地明显平淡无奇的山丘上消失得真快啊，真是令人惊奇。

邓克利·比肯也不是完全的平淡无奇。过去的坟堆石岗星罗棋布，到处都是。他从衣服口袋里掏出一架蓝色的塑料照相机，调成一个慢速的光圈，想找一个最佳角度。

突然，他明白了，他为这个恍然大悟感到毛骨悚然。

埃夫里原来想要那个指明他在邓克利·比肯之地埋葬了几具尸体的最佳视野的角度。

斯蒂文走到这里的时候压根没有想到尸体的事儿，但是现在他意识到他正站在三个浅墓的 500 码之内的地方。

亚斯明·格雷戈莉。

路易斯·莱佛雷特。

约翰·埃里奥特。

他带着一种心里不踏实的窥阴癖的感觉将他周围的地面扫视一遍，看看他是否能够发现几年之后他在寻找期间挖掘出来的证据。那个坟堆——缅怀故人的墓碑——仅仅变成了他回忆起曾经把三组红色圆珠笔写成的字首放在风吹雨打的荆豆上和以他的杀手的眼光在草坪里挖的浅墓上，在欧石南中制造的疤痕上的背景。但是，这个智力非凡的孩子再次重申了自己的权威。事情已经发生很长时间了。草、荆豆和欧石南现在又会爬回来，重新移生于裸露的土壤之中，减少几个为数不多的家庭和全国人民无情的伤口裂开的伤痛。他知道什么也找不到，除非有人知道往哪儿去寻找的确切地点，那么，想象力也可以发挥作用的啊。

于是，他进行了猜想，用光线暗淡的小取景器把整个高沼地观察了一遍，他认为抓住了其中一个坟墓，便"咔嚓"一声按下了快门。事情似乎相当快并轻而易举就结束了，考虑到他是长途跋涉走到这里的，他稍稍移动了一下位置，在步履维艰地返回比肯以前他又"咔嚓"一下按下了快门。

斯蒂文穿过汽车停车场时，无聊地朝两辆小汽车里瞄了一眼。有时候，人们在炎热的天气中把狗留在他们的汽车里。斯蒂文幻想在一个热天发现一辆汽车里有一只狗，便强行砸碎车窗把狗营救出来，然后将那只狗牵回家，得知他营救的那只狗的主人是个傻瓜，不配拥有这只狗，便安心了。

然而，今天天气不热，把狗带到埃克斯穆尔高地来的大部分人带狗来的直接目的是遛狗，不会把狗留在汽车里。斯蒂文叹了口气，意识到他必须住在一家超市的附近才会有一个适当的机会将他的梦想变为现实，可是希普考特却没有超市。

他转过身往后看了看比肯，看了看昏暗的天空下的一片褐色的险恶的景象。

斜射的光线使故人的坟堆从这里看起来更加引人注目。从顶峰看起来似乎很平坦，从停车场看却是很起伏。从这个角度能够拍摄一张更好的照片，他断定。

于是，斯蒂文用几根冻得麻木的手指又一次从衣服口袋里掏出了那架照相机，把照相机对准地势逐渐升高的土地上，按下了快门。

完后，他转过身，开始往回家的路走去。

在通向希普考特小径的岔路上，他突然看见几个穿戴兜帽运动服的家伙朝他走来，他们从村子里费力地往陡峭的山坡上爬的时候都低着头。

斯蒂文一动不动地站着。他很快往四周看了看，仿佛一块岩石、一片灌木丛、一棵树也许突然会从几乎平淡无奇的沼泽地冒出来，让他有地方躲藏似的。他知道这是毫无意义的。他知道他可以在小径旁边的欧石南深处就地退出他们的视线躲藏起来。他和刘易斯过去把刘易斯昏昏欲睡的狗巴尼那样藏起来过，当巴尼还活着的时候。他们一直等到巴尼无精打采地跳出来去追一只兔子然后才跑进欧石南和鸟儿的啁啾之中。他们听见那只拉布拉多杂种狗在他们周围的沼泽地上慌不择路地穿过时又是窃笑又是偷看又是低语——当巴尼的大湿鼻子嗅出他俩的时候，伸出舌头兴奋地猬猬狂吠，始终像触电了一般。

但是，那是从一只狗眼的角度看问题了。

斯蒂文心里清楚，如果他现在躺在欧石南之中，穿戴兜帽运动装的家伙们走不到十英尺就能清清楚楚地看见他平躺在花草之中吓得要死的熊样，像一头白日做梦的蠢笨的鸵鸟，然后他就会受到羞辱，还会被追逐和遭到殴打。

他在那里站了一会儿，等待着其中一个气喘吁吁的孩子往前面的小径看上一眼而且看见了他，那么，他就作出最好的决定，跑。

照相机。

一个主意从他的脑子里一闪而过。假如他们抓住他，他们就会拿走他的照相机，或者把它摔碎。

他很快把照相机从衣服口袋里掏出来，选择了一个地方，把它丢进欧石南之中。他极力把位置记在脑子里。在两株淡紫色的欧石南和一枝黄色荆豆花之间，旁边那个石头像一颗软心豆粒糖的形状。

他往后朝兜帽们看去，就在此时，其中一个兜帽抬头看见了他，意识到那架丢掉的照相机使他在远处错过了机会,他迫不急待地转身逃跑。

他们眨眼之间就追上了他。

"拉姆!"那个个子最高的兜帽喊了一声。

他一声不吭,他们似乎一时间不知道该对他怎么办。

"有钱吗?"

"没有。"

两只粗暴和漫不经心的手随便在他的衣服里猛掏起来,把他的几个口袋从里翻到外面,他的水瓶和一个空塑料瓶掉到了满地石头的小径上。他们在他的裤子口袋里找到了三十四便士,阿诺德·埃夫里的信叠放在他后面的口袋里。

个子最小的男孩儿在他的胸上推了一把,迫使他往后退了半步,虽然这是在山坡上。

"你说你没有钱。"

斯蒂文耸耸双肩。那个高个子的男孩儿打开了那封信。

"一张照片会很不错,那是什么意思?"

"没什么。"

高个子男孩儿瞪大眼睛看了看斯蒂文和那封信,想知道他在乎还是不在乎。最后,他竟然把信撕了个粉碎抛撒在了欧石南中。个子最小的男孩儿又推了斯蒂文一把,这一次是在肩膀上。他感到他们全都迫切希望把他推倒——他们想要挑战,这样他们就可以证明他们的行动是有正当理由的。斯蒂文没有作出反应,那个中等个头的男孩儿猛地一下抓住他的两个肩膀要把他的厚夹克衫拉掉。这一下斯蒂文真的抵抗了,架起两只胳膊肘一直抵抗。

"给我,你这个笨蛋。"

斯蒂文不相信他的话。他不想告诉他们一旦他回家没了衣服，他的妈妈会发疯的。衣服很旧，也不是完全防水的，但是他知道，就她而言，这远不是衣服本身有效生命的结局。他不能对她说，衣服被人抢了，以免她千方百计去找兜帽运动装家伙们的家长去讨公道——那么，他的命也许就会完蛋了。但是，一想到只能对她说他把衣服丢在了沼泽地或者在学校丢了，两眼突然一热，泪如雨下，这时，中等个头的男孩儿更用力地推了他一下，希望他能反抗。斯蒂文咬住嘴唇，绝不屈服恳求，随着他的两只胳膊的连续不断的拉拉扯扯，他失去了平衡，向一边倒去。那个中等个子的男孩儿突然看到了一个机会，顺势朝那个方向推了他一把，使他倒进带刺儿的荆豆花里。他的厚夹克衫的袖口被抓住的时候他的右手腕扭来扭去，他倒下去之前用尽全身力气拼命抵抗，然后拽掉了尼龙，他一松手掉到了他的身边。

他感到大钉似的刺儿扎在了他的胳膊上、他的一边脸，甚至扎进了他的夹克衫和牛仔裤里，他把头猛地一下扬起来保护他的脸，然后听到兜帽们的哈哈大笑声。

"脱他的鞋。"

斯蒂文心里开始变得怒火万丈，他们企图脱他的鞋，那个男孩儿现在抓住他的厚夹克衫的时候迫使斯蒂文用脚踢他们。这是去年圣诞节的新鞋啊。他把鞋弄了一鞋的泥他的妈妈都大发雷霆了，如果鞋子丢了她还不得杀了他啊。

几个男孩子抓住他胡乱踢腾的双腿，他用尽浑身力气把一只腿圈起来，不让他们脱他左脚的鞋，但是鞋还是被他们从他的脚上抢走了。

现在，他的眼泪不由自主地奔涌而流。他要杀了他们；他要揪下他们的耳朵，飞起一脚踢向他们狞笑的脸上；他要拾起那块状如一颗软心豆粒糖的石头砸到他们哈哈大笑的嘴上，直到他们落得满地找牙，血流不止。

但是，当他们又夺掉了他右脚上的鞋子哈哈大笑扬长而去的时候，他却哇哇大哭起来。

他希望哭喊，荆豆花的刺扎得他脸部肌肉抽搐，疼痛难忍，但是他却吓得不敢去追他们。

最后，他站起来，干脆退避三舍，回到小径上。他的一只袜子已经在脚上被脱掉了一半。袜子是他的最爱，他的妈妈两年前为他的生日亲手织的，他遇上特别的日子才穿上这双袜子，害怕把它们穿烂。灰色的带螺纹的双色纱线，脚转动起来很舒服，是按照斯蒂文的脚型织的，她称为法国式后跟，像卡通袜子似的。他刚拿到这双袜子的时候，穿起来太大了，可现在这双袜子对他又小了，就这他还是只在特殊的日子才穿哩。由于要拍邓克利·比肯的照片，今天是个特殊的日子。现在他想起来今天穿这双袜子也是为了其他的原因。他又开始哭了，通过泪水模糊的眼睛他艰难地去找那个软心豆粒糖般的石头，最后他努力去寻找，终于找到了照相机，开始往小径上返回。时间过得很慢，令人痛苦——他还没有到达住宅区后面通向马路的台阶——两只袜子上就磨出了几个洞。

"你说什么，丢了？"莱蒂并没有火冒三丈，但是她也快火冒三丈了，斯蒂文知道她要火冒三丈早就火冒三丈了。

"对不起。"

"你怎么能丢了你的夹克衫和你的鞋呢？而且还不知道丢到哪儿了？"

"而且毁坏了他的一双袜子。"奶奶插嘴说,"我费了几周时间忍者关节炎的疼痛织了那双袜子。你怎么对任何东西都不重视啊。"

"我真的对这双袜子很重视!"他说,生气她把事情想歪了。难道她没有看见他遇上特别的事情才穿的吗?这个念头又使他哭了起来,心里烦得唉声叹气。他今天哭得委屈至极,几乎不相信他的身上只剩下了委屈。

"斯蒂文哭了,妈妈!"戴维感到好奇地说。

"滚开,戴维。"他恶狠狠地说。

"你怎么敢在这个家里使用那样的词!"

莱蒂在他的后脑勺上打了一巴掌——不重,但无论如何也使他感到目瞪口呆,而且惊得他们所有人进入了一个令人恐怖的片刻的沉默之中。

他的妈妈从来不打他的头和脸。她偶尔狠狠打他的胳膊和腿,但头部是不言而喻的禁区。只有醉鬼和市建廉租房的住户才打他们孩子的头和脸哩。

斯蒂文想要道歉,想要好好地道歉,想要他的妈妈像那天那样再搂搂他,想要把他的头靠在她的肩膀上再当一回婴儿,不要为他的袜子或者他的鞋或者他的厚夹克衫或者穿戴兜帽运动装的家伙们或者那把铁锹或者许多尸体或者几个连环杀手劳神费心。他想蜷缩在床上喝着加糖的热牛奶,有人给他唱歌哄他入睡,抚摸着他的头发。

他活得累极了。

但她还打他的头。

所以,不道歉了,他大喊一声:"日你妈!"然后挤过他的妈妈,朝楼上跑去,砰地一声狠狠把他卧室的门关上,她咚咚咚地撵到楼上，暴跳如雷。

他知道他走得太远了。

如果莱蒂不是那么怒不可遏，她就会看到他有多么害怕——站在床边，眼睛瞪得滚圆，在投降之前两手伸开，不再相信他有什么抑制力。

"妈妈，对不起！"

但是，太晚了，她又在他的头上打了一巴掌——然后又打，狠打他的胳膊、手和耳朵，最后，雨点般地打他的脸，当他退缩到床上把头放在两只胳膊肘之间时，微弱无力的女人拳头一连串地打在他的背上。

是戴维歇斯底里的尖叫使她终于恢复了理智。她把她最心爱的儿子抱在怀里，用轻轻的嘘声要求他安静下来。

"瞧你把戴维弄得多么心烦意乱！"他对斯蒂文大声喊道，声音里带着一种内疚的尖叫。"马上下楼喝茶。"

"我不喝茶。"他的声音在床罩里捂得闷声闷气的。

"好，"莱蒂说着把戴维高高举起来放到她的臀部。"那你什么都别喝。"

斯蒂文听见他们离开了，走下楼去。他听到了莱蒂的声音，是和戴维一起的低而轻柔的声音，他听懂有一部分是说他的，她想为她所做的事儿进行补偿——虽然她没有对他进行补偿。

他抽抽搭搭地哭着，在自己的身上摸摸这儿摸摸那儿，开始感觉他妈妈的戒指碰到的各个地方——他的左耳朵、左手腕和肩胛骨上有一种刺痛感。他用手指在耳朵上摸了摸，发现了些许血点。他的两只耳朵也有点嗡嗡鸣响，右脸被耳光打得烧痛。他爬到床上，把身子转向墙壁，全身紧缩成一团。他抱着自己的肩膀，突然感到浑身发冷，但他不想再挪动，钻进被子里去。

有一个东西在他的肩膀上轻轻动了一下，吓了他一跳。奶奶在他身后把被罩拿起来，盖在他身上。他俩四目相遇，但她挺直身子转身离开了。

"奶奶？"

他希望她停住脚步，回头看看他，这种情况在电影里发生过，但她径直走去，消失在楼道里。

他的嗓子哭哑了，但是他无论如何都要说话，好像她正在听他说话似的，仿佛她很愿意听他说话似的。

"我真的很喜欢那双袜子。我只在特殊的日子穿它们。"

斯蒂文认为他听到她在楼梯顶停住了脚步，但他不敢肯定。

20

　　那几张照片简直是垃圾。

　　他在邓克利·比肯山顶山拍的几张照片被风吹摆动弄得模糊不清，他在汽车停车场拍的那一张出现了闯入门框左手边的小汽车正翼部分。

　　但是，由于他冲胶卷花去了最后一点儿零花钱——而且由于照片的成像点至少清晰——斯蒂文便把那一张照片寄给了阿诺德·埃夫里。

21

狱警瑞安·芬利喜欢没收寄给犯人们的那些照片,今天也不例外。

通常没收的照片是犯人们的老婆和情人躺在不整洁的床上穿着不协调的内衣拍摄的模糊不清、脏兮兮的一组照片。有时候,也包括一些提供来的使他们对成问题的幻想心烦意乱的小而不经心的家庭细节的照片。比如一只小花狗啦,一个脏脏的孩子在婴儿床上偷看棒棒糖啦,卧室的地板上有肯德基盒子啦等等。

有时候,犯人们拿到了他们的照片,有时候他们拿不到照片。在这一方面,瑞安·芬利是上帝。

完全裸体的照片意味着立即没收,有任何下流行为或者有相同模式的也一律立即没收。那些有必要销毁的照片——而且,如果犯人的老婆是一条狗的话,那些照片也要销毁——在大量照片分发下去和在职工食堂听到有人举报以前，当然不会销毁。受到牵扯的犯人只不过会在他的信上得到一个标签，如果一封信上附有一个标签，上面就会写有"东西没收"这句话。

肖恩·埃利斯从来没有收到过一封没有标签的信。他的老婆欲火炽盛，淫荡不羁，她经常附带的照片形成了瑞安·芬利警官个人收藏的基础，而且在格洛斯特郡的一个小支行当面枪杀两个出纳员的银行盗贼大概完全忘记了他的老婆看起来像是穿着她总是穿着来探视他的庄重的米黄色雨衣。埃利斯从不抱怨，这使芬利和其他人感到好笑。那个可怜的家伙大概以为他的老婆给他发送的都是家犬的照片哩。

今天，芬利和狱警安迪·拉尔夫坐在收发室的福米卡办公桌旁边，漫不经心地把寄给犯人们的信件用剪刀——剪开。

"你怎么认为？"拉尔夫举起一张刚刚从一个拆开的信封里拿出来的照片。这张照片显示了一个没有门牙的金发碧眼的小女孩儿，胸前抱着一只温顺的小猫。

"给谁来的？"

拉尔夫瞥了一眼信封。"卡里姆·阿布杜拉海。"

芬利摇了摇头。"那个性变态者和黑桃A一样黑。看起来不像是我的亲戚。"

拉夫尔——他是一个没有煤一样黑的人——把那张照片仍在了一边，在信上放了一个标签，没有写说明。

埃利斯夫人的照片今天是比较平淡无奇的——当她把一件淡黄色的无袖筒式套衫提到顶上，露出她那对完美的乳房时，她的脸被遮住了。

"天啊，你看看乳房上的两个奶头。"

拉尔夫偷偷看了一眼,咧开嘴笑了一下。

"双手都他妈的抓不住。"芬利哀叹一声。她拥有一个漂亮坚挺双手抓不住的乳房都好几年了。他得需要一个硬纸箱才能把他的露丝夸张的布满皱纹的两个大奶头装进去。

如果这奶头是其他人的老婆或情人的,这张照片几乎就不算是下流的,利芬会毫不犹豫地把它放行,但他不能让埃利斯认为他从来没有见到过的那些照片很可能看起来与这张照片非常相像,然后开始怨声载道,于是他啪地一下往随附的信上贴了一个标签,把埃利斯夫人装进了自己的口袋里。

他们在寂静中干了几分钟,吃力地阅读那些几乎无法辨认的来信,把照片和小礼物分类——六个安全刮胡刀片,十几个特洛伊人,初学者的日本折纸。

拉尔夫简单看了一下一个拿着比萨饼盒满脸倦容的红头发之人的一张照片,从随附的来信上念道:"……在夜里,我想念你把我日得一塌糊涂,心里好烦……"

他叹了口气。"日和烦都拼写错了。"

他拿起审查用的黑色毡头笔把两个字的拼写纠正之后,把它放到了"放行"信堆里,然后拿起了下一封信,这封信是寄给阿诺德·埃夫里的。

没有信,那张极其干净的照片几乎不用看了。这张照片当然不用征得资身看守的同意了。安迪·拉尔夫能够很好地识别什么是下流的,什么是带刺激的,什么是恋物的。他不需要任何人告诉他那张有一辆小汽车和一个多雨的山坡的照片上面连一个人都没有,尤其是瑞安·芬利。

这个种族主义者的爱尔兰人杂种。

阿诺德·埃夫里看到这张照片的时候，他感到怎么也看不清。他认为，他也许可能崩溃于十足好色的指控。他突然想哭，时间不是在晚上，又不是在黑夜，虽然他的牢房由于木板挡住窗户的原因总是昏暗无光。嗳，利弗也许可能挡住了沼泽地通往酒吧的视线，但是他的手上还有另一个甚至更美好的视线。

他杀手的目光立刻发现了那个地方。亚斯明·格雷戈莉。她在那儿。或者，她一直在那儿，直到他被捕后的一段时间，几个法医小组插手后，埃克斯穆尔高地便开始泄露它绝对秘密了。他们不允许他回到沼泽地，即便是指认那些尸体。他们非常清楚，这是他想要再有一次机会用他的手指感受那片泥土，再看一眼他在欧石南中挖的那几个肮脏的洞。他们残忍地拒绝了他的要求，甚至那时他们最后不得不停止了对更多受害者的寻找工作。然而，他们却抹不掉他的记忆。当他们如同一管刺激的阵痛软膏洗刷他的时候，时时抹不掉，刻刻抹不掉。

他将汽车停进了这个地方。离 SL 拍照的照片里的那辆小汽车很近。他把 YG（亚斯明·格雷戈莉）运送到那条狭窄的小径上，抱到了蜿蜒曲折的小山峰上。他现在还能感觉到她，在他的怀里很轻，而且记得她仍然令人兴奋和受到伤害时她在他身子底下的感觉。

他自己浑身颤抖得像狗一样。不是现在！不是现在！这种感觉太好了，太令人激动了，就连白天的时间也没有浪费。他必须停止看这张照片了。他必须做一件事情来分散他的注意力，直到熄灯为止。

他把那张照片塞到他的枕头底下，打开他正在看的那本书——这是一本好书，《黑色回声》——直到 SL 的照片来到。这张照片一直吸引着他的注意力。不过，他不再看那本书了。现在，这本书没有意思了，在下面的时间里，埃夫里十几次把书放下，偷偷把一只手放到枕头下去摸那张照片。

午饭时间稍稍有点儿轻松，虽然他的腿紧张地来回移动。

下午令人恐怖地挨过去了，晚饭带来了短暂的缓解。熄灯是在晚上十点半钟，但是在晚上八点半钟埃夫里从枕头底下拿出照片，重又把它研究了一遍，独自在黑暗中储备印象。

埃夫里猜测 SL 使用了一架廉价的照相机。一切似乎都在焦点之中，任何人，甚至几乎有能力的人拿上一个很好的照相机都会把焦距调整到使前景和最精彩的邓克利·比肯模糊不清。除此之外，他的双眼一动不动地凝视着亚斯明·格雷戈莉所在的那片土地——在那个地方，两边到处是欧石南的两个坟堆之间，到山顶大约有四分之三的距离。

埃夫里的全身都是情感和记忆。

那天，天气晴朗，不是像在这张照片中灰蒙蒙的。天空湛蓝，周围有很多走路的人，于是埃夫里不得不一直等到太阳落山之后才把他的汽车孤零零地停在沥青碎石路面的那块地方，在他能够把她从后备箱取出来之后，她才被带到了她最后的安息之地。他一想起他把她从他为她确认的地方带走，埋在了别的地方——一个不是他选中的地方，他便心如刀绞。甚至更加糟糕的是，那个地方他不认识。他能肯定，她的新坟的位置是在几张纸上，但是那些纸他没有保存。亚斯明·格雷戈莉留给他的一切是许多记忆，还有这张照片。

要是 SL 没有愚蠢地用那辆小汽车挡住他的视野该多好啊，他也许还有可能看到约翰·埃里奥特，那孩子尿了他一身，埃夫里一想起来就浑身打战。约翰·埃里奥特两眼紧闭，留着鼻涕的鼻子拼命吹着鼻涕泡泡，因为他不能再用嘴巴呼吸了。那已经足够糟糕了，但是后来，就在他杀他之前，约翰·埃里奥特的膀胱完全吓得憋不住了，把一泡尿撒在了他漂亮的裤子上。他让那个孩子付出了代价，但他不得不把那条裤子扔掉，还有鞋子。它们是油炸玉米圆子——不便宜——但是一想起它们上面有那孩子的体液就使他感到恶心。即使是现在只要一想起来也会使他感到浑身都不自在。

埃夫里停止了回忆，这个时候回忆真是太让人扫兴了，他把注意力转回到那张照片上去了。是啊，那辆小汽车真是太碍事了，它叫人头疼。另一个原因，他知道SL不是摄影师——糟糕的构图。

自从收到照片，埃夫里第一次把他锐利的目光转移到这辆小汽车上，仿佛他也许可以看穿沼泽地后面的那个地方似的。

他唯一能够看到那辆小汽车的东西是前翼，前翼的倒车镜和门的一部分。门是湛蓝色的，埃夫里辨别不出它是什么类型的小汽车，只知道它没有缝隙，阻挡了他的视线，令人气愤。

感觉受骗了，符合他的心情，而且受骗是他的真正感觉。他怒火中烧地瞪着小汽车，准备把怒气发出来，但即使两只眼睛移动到亚斯明·格雷戈莉的墓边也不能完全平息他的怒火。

然后，埃夫里双目圆睁，把那张照片高高地拿起来，照片快要碰到了他的鼻子了。

他不由自主地大声喘了一口气，然后他停止了喘息。

如果他不是对那辆小汽车着了迷，他也许可能——会——绝对不去看它！一想到他看不见的东西，他便感到后脊背发凉。

前翼倒车镜里除了摄影师很小但却在焦点中的影子，什么也看不见。

虽然那个影象很小，但是在那时一切对阿诺德·埃夫里来说都改变了，又一次看见埃克斯穆尔的情绪在他的心里闪出的火花虽然减少到了很小的程度，但是那种情绪刹那间便被一股热血沸腾和满嘴流口水的惊奇不已、不停哽噎和过去畅游的兴奋感所席卷。

SL 是一个男孩儿。

这个想法一闪现，立即像在一间小小的房子里的一个烟花爆竹疯狂地在他的脑子里歪歪斜斜地向前猛冲。

一个男孩儿。

就是一个男孩儿。

他的两只眼睛感到刺痛，当他气喘吁吁地凝视着那个像点时，耳朵里响起他的心脏怦怦急跳的声音。

一个男孩儿，大概十岁或者十一岁，瘦骨嶙峋，被风吹得乱乱的黑头发。蓝色牛仔裤，脏脏不堪的白色软底帆布运动鞋。那个像点很小，脸照得模糊不清……然而一旦有一个模糊的人影，阿诺德·埃夫里便坚定地认为，那就是一个孩子的模样。

随着一阵强烈渴望的不寒而栗的抽泣，埃夫里吸入了一口新鲜空气。

SL 是一个男孩儿。

一个向他展示了很有发展潜力的男孩儿。

一个给他传递了力量的男孩儿。

一个男孩儿——通过巧妙地把他自己的形象塞入邓克利·比肯明显幼稚的照片——向阿诺德·埃夫里发出了最最清晰的邀请信……

22

朱德叔叔回来了。

有一天,他们正好是四点钟,第二天他们是五点钟。

斯蒂文在他的房间里正在艰难地运算 $3x-5y$ 以及它本身全部使人难以理解的变化程度,这时,他听见了过道里嘎吱嘎吱的声音,朱德叔叔的声音问道:"菜地怎么样了?"

斯蒂文惊讶地朝四周看了看,他想迅速躲藏起来。并不是无礼,而是高兴得不想见人。

"西红柿是垃圾,"他耸耸双肩,"但土豆很棒。"

朱德叔叔咧嘴笑了一下。"哦,任何傻瓜都会种土豆。瞧这个爱尔兰人。"

"你是爱尔兰人!"

"那就是我知道的原因。"

他溜达到卧室,把戴维的那些东西拨弄了一下,他从来都是笑不露脸,斯蒂文意识到朱德叔叔不想隐藏看见他有多么高兴,这使斯蒂文感到羞愧,他原打算藏起来哩。他坐在床边晃动着两条腿,伸出双臂搂住朱德叔叔的腰,正在体会大人的双手在他背上的感觉,很长时间以后又感受着轻轻拍着他问好的感觉。

他要把一切事情像一个疯子一样向朱德叔叔和盘托出的突然冲动在他的心里产生。

让朱德叔叔接手,做出各种决定,让朱德叔叔到监狱里去探视阿诺德·埃夫里,从他那里打探位置,让朱德叔叔挖出比利并得到一切荣誉——斯蒂文一点儿也不在乎,他只要把这件事情弄出个结果就行。

他张了张嘴……

"我看见你奶奶的小手推车仍然很结实地跑着。"

斯蒂文点点头,忽然不知道自己该说什么话了。

"看见她出去推着它,兴高采烈的。"

斯蒂文犹豫了一下,然后点了点头。他不想破坏这个好话题。他知道朱德叔叔也不是好惹的。奶奶喜欢她的小手推车,即便她不是去购物,她出去时也推着它。她的髋部使她感到很痛苦,现在的这个结实的手推车也对她奇怪而蹒跚的步态具有支撑的意义。

"瞧瞧你有多高了。"

"嗯。我所有的裤子都太短了。"

"我听说对大凡踝关节特大的人这都是第二个大问题。"

斯蒂文用鼻子哼了一声,他们分开了。

"你到哪儿去了?"他本来不想说指责的话,但是这句话里还是有发牢骚的味道。

"在附近。"

"那你干吗不来看我们?"斯蒂文又一次应该自责。朱德叔叔不是他的父亲,如果他不再打算和她的妈妈幽会,他干吗要来看他们?

然而,朱德叔叔只是摊开两手,唉声叹气。"你知道这是怎么回事儿啊,斯蒂文。感情上的关系。"

斯蒂文感到有点儿洋洋自得,朱德叔叔竟然会把那样的事情告诉他——好像他明白感情上的关系是怎么产生的似的。

"我想是这样。"他说。

他准备孤注一掷提问的那个问题令他说不出口,但他对那个问题不胜感激。

问朱德叔叔他准备呆多长时间将只能是一个诱人犯罪的结果。

吃晚饭的时候,奶奶嘴巴紧闭,一言不发,多次厌恶地朝朱德叔叔的手指甲看去,但是莱蒂像个女孩儿似的,把她束在一块儿的马尾辫放开了,而戴维却叽里咕噜、叽里咕噜地叨叨个不停,劈头盖脸地问了朱德叔叔一大堆问题,说了一大堆看法以及半问题性的陈述,把所有人都逗笑了。

"我准备种一棵羽叶腊肠树,朱德叔叔!"

"我怎么没有胡子?"

"朱德叔叔?你知道树篱是由刺猬做成的吗?"

斯蒂文自叹弗如。怪不得他的母亲喜欢戴维,他是那么的有趣儿。

出现沉默的时候,斯蒂文脑子里整理了他母亲在雅各比先生的商店里与朱德叔叔邂逅相遇的信息,而且他被邀请喝茶——然而还有一些关于他怎么被邀请的惟妙惟肖的挑逗性争论，或者是不是他自己提出喝茶要求的。

这没关系。朱德叔叔坐在餐桌后面，当他安抚奶奶，逗弄莱蒂，肆意恣纵戴维的时候，斯蒂文感到有一种奇怪的乐观感落在了他的肩上。他尽快匆忙吃完他的烤豆，请求原谅自己，穿着他廉价的新软底帆布运动鞋以飞快的速度往他六个星期以前他放铁锹的地方跑去。

它在那里。它还是原样。

他用一只苍白的手轻松地拿着铁锹慢慢腾腾地走了回来，在屋子后面转了一圈。正如朱德叔叔一样，他的铁锹回家了。

斯蒂文对后花园进行了全面考察，在他这个普通孩子的心中，他明白西红柿应该种在哪里可以成功，还有莴苣。莴苣可以种在花盆里，而且要放在高处防止鼻涕虫。土豆会占去大部分地方，但是种几个草莓还有空间，使他的母亲感到所有上等人都要来伦敦附近的温布尔登。兰德尔先生去年种了许多甜瓜，他给了他们一个，虽然它很清淡而且如同干燥的软木，但斯蒂文还是感到震惊，那么外国的东西竟然能够在死气沉沉的英国土壤里生长出来。也许他也可以种甜瓜——带橘子味的甜瓜。

他把铁锹稳稳地掂在手上，想到它一刺入土里就能发挥作用，绝对不去寻找死人了。

他哪儿也不去了，他很高兴他的母亲在班布里百货商店买了一条新短裤。他真诚地希望，这一次短裤足够大。

斯蒂文把那把生锈的铁锹靠在后墙上，暗自笑了一下。

感觉到了什么是正常状态，正常状态真好。

23

　　阿诺德·埃夫里从来没有想到过逃跑。在任何现实感中都没有想过逃跑。

　　当然，他在监狱里的头几个月睁着眼睛躺在床上，想那些他曾经要做但又没有空做的事情。但是，逃跑的概念在他的脑子里不是最重要的。他总是想他在某个关键时刻会被假释，而那个时刻离法官在他的审判会上宣读的二十年量刑标准并不是很近。

　　这似乎是公平的。除了当一个儿童杀手，埃夫里还是一个为大写的 C 的保守党投票的奉公守法的人，而且他认为大部分监禁徒刑都是令人悲哀地量刑不足，一些早早被释放的犯人很是丢脸。

　　所以，当他发现自己在里面面临一个二十年的最低限度，埃夫里没有喊冤叫屈、对他的判决提出上诉、列举他以往的优良品德和照章纳税。但是,他却有意识地作出决定,要尽最大努力保证他尽快有资格当选上破格释放的主要候选人。

当三个男人在淋浴间鸡奸他的时候,埃夫里在受尽屈辱之中容许几个性伴侣获得他们的性满足,绝不抱怨或者以牙还牙。

提高和改造课要开了,埃夫里报名参加,至少尽到努力,每门课都达到最高成绩。

利弗医生开出他的建议处方,将窗户封住,使他永远处于半黑暗之中的时候,埃夫里感谢他。

而且,当其他几个孩子失踪的问题浮出水面的时候,埃夫里不假思索地发誓他没有杀害保尔·巴雷特、威廉·皮特斯和马里尔·奥森伯格。他们也许是死了,但是那三个孩子有权利使他在女王陛下的性快感中延长一段时间,而且他从来不允许他们为他做那样的事,然而,这也许能够消除仍然悲痛欲绝的亲属们的许多痛苦。

埃夫里知道这离预料之中的必然结果差得很远,过二十年以后他才能被假释出去,但他知道他已经给自己提供了最有可能性的机会,因此,就是再等两三年查明真相也是令人满意的。不到一年时间,他就会在宣布准备释放一批犯人的诺森布里亚一个开明的监狱里进入程序之中。一切都在他运筹帷幄之中。

直到他发现SL仅仅是一个男孩儿为止。

一个他建立了信任感的男孩儿。

一个和他共享秘密的男孩儿。

一个急不可耐地从他那儿要一件东西的男孩儿,他也许可能是受到诱骗来做……这一切事情。

如果他不是受到诱骗来做这一切事情,那么,这也不成问题。

但是,问题就在当前。他的假释很有可能被批准,从现在起不到两年时间。到那时，一个小男孩儿追求的目标将会完全让位于一个青少年在另一种任务上不合适的分心事。如果他被释放到北方破败的帮助精神病人或服刑犯人出去后能适应正常生活的短期过度疗养所，远离他热爱的埃克斯穆尔高地的话，那情况当然就不同了。

阿诺德·埃夫里要花十八年时间守候等待，努力工作，度过他的刑期……十八年没有令人兴奋的孩子们如何如何的新鲜记忆，而且，虽然艰难地保留了他的一些记忆，但那些老的记忆回忆过来回忆过去不可避免地都不新鲜了。

SL 的照片是一颗超新星，照亮了他枯燥乏味的心灵深处。它就像一束激光穿过了一个放大镜，弥补了他的论据和正常计划的不足。现在，他的脑子经常有一种灼痛感，被愿望折磨——被极其强烈的愿望和可能性折磨。正如斯蒂文把他的眼睛放到门上的缝隙看到每年夏天和滑冰的希望一样，那么，埃夫里也看到了他的希望——他眼前的希望——类似于能够充满惊奇的欢愉。化学的东西已经在他的脑子里释放出来——一种增强他强烈的性欲，使他更加理性的心智变得麻木不已的东西。同样的化学反应曾经使他在幻觉中看见自己强奸一个男孩儿的情景，甚至等到警察奉命而来。他能想起的一切是 SL，他知道他住在哪里，他对他长什么模样有一个初步的概念。他能够操纵他，挑逗他，命令他。

误导他。

随意地。

控制期望中的事情妙不可言，向往的东西是以前的事情，这个男孩儿是他要猎取的对象。

埃夫里突然觉得，世界上似乎好像一直处于大萧条时期。

任何事情都有可能发生！

SL 可能会搬家，他可能会死去，他也可能会失去兴趣。埃夫里得给他写信。必须给他以希望，他寻找的那具尸体是一个不存在的心跳。他必须勾住他。

他对使他穷愁潦倒和使他对新的动力产生反作用的微妙变化痛恨不已。但是，他知道一个重新恢复动力定会成功的办法。如果他现在放弃一个小小的动力把情绪完全控制下来并在以后达到最大的快乐，那么，这就成了一个他准备与人达成的协定。

那么，这就带有一种暂时确认和不考虑眼前的遗憾的意义，这使阿诺德·埃夫里决定，他必须逃出监狱。

而且，他必须很快做这件事情。

这个突然的紧迫感能够把类似的另一个人变得粗心大意，不顾后果，愚蠢至极。

这把埃夫里变成了超人。

他已经从冬眠醒来，恢复了活力，神气活现的，感觉越来越好。

他觉得他很聪明，而且他很长时间没有使用他的聪明才智了。SL 的几封信捅开了他正在沉睡的智商，而现在他已完全醒来，他感到他的神经细胞像活跃的尾挂发动机似的点着了火，智慧如同一个寒冷的夜晚的白兰地流遍了他的全身。

现在的每一天都是一个他不想失去的机会。他心里明白必须小心谨慎和进行周密的计划，他也清楚许多突如其来的最有利的机会已经得到利用。它是一个双叉头的智力开启，他感到充满了严峻的考验。

埃夫里一旦开始关心什么事情，他可是对流向他脑子里头永无止境的信息流计较成癖的。每一比特（信息量度单位）信息都要进行详估，编目归类，用以储存将来的参考资料。

瑞安·芬利警官是个他妈的白痴，他早已洞若观火，但是现在，他安谧和没有光泽的双眼发现芬利是一个漫不经心地带着一大串钥匙的他妈的白痴。

那串钥匙挂在芬利的腰带上，也应该说是安全地放在了看不见的上述所说的小黑皮包里。监狱当局知道即便是对一把钥匙瞥上一眼，就能给罪犯的脑子里留下些许不再讲诚实和品德的难以磨灭的印象。不到几个小时，一名犯人就能用撕下平装书的封面或者谷类早餐食品盒的两端制作一把钥匙，虽然它不怎么结实耐用，但是只要用上一次就够了。

鉴于这个原因，狱警们必须时刻将他们的钥匙隐藏起来。实际上，打开一个门就得把一串钥匙放进钥匙包里，走上十英尺，再把一串钥匙拿出来开第二个门，不能传导性地去遵循习惯规则。

芬利警官不遵守各项规章制度。阿诺德认为芬利个头矮小，体态臃肿，碍事不已，他想把自己凌驾于那些无关紧要的规章制度之上，我行我素。除此之外，当然，芬利破坏规章制度就意味着他在玩弄钥匙的把戏。他破坏规章制度的时候就意味着他正在把一个无助的孩子活活掐死。

一切事情都是有关联的。

阿诺德现在注意到芬利警官根本不喜欢他的那串钥匙撞击他的大屁股。他反而喜欢把那串钥匙全部从他的皮带上拿下来，在他的手指上转动着钥匙，当他在有回音的走廊里走来走去的时候，发出丁当作响的声音。就像芬利警官与体育活动和手眼协调游戏背道而驰一样，有时候他掉下了钥匙，有时候他放下钥匙的时候，他拖着一个老年人的脚步把钥匙拾起来——叹着气嘎吱嘎吱地走在地板上，然后再倒回来。一旦直起身子,他就会头昏眼黑一阵子,好像吃力地弯腰转身使他很不适应,筋疲力尽了似的。

埃夫里注视着他。看着他来到区域,看着他走出区域,看着他从又大又笨的钥匙环上挑选钥匙开门。区域的那把钥匙很长,是老式的。他的行动为回避困难而过分简单化。几乎总是这样。他用于打开各个牢房的钥匙是耶尔牌的。耶尔牌的钥匙很坚硬。除了耶尔牌和区域的那把钥匙,埃夫里在芬利的钥匙环上还数了另外七把钥匙。他不知道那七把钥匙是开什么的,不过他有一种感觉,那七把钥匙要使一个有胆量的人逃到围墙,或者是离围墙很近的地方,绰绰有余。

埃夫里没有傻到认为他可以拿到那些钥匙让自己逃出监狱的程度,但那是他反复考虑过的一件事情,这是编目归类的信息。

长高沼地监狱的四堵围墙——只有十二英尺——在全国算是最矮的。然而,任何人想要设法翻越围墙,跳墙逃跑,都得防止在另一方面面对更加艰难的屏障达特穆尔高地跑断两个脚脖子。

一百多年以来,监狱当局都是依靠沼泽地无边无际的边界圈住犯人们的。在发生为数不多的几次越狱事件中,狱警们都懒得到几条公路上巡查,这几条公路无疑是通往自由王国的唯一现实出路。坚持要穿越达特穆尔高地的犯人注定要吃尽沼泽地本身那种囚禁生活的苦头——一个恶劣而又变幻莫测的小气候。即使在一年的中间,如果中暑没有使逃跑者们在没有树木的景色中耗尽力气,天气也会随时变脸,不到几分钟时间就会给他们送上一身湿气和寒雾,当他们盲目地跌跌撞撞走过房屋大的花岗岩巨石,穿过容易滑倒的小溪,进入一不小心就陷入一片柔韧水草幻景之中突然把人吸进去的沼泽地带。

在逃跑的比赛项目上，沼泽地几乎总是赢家。

现在，随着犯人数量的不断上升，有个好管闲事的人公开要求提高效率，于是在四周的石头墙里竖起了一个十五英尺长坚固的钢丝网围墙。这堵钢丝网围墙只有十二英尺高，但是墙顶上增加了带锋利刀刃的剃刀线圈威慑物。钢丝网围墙上有四个上了锁的大门，好像是为了突发事情之需或者是取回踢出去的足球之需什么的。

那堵单墙很有吸引力。墙、钢丝网和剃刀线使想逃跑的犯人万念俱灰。

即使这样，埃夫里还是在热水里泡软了一块香皂，一直把它放在自己的衣服口袋里，饱受香皂残渣物粘到牛仔裤上之苦，他一遍又一遍地告诫自己，香皂不应该是肮脏的东西，它与肮脏是对立的——是干净的化身——因此，他能够、应该、必须承受香皂在他身上的那种形影不离的滑溜溜的心理负担。假如他千方百计把一把钥匙压进了香皂之中怎么办，他没有一点儿自信。如果他来到那座桥边，感觉另一边放有一个有用的什么东西，他就会穿过那座桥。

埃夫里也考虑了他牢房的四堵墙怎么办。墙是石头砌的，但是石块之间的沙浆自然容易弄掉。逃跑的犯人要穿过几堵墙有时间上的问题，他拥有的时间太少，有灯光问题，他拥有的灯光太多。虽然由于窗户上的木板的原因，他的牢房比大部分牢房都要黑暗，但是电灯从早晨六点半钟一直开到晚上十点半钟。在晚上大约十一点钟，埃夫里开始用他的牙刷柄挖掉他床铺底下的一块石头周围的沙浆。他虽然对墙丧失了信心，不抱希望了，但却把牙刷藏到了他的枕头底下。这里是监狱，什么东西都不能浪费掉。

两个晚上之后，他用自己坚利的牙刷将他窗户上的木板撬开了。木框周围的沙浆比墙上的沙浆松软，天光还没有放亮的时候，他已经把木框底部挖开了两英寸的口子。监狱里的任何牢房在做手脚,几乎马上就能被人发现。在利弗医生的命令下,除了埃夫里的牢房以外,其他牢房都没有把窗户用木板钉死。两年时间里,谁都不曾把他窗户上的木板拆卸过,埃夫里觉得现在开始把木板拆掉没有理由。

埃夫里对他自己的各种计划丧失了信心。他懂得失望是与希望和现实之间的不可逾越的鸿沟成比例的这个道理。他不喜欢希望——就连这个词都不喜欢,这个词意味着对冲动命运的某种无知的认识。他宁愿称之为"选择",就像他渴望的逃跑变成了一种强烈的愿望似的,他费尽心机也未探究出选择的余地。

没有叫他淋浴或者吃饭的时候,他总是一个人呆在自己的单人牢房里,埃夫里现在开始倚靠在门对面的栏杆上,如同废物一样,废物们靠在栏杆上的时候抽烟,而埃夫里不抽烟。肮脏不堪的习惯。他看到他们发黄的手指不寒而栗。天知道他们的卫生习惯是个什么样子。

埃夫里希望他不去想那件事情。一想这件事情就使他嗓子里冒火。一想到肮脏就使他浑身战栗,但是真正的身体功能和体液有权利使他又冷又黏湿和感到恶心,而且有呕吐的感觉——具有呕吐的绝对威胁——能够迫使他进入到一个本人自然实现的预言之中。

他深深地呼吸了一口气,眼睛定定地看着离他最近的那个人,那碰巧是肖恩·艾利斯——他有淫荡的老婆和许多抢镜头的照片。

埃夫里瞥了一眼埃夫里的手指头,发现它们是健康的粉红色,于是,比别的东西大大减少了他的恶心,他对那个人轻轻点了一下头,扬起他的两道眉毛算是打了一个模糊的招呼。

"没关系。"埃利斯回敬一句,对埃夫里简单解释了他刚来长高沼地监狱的时候,不知道他该做什么,很糟糕,不被人关心。埃夫里希望是后者,他对盯着看他的那些愚蠢的普通罪犯厌恶至极,好像他是他们鞋子上的屎似的。他不要也不需要他们的友谊,但是,就在十八年以后他一点儿都搞不清楚为什么一些杀人犯在监狱里能够受人尊重,而他却受人诋毁。这助长了他认为他应该享有的合法权益被剥夺了的情绪——鉴于他所犯的罪行,至少应该对他产生敬畏才对。

埃利斯对这个"经常受到批评的号子"当然很陌生了。埃夫里毫无根据地想知道他提出要受到保护的话他该做些什么,但他也知道消息最终会泄露出去——但是,在一个特定场合或者是对一个告密者来说,想要保守秘密是很难的。

"抽烟吗?"埃夫里主动问了一句。

"不,不抽烟。谢谢了。"

埃夫里迅速对埃利斯作出了评价。他个头高大,身强力壮,长着一个劫匪般的扁鼻子,但却长着一双浓密的眉毛和比例失调的贼溜溜的棕黄色眼睛。埃夫里不知道也不介意这双眼睛就是两个银行出纳员曾经看到过的最后一双眼睛。他只知道他几年来第一次试图对一个狱友像一个平等人一样说话相当好地开始了。

"脏习惯。"他耸耸双肩,"只是把烟留到要交际的时候才抽。"这是事实。三天以后,埃夫里看见 SL 的照片时,他从安迪·拉尔夫那儿买了半盒本森,仅仅是以防万一他准备现在与肖恩·埃利斯在一起的时候他需要进入一种谈话的气氛。

埃利斯点了点头,然后把他空闲的注意力转回到了他们下面三块木板上发出乒乒乓乓响声的乒乓球运动游戏上,观看通过纵横交错的安全网挫败长距离落下物的谋杀或者自杀。

在正常情况下,埃夫里会心满意足地在那里结束交流,他不想应酬或者谈话。但是现在他却有了一个目的,他知道必须做出更大努力。

而且,突然就需要努力。因为似乎好像要进行长久的努力,埃夫里为了一个主动的开场白绞尽了脑汁。要么怀疑,要么可疑。最后,阿诺德·埃夫里——连环杀手,门外汉,畸形人,没有规则的观察员,自己把脸转向满是灰尘的天窗,让微弱的日光进入侧翼,像一个乘公交车上下班的人评论说:"见鬼的糟糕天气。"

埃利斯对他扬起一道眉毛,然后往上方瞥了一眼,对这个评论不觉怅然若失。"闯出去。"埃夫里风趣地说,突然笑了一下。

埃利斯听懂了,真是谢天谢地,他从鼻子里哼着发出一声低笑。"不过,我们呆在这儿很幸运。"他说,而埃夫里又咧开嘴笑了笑,让埃利斯得到开玩笑的所有权。这个大笨牛。

埃利斯对拍卖不熟悉。他也许可能知道对用肥皂制作的一把钥匙模怎么办,他也许可能不知道。不过,他也许知道。

"阿诺德。"他主动地说,像一名律师在会议上似的伸出他的右手。

"肖恩。"埃利斯说,他粗大的手握住了埃夫里比较小的手。埃夫里并不喜欢握手——会被人感到小而软弱无力——但他却以微笑通过了握手。

"这里的伙食就像垃圾似的。"埃利斯说,向埃夫里提供了免费信息。说出那个信息是因为埃利斯在这里呆的时间不长(这就是为什么埃利斯对他一开口说话就发牢骚的原因),而埃利斯也没有在其他地方呆很长的时间,因为,无论你在哪儿呆着,监狱的伙食都是垃圾,而且那就是一个事实。阿诺德·埃夫里很长时间以前就从内心停止对监狱的伙食进行抨击了,这对他来说是一个奇迹,谁都没有这个认识,编织他们的那个食物纤维就像是呼吸的自动驾驶仪,或者是他性喜好的自动驾驶仪。

"对待钱也不公正,"他亲切友好地附和说,很高兴埃利斯现在领头说话,"你用钱在小卖部买东西了吗?"

小卖部抬高物价出售饼干、巧克力和水果,那就是说,如果你鸿运高照的话,干一天活儿也许就值一个熟透的香蕉的价。

"是的,"埃利斯说,"我老婆给我寄了钱。"他把手伸进屁股后面的口袋掏出一叠有一张照片的塑料制品薄片。在他伙计的要求下,他自豪地、诱人地、十足地希望得到赞美之辞,把照片拿了出来。

埃夫里接过那张照片,仔细看着埃利斯夫人坐在一个难看的但看起来很昂贵的毛绒长沙发上抬头仰望的样子。斗鸡眼,皮肤白皙,三十岁出头,她二十五年以前会叫人目瞪口呆。

他听到芬利走近了。那个平脚板,那串不在乎的钥匙。

"咱们这里收到什么东西了?"芬利用假惺惺的同志情谊说。

"肖恩老婆的照片,芬利先生。"

"那咱们一起来看一看。"芬利不等批准就从埃夫里的手里拿过了那张照片,斜着眼看了一下现在在他最恐怖的幻想小说中担当主角的女人。

"很漂亮嘛,埃利斯。"他一本正经地说。

"很引人入胜嘛。"埃夫里补充了一句,很像赞美,但却在他的言语里留下了一丝讽刺挖苦的缺憾。

"是的,她是。"埃利斯说。

芬利把照片还给了埃利斯,埃夫里看到埃利斯再把照片放进他的口袋里之前,用长着老茧的大拇指在他老婆的脸上抚摸一遍时,这个大个子男人深棕色的眼睛流露出像黑猩猩一般的柔情蜜意。

"再见,伙计。"埃利斯说完转身离开,垂头弯腰地走出了走廊。

"再见。"埃夫里说,但是他瞧不起说话不符合语法的人。

他不懂爱情,但他有一个脆弱的狗鼻子,他虽然增加的那个信息并不重要,但他却像隐藏小饰品那样不断地收集信息。

芬利对埃夫里眨了一下眼睛。"想知道谁现在在揭露她……"

埃夫里耸耸双肩,芬利改变了思路——认为他喜欢想象的是那双狡黠的眼睛。

"不像你那样能适应社会生活,阿诺德。"

"只是喜欢改变,芬利先生。"

"你的精神病医生听到这话会很满意啊。"芬利对他自己的笑话哈哈大笑起来,埃夫里扬起他的两道眉毛表示明显的欣赏。"你把那台旧电脑永远送给了你的同事吧?"这个傻瓜转动着他那串钥匙,不知道他的个人安全真的有多么的岌岌可危。

"还没有,芬利先生。"埃夫里露出了一个很小的笑容。"但是,如果有人一直要东西,你知道,最后你是必须要把那个东西给他们的。"

"那可是真的,埃夫里。"

那串钥匙当啷一声掉到了地上,他深深吸进一口气,好像他准备冲向暗礁,把钥匙拿回来似的。

埃夫里动作敏捷地把钥匙拾了起来。在他把钥匙递过去转身看着安全网,仿佛这个行动并没有给他留下印象之后的一瞬间,他看见芬利的两只眼睛里露出一丝痛苦的目光。他在旁边听到芬利把那串钥匙别在了他的皮带上,他没有为此忧虑,芬利是个懒惰的家伙,警惕性不会持续下去。

"谢谢你,埃夫里。"

"我很乐意效劳,芬利先生。"

24

真是奇迹啊,斯蒂文和朱德叔叔只花了几个小时的时间就把后花园里多年的菜和垃圾清理干净了。

两个人把衣服脱得只剩下了背心,汗流浃背——斯蒂文精瘦结实,皮肤白皙,朱德叔叔肩宽体壮,皮肤是坚果黄色。

斯蒂文心满意足,眉开眼笑,汗水滴到了眼睛里,他擦去汗滴,高兴地意识到他的眼睛上粘上了泥土。

刘易斯在清理后花园的工作中身上干干净净。"狙击手以后怎么办?"他咕哝着说。"现在无处可藏了!"

刘易斯今天一如往常地在十点钟来帮助清理后花园,吃了几口他从派莱克斯耐热玻璃餐盘里直接舀的莱蒂吃剩下的意大利北部城市波伦亚空心粉面条,就直接开始了行动。

朱德叔叔朝斯蒂文眨了眨眼睛,斯蒂文咧开嘴笑了笑,刘易斯当啷一声把勺子放回到了空盘子里。

"我不知道你们为什么不买一些见鬼的胡萝卜。"

斯蒂文沉默不语。买胡萝卜看来是更明智的选择。他感到自己很蠢,但他对刘易斯很气愤,所以他继续不停地挖掘。

刘易斯翻过了矮墙。"再见。"他冷冷地说。

"你不准备帮着挖地吗?"斯蒂文安慰般地说。

"不",刘易斯说,"你们正在做的事情全都是不受欢迎的。"

他从后门消失了,斯蒂文在刘易斯身后皱眉蹙额。

"别理他。"朱德叔叔说。

于是,斯蒂文不再介意。

他和朱德叔叔从软管里喝水并对这件愚蠢的事情哈哈大笑,奶奶嫌他们脏,不让他们进屋喝茶,他们脱掉衣服,光着脚,穿着短裤走进厨房,戴维和莱蒂哈哈大笑。奶奶转过脸去不看他们,但斯蒂文知道她没有生气——或者甚至怒火万丈——顺便说一句,她把那灰不拉几的炖老了的菜端上来时没有噘嘴或把勺子砰地一下扔到桌上。

不到黄昏时分,他便周身疼痛,筋疲力尽,但是花园里却有了一片新翻过的,刚除过垃圾废物的黑土地,播下了种子,一行行,一垄垄,整齐划一,界线分明,并搭起了一个轻质镀锌六角形网眼铁丝网蓬子,防止猫和鸟儿的侵害。

尽管斯蒂文昏昏睡着了,他想他的铁锹从来没有像今天那样在手中握得那么紧,而且阿诺德·埃夫里、比利舅舅和羊下颌事件似乎就像他还是一个很小的落落寡欢的小孩儿时曾经做过的一个恶梦一般。

25

当肖恩·埃利斯淫荡的妻子放声大哭时,他感到震惊,继而又被这一情感的迸发弄得局促不安。他不是一个喜欢在大庭广众面前流露感情的人,即使在法官给他判了十六年最低限度的徒刑时,他都泰然自若,他被从犯人席带走时还转身向他的妻子眨了一下眼,让她放心。

现在,当她号啕大哭的时候,他首先察看了一下周围狱友们的表情,判断他们的反应。当他发现狱友们不太关心时,他才把他的注意力转回到他的妻子身上,她的名字叫希拉里。

"黑莉",他柔声细气地说,"怎么啦,宝贝儿?"

希拉里·埃利斯握紧双拳,号啕得更厉害了,表情千奇百怪,睫毛膏顺颊而流。

"你不再要我了。"

"什么?"

"你不再要我了啊!"

肖恩·埃利斯摸不着头脑了。他很喜欢他的妻子啊,他想他的妻子都想疯了,有时候都想得伤心难过哩。他要她——永远要她——自从他遇见了她,他就绝对不要别人了。在监狱里受到的痛苦折磨并不是他被关押,而是害怕她会渐渐离他而去,害怕她会把探视的间隔时间拉得越来越长,害怕有一天他受到的不是他淫荡妻子的接见,而是收到一个冷若冰霜的律师的离婚证明材料。那些几乎是有可能的离婚证明材料在某种程度上使肖恩·埃利斯夜不能寐长达两年之久,那两个惊恐万状的银行出纳员的表情也从来没有使他如此这般过。失去她的恐惧甚至使他告发了他进行毒品交易的狱友——这个表现使他获得了两年的减刑,很快就要被转到重刑犯人区,在那里,他也许可以有一个安全度过他的刑期的可能性。

而她却在这里大哭小叫他不要她了!

肖恩·埃利斯同样是丈二和尚摸不着头脑,作为这样一个人,这是有可能的——非常有可能。

"亲爱的,你怎么能说那样的话呢?"他紧紧抓住她的双手,爱意绵绵,惊愕不已地看着她通红、起斑、黑条痕的脸。"我爱你!我要你!我当然要你了!你发疯了吗?谁不要你啊?"

"可是那些照片!"她失声恸哭。"你不喜欢那些照片!你对那些照片从来没有说过一句话啊!你认为我是一个妓女!"

瑞安·芬利警官紧张不安地转动着他手上的那串钥匙,谈话很容易听到。我靠。

埃利斯把被泪水打湿的头发从他妻子的脸上拨开,捧着她的脸。"什么照片啊,宝贝儿?"

他听着她对自从他被关押以来她每周寄给他的照片不连贯的、吞吞吐吐的、噎气中断的叙述,沉着冷静地从迷惘走向隐淡的愤怒。

26

阿诺德·埃夫里的最后一封信悄无声息地放到门口的地垫上的时候,斯蒂文没有在那里把信拿走。

莱蒂说她去沏茶,便悄然从热被窝里溜下了床。

她从半开着的卧室门口路过,往门里瞄了瞄两个孩子。在拂晓的一片暗灰色之中,戴维四仰八叉地躺在床上,而斯蒂文靠着墙,穿着她去年圣诞节给他买的小得平躺着都盖不住身子的蜘蛛人睡衣。睡衣的长度刚过膝盖,头和屁股首尾不能相顾,露出一片白皙的皮肤和朦胧的脊椎尾骨。被罩和羽绒被随便搭在戴维的双脚上。

只有厨房的挂钟与两个孩子轻柔的呼吸声为伴,莱蒂感到一阵小小的电击,如同爱情魔鬼似的通遍全身。

她在楼梯角下拾起那个邮件，对着一个个小小的透明纸窗，心里发出一声声叹息。

奶奶在厨房里正在把一品脱牛奶的最后一点儿倒在两块维生素全麦饼干上。

"我怎么没有听见你的声音。"莱蒂说，很不高兴，为她不再是一个人而发火。

"睡不着。"奶奶说。

莱蒂把壶盖上，然后把帐单翻阅一遍。那个唯一没有透明纸窗的信封是一个写给萨默塞特群埃克斯穆尔高地希普考特村巴恩斯达帕尔路111号SL的字迹龙飞凤舞的棕黄色信件。肯定是写给斯蒂文的。

她感到情绪更加愠怒，便检查了邮戳。普利茅斯。她在德文郡不认识一个人，他们全家在德文郡也不认识一个人。

那个娼妇。

"你拿的是什么？"

"全是帐单。"

她一边等水烧开一边撕开所有带透明纸窗的信封。真是万幸啊，水壶里发出低低的咕嘟咕嘟的响声总算盖住了她母亲勺子里的牛奶流回到碗里的声音。她把那封未打开的棕黄色信封放到厨台上，低头凝视着它，仿佛她能够通过某种超凡的能力推测出它的信息似的。

SL。Steven Lamb（斯蒂文·拉姆）

秘密。密码。阴谋诡计。

这分明只是斯蒂文有所指的如意算盘，而不是她的如意算盘。

对莱蒂来说，十足的秘密都没有什么好事情可言。如果是好事情，你就不会把这个秘密保存起来——你会告诉每一个人，而且购买吉卜林先生的法国花式蛋糕来喝茶。

她对着那个信封双眉紧锁,把它撂到那堆帐单的上面,然后把水倒到宽松长裤子上,走向冰箱。

"你用了所有的牛奶吗?"

奶奶用勺子舀起湿漉漉的麦片放进嘴里。

"送奶工很快就来了。"

莱蒂砰地一声把冰箱关上,将茶水倒进水池,把茶杯吭地一声放到装在洗涤池边上的滴水板上。

奶奶耸耸双肩。"这些维生素饼干吸收牛奶就像海绵一样。"

牛奶吸收得太多了。

莱蒂拿起那个棕黄色的信封将它撕开。奶奶小心谨慎地看着她。

"那么,那也是一张账单吗?"

莱蒂用眼睛扫了一个信纸。上端有一个毫无意义的号码,没有日期,和另外两封信一样,只有简单的一句话。

> 好消息很快来到!

给谁的好消息?她?不可能。斯蒂文?好像也不可能。

这个好消息是不是来自那个姑娘的。那个姑娘是不是怀孕了。是不是婴儿到期了……只有在廉租房里期待的愚蠢的荡妇才有可能认为那是个好消息。

莱蒂对这种有失公允的事情几乎要尖声大叫。就像价格正在上涨的东西一样!为什么一切都不能正常进行,他们非要乱来不可?

她差一点把斯蒂文叫下楼来,但一想到和他对证这样的事情,他穿着小孩儿的睡衣浑身瑟瑟发抖,睡眼惺忪地站立着,她倒是于心不忍了。

沉思片刻之后，莱蒂点燃小型环式煤气炉，而且——对她母亲喷喷不已发出的咂嘴声置若罔闻——烧了那封信。

阿诺德·埃夫里的小饰品盒满得放不下了。在短短的两三个星期之中，他就把认真观察到的有背带的女式衬裙通过避开管制时间偷偷摸摸抄近路到他附近那几堵墙上有缺口的建筑物里偷回来装进盒子里。他几乎对这个选择感到败兴。

钥匙才是对他最有吸引力的选择——把钥匙从瑞安·芬利那儿偷来，偷偷压进他令人恶心的肥皂之中，他就可以制作一个模子。在那个模型里，他可以把用来修理监狱和旧家具的木屑作填料压成形，车间里有一些木屑。涂上清漆加固，他就可以从他的牢房，从他的区域，从……谁知道从哪里溜出去？他只需要两把钥匙——一把打开到区域的双层门，另一把打开沿监狱围墙的钢丝网上的四个大门之中的一个大门。两把钥匙可能应该足够了。一把用肥皂的一面压模型，一把用肥皂的另一面压模型。埃夫里花了很长时间来操练他也许必须完成任务的并非巧妙的戏法——用他的牙刷压槽，估测他要产生一个有效模子的确切推力度，以后用在翼部倒车镜里瞥见的那个小男孩儿来奖赏自己。他异乎寻常地给自己留下了额外的东西——他只用了不到五秒钟的时间就搞成了两个精确的压痕。时间——他曾经拥有的那么多的时间——现在看来很宝贵，弹指一挥间啊，埃夫里尽可能远离斯蒂文的照片。他知道，整天围住这张照片转来转去，很可能会迷失在幻想之中。现在花时间逃出监狱，每一天都是生死攸关的，要用现实来替代幻想。

夜里，他继续在他的窗框上工作——他具有多种功能的牙刷使金属的英寸日益增长地暴露，但是，无论是实实在在的还是比喻的，都不能一眼看穿。埃夫里不在乎，他在监狱培养的忍耐力得到了提高，他不停地在窗户上工作，因为掉到他手指上的每一粒灰色的沙浆尘都标志着向渴望已极的一个终点潜在的推进，这使他终于明白佛教差不多就是这样。

埃夫里在与其他犯人谈话时遭到了几次突然袭击。虽然他的冒险行动很小心，但他还是很快招来一个犯人"滚开，马上滚开"的怒骂，一个犯人飞起一脚差点儿踢到他的蛋上，所幸没有大碍，那一脚踢得他缩到了油地毡上，发出一声令人毛骨悚然和愤恨的叫声——之后，安迪·拉尔夫走到他和袭击者之间。

于是，他又回到了埃利斯身边，但他发现这个大个子的行为举止已经发生了变化。从镇静到阵痛，从开朗到忧伤，再到火冒三丈，交替轮流。

发生事情了。

他没空把时间浪费在等待埃利斯的神游结束上，于是他问了情况，埃利斯告诉了他。就那么简单。

黑莉给埃利斯寄了很多照片，他一张也没有收到过。现在黑莉认为他不再爱她了。如果黑莉认为他不再爱她了，那么，她为什么还要等他？在埃利斯的心里，他得到离婚判决书的可能性已经增加了一千倍。一旦黑莉和他离婚了，就是把这枯燥乏味而又残酷的牢坐完也是没有什么指望了——没有黑莉用一个热吻等他回来，没有她穿着从安萨默斯品牌内衣店买来的玩具娃娃小睡衣在门口给他惊喜，每天晚上电视机前就不会有一瓶蛋白，也尝不到她专门为他抹的草莓唇膏的味道了。他再也找不到第二个像黑莉那样的女人了，而且，一旦她和他离婚的话，人们也会把责任推到他的身上。

一说到离婚，他几乎要流下眼泪："他们也许会责怪我。"

埃夫里不得不忍住哈哈大笑。真是的。这个耸人听闻的白痴。责怪他！从头到尾都是唇膏和女人短裤！像埃利斯这种人活该受到责怪。他真想把绳结套到这个男人的脖子上，亲自消灭掉这个自怨自艾、苦恋难抑的发牢骚的人。

良久，埃夫里沉湎于一个美好的幻觉之中，在这个幻觉之中他凝视着这个黑猩猩闪闪发亮的一双小眼睛，充满了猴子般的感情，在越狱之前深情地望着这个汉大心实的大傻瓜，拍了拍他的肩膀。

他想要告诉肖恩·埃利斯，如果他的荡妇老婆不想让任何人两眼盯着照片进行手淫的话，那她就不会给他寄那些露着她两个大奶的照片了。

然而，他却诡秘地对肖恩·埃利斯说："要知道，所有信件都要经过他的审查。他还喜欢偷他喜欢的东西。"

"谁？"埃利斯迷惑不解地问道。

"芬利。"他耸了一下肩。

真没想到，这种伤害会埋下一颗仇恨的种子。

瑞安·芬利过去从来没有机会和利弗医生说话。"纵容"是他和他的看守同事们议论他们的犯人时带着训练有素的沉稳谈论的一个词，而芬利不经过大脑思维就认为利弗属于享有电视机垄断权和在开饭时间享有蔬菜选择权的那类人。

于是，一天下午，芬利路过利弗医生办公室门口，正好碰见阿诺德·埃夫里被带回到他的牢房，芬利凝视着走廊，这丝毫没有达到具有讽刺性的程度，他问道："又治疗了一次啊，医生？"

利弗迅疾看了芬利一眼，然后望着埃夫里正在消失的身影——安迪·拉尔夫和马丁·斯特朗走在埃夫里的两边，他们两个人在两个区域之间的短短路程上负责他的生命安全。

"得到治疗是他们的权力。"他略显傲慢地说。

芬利用鼻子哼了一声，利弗没有看他，这使芬利怒火中烧。在工作上他从来都是洗耳恭听的，接受命令的，岂敢置之不理。

"他杀害的那些孩子也有权力，是吗？"

拉尔夫和斯特朗已经到达区域尽头的铁栅栏门口。斯特朗开门，而拉尔夫却无所事事地看着他的手指甲。埃夫里站在一边——一个瘦小而循规蹈矩的人站在两个彪形看守的旁边。

利弗最后回答说："那些孩子不是我的病人。"

去你妈的吧，装腔作势的假同情者！但是，这位老兄还是没有看他！芬利真想在利弗尽是骨头的胸上猛推一把，小揍他一顿。让这个盛气凌人不可一世的利弗医生给予他应得的尊重。

"那么，像那样一个人被送到像这样的一个舒适安逸的监狱，他会干一点木工活，你写了几个小报告封了他的窗户，他只会规规矩矩地说，'是的，利弗医生，'和'不，利弗医生。'但是，到了刑满之日，这一切会毫无意义，因为我们就像是一个他妈的医院。我们必须解决他们，把他们都踢出去，因为我们需要床位。"

芬利希望利弗作出回答，而他得到的却是面红耳赤。现在，他对利弗怒目而视，但那医生却静若止水地望着埃夫里，直到他通过两个门从视线中消失为止。之后，利弗才第一次转过身眼睛直直地看着芬利——这个狱警也是第一次凝视着在一千个心灵扭曲的杀手黑暗的灵魂中找到了光明的眼睛，感觉这纯粹就是一部邪恶的恐怖电影，令人毛骨悚然。

"哦，我们要永远给阿诺德·埃夫里提供一个床位。"利弗冷笑一声，"他没有地方可去。"

27

  父亲节在刘易斯的家里不是一个大事情。刘易斯经常就忘到了脑后，而且他忘记的时候，他的母亲总是会随便为刘易斯制作一张卡，胡乱写几个字，用一种乱七八糟、含糊其辞的话语表达一下微妙的情感。有时，她不得不亲自往卡上写字，因为刘易斯忘了。有时候，她也忘记了——然后，节日到了以后，才想起来今天是父亲节，这也算是不错了。就算是几乎不知道父亲节到了，上午以前，收音机二台会开始播送父亲节献词，刘易斯的爸爸不得不假装与老婆孩子一起呆在家里，这对他足够了。

  刘易斯立即去了杂志柜台，而斯蒂文在雅各比先生的商店里察看了一下父亲节贺卡小礼物。如果他准备买一个的话——当然，他不会买——他要买的这个东西会是什么？跑车？几品脱泡沫啤酒？色情卡通漫画？有一张卡印有一个花盆、一把铁锹和一双随意丢在那儿的栽花种草的手套，但斯蒂文认为这看起来像是一个老人的卡，而朱德叔叔并不老。

他又不是斯蒂文的父亲。

一想到这个问题，斯蒂文心里产生了一阵剧烈的悲哀和痛苦，他用感到心里不踏实和空落落的一种假装认真的匆忙刺激拙劣地隐藏着这一痛苦。

"你要买一张父亲节贺卡吗？"

刘易斯从《越野自行车月刊》上茫然地抬起头看着他，虽然他没有一辆越野自行车而且只是一个拥有一辆崭新自行车过分小心的骑手。

"真讨厌。我想是这样吧。扔过来一张，好吗？"

"哪一张？"

"随便一张。"

斯蒂文又一次更加认真地看着那些贺卡。好像没有一张适合刘易斯的爸爸。没有一张卡上带填字游戏和卡迪根式开襟毛衣的。他最后在泡沫啤酒上作出了决定，因为他有一次看见刘易斯的爸爸进入了红狮子酒吧，也是因为他清楚地记得打开刘易斯的妈妈储藏满满的冰箱，他俩每人拿了一个雀巢奇巧巧克力，而且看见了六听百威啤酒。啤酒深深地印在了他的脑海里，因为刘易斯的爸爸喜欢喝这种好像非常美国人的东西，很时髦。

"这个行吗？"

"行，"刘易斯说，也不看东西。"借给我们两英镑，行吗？"

"我没有两英镑。"

刘易斯看了一下贺卡背后的价格。

"才一英镑二十便士嘛。我妈妈会还给你的。"

斯蒂文一个星期只有两英镑零花钱。有时候如果煤气表需要冲钱，他的零花钱还不到两英镑哩。

他叹了口气，在口袋里翻了一下。多年来，刘易斯从他那儿借的钱好像有几百英镑了，而且从来没有还过一分钱。斯蒂文曾经提出过一次要他还钱，刘易斯对他说别那么急。

"我只有一镑半。"

"也行。"

刘易斯给雅各比先生付了钱，把找的三十便士装进了口袋。

直到早饭排队时间一种令人激动的波纹状的冰淇淋重现餐桌，犯人们还准备吃熏鲑鱼，埃夫里才知道今天是父亲节。

这个消息传到了他前面的那个人的耳朵里，他转过身，看见埃夫里在他后面，阴沉着脸，又转回到热气腾腾的餐盘和金属碰金属的回音上。于是，一连串消息就地传开了，埃夫里对面所有人期待的罕见待遇被剥夺了。

"怎么啦？"埃利斯用丝毫不感兴趣的口吻说。

"吸吸你的鼻子，埃利斯！"瑞安·芬利听了自己的笑话而发笑。由于谁都没有笑，他只有自己发笑了。

"熏鲑鱼。"埃夫里说。

"什么？"

"我们要吃熏鲑鱼啦。"

"为什么？"

"父亲节。"

埃利斯已经在第一个服务台取了粥。现在,埃夫里走到队伍当中时发现埃利斯正望着芬利的脸。像往常一样,芬利如同一个劫数难逃的持枪歹徒一般转动着他粗壮的手指上的钥匙,末了,转过身朝他们走了回去。

埃夫里没有目光的双眼关注地在瑞安·芬利和埃利斯两个人之间闪来闪去,埃利斯无论什么时候看见芬利,他都用一种略微茫然的目光看着芬利。

就钥匙而言,埃利斯是白费时间了。实际上,就连肥皂在计划中都没有什么指望了,已经缩小到了它与其说是一个固体的东西不如说它是一个浮渣的程度。埃夫里把它当成一个失败的试验正在认真考虑放弃肥皂模子的计划。

无论如何都要放弃。

自从他那荡妇老婆闹出的那个轩然大波以后,埃利斯除了沉思默想以外什么都不做。埃夫里竭尽全力用好言好语哄他高兴,但是发现这个家伙就像一个循环播放的磁带整天想的是瑞安·芬利。他收到那些照片了吗?他把照片保存起来了吗?他会把那些照片还回来吗?埃夫里认为他把那些照片如何处置的?他应该要求返还照片吗?埃夫里真是令人心寒,他以前从来没有给他说过芬利偷照片的任何事情。这一切所作所为都是对他说的没有用处、令人厌烦和耗费大量时间的唯一一个犯人的指证啊。就像那块肥皂一样,埃夫里准备把埃利斯当作一个糟糕的东西放弃掉。

但是现在,除了拖着脚步走向他有指望的熏鲑鱼以外,他什么事情都不做——能吃上熏鲑鱼差不多又一次与芬利的待遇一样高了——用一根棍子戳一下这个熊他认为一定很有趣儿。

"你有孩子吗，肖恩？"

埃利斯心不在焉地看着埃夫里。"什么？"

"父亲节，"埃夫里慢条斯理地说，好像是对一个孩子说话似的。"你有孩子吗？你和黑莉？"

"没有。"埃利斯说。

一件事情在埃利斯的脑海中开始膨胀了。

"丢人。"埃夫里说。

"是的。"埃利斯说，他对着他的稀饭紧锁双眉，但是什么也没有看见。

埃夫里重重地叹了一口气，然后在他们两个人之间的沉默之中关怀备至地说话了。

"也许现在不再有这个愿望了吗。"

突然，他在监狱里呆了两年这个事实——而且至少还要再呆十二年——如同砧子似的扎着肖恩·埃利斯的心，就像两岁的休克小孩儿似的抽取了他胸中的所有空气。

他的身体轻轻晃动了一会儿，两眼呆滞，嘴巴松弛，躲在早饭的队伍当中。

瑞安·芬利转动着他那串钥匙说："赶紧打饭，埃利斯！"无知是福，这是他之前说过的最后一句话。

肖恩·埃利斯猛地一下把他的马口铁托盘砸到芬利的脸上。托盘并不重，稀饭碗是塑料的，但是，埃利斯背后那怒不可遏的力量砍倒那个警官就像伐倒一棵短粗的树木似的。鲜血如同一枝变戏法的鲜花之中的水从他的鼻子里汩汩流淌。

有一秒钟——甚至不到那么长时间——两个人当中其中一个人本该可以走掉。犯人们也本该可以站在那儿观看肖恩·埃利斯用托盘打瑞安·芬利,稀饭像泥巴一样到处乱飞,直到其他看守把他拿下为止。

或者,大闹天宫的事本来是应该可以避免的。

但是——很短的时间过后,大闹天宫的事情发生了。

犯人们扔掉熏鲑鱼,解散了队列,忽地一下朝芬利扑了过去。十几个看守——他们——在几分钟以后——在无聊之中选择了干预,跑去帮忙,挥舞着警棒——如同一个丢了队形的酒吧足球队糟糕的训练似的,因为他们全都在追逐那个球。

有的犯人对看守们发起了攻击,有的犯人互相进行攻击——正在抓住这个机会快而狠地报怨仇,没有香烟和性爱好的烦人的交流。

哨子吹响了,报仇雪恨的声音,丁丁当当的托盘声音,翻倒的福米卡餐桌的回音响彻大楼,"把犯人关入单人牢房!把犯人关入单人牢房!"的尖叫声从惊恐慌乱的声音中发出。

埃夫里很快适应了这个环境,他钻了空子,直接通过了进化论。瑞安·芬利还没有被打倒在地,他的脑子已经从熏鲑鱼和埃利斯那儿转到了SL在一辆小汽车的倒车镜上抓拍的那个小焦点的影像上了。当其他犯人纷纷揍到芬利身上的时候,他用托盘把那串钥匙盖住,那串钥匙乖乖地从警官的手中落入了他的手上。

没有人看见,没有人注意,所有人都正在打架。

你瞧,埃夫里镇静地想道,这就是我不想与所有愚蠢之人为伍呆在这里的原因。

然后,他俯下身用脚钩着他的托盘,连同钥匙一起扫过混乱的人群那边,这才弯下身子很随便地把钥匙拾了起来。

所有人的注意力都集中到了别处,而他却外表平静,埃夫里清楚他必须马上行动。看守们随时都能重新恢复对餐厅的控制,机会就会失去。更为糟糕的是，看守们也许可能恢复不了对餐厅的控制。

儿童杀手被人认为是人渣中的人渣，如果暴力行为进一步升级，埃夫里知道大部分矛头会指向他和像他那样的其他人。

虽然他懂得速度是至关重要的，但他还是左顾右盼。平民食堂管理员早已消失在服务台的后面，从"闲人免进"的门溜之大吉了。

埃夫里一跃跳过柜台，弯下腰躲到柜台后面，给自己提供一个认真思考的时间。

他从来没有到服务台后面去过。他朝自己的周围瞥了一眼，发现自己落入一小滩稀饭之中，稀饭溅到了他的鞋上。这是监狱里发的黑鞋，但埃夫里把鞋保养得很好，他对这个脏乱不堪的食堂大为恼火。他往身边看了一下，发现了柜台底下过时的炸土豆片和胡萝卜头。他不禁呲牙咧嘴一番，如果他早知道这个地方这么脏，他绝对不吃他们给他提供的任何东西。

他从柜台底下的一个低层架子上抓到一个白色的东西，这个东西原来是一件特大的上衣。

俄顷，他在是穿上它还是用它来擦鞋之间实在是拿不定主意，但是最后他脱下了他身上有罗纹的品蓝条纹灰色长高沼地监狱紧身套衫，穿上了大褂。

移动大褂暴露出在低层架子上的一盒巧克力棒——是威力克牌的。埃夫里不是一个喜欢吃巧克力的人，但是他一把抓了六七个巧克力棒装进了他的裤子口袋里。

他还注意到了另外一小堆白色的东西——帽子。那些戴着肮脏的纸帽子在柜台后面服务的男男女女全都看上去像是没有头发和没有性欲的癌症患者。使他们全都看起来一个样……

他迅速把一个纸帽子戴上，低下头之后把额头上的头发掖到帽子里面。他朝笨重的不锈钢橱柜门里仔细看了一下，发现一个脸如面团似的小人物，扭过头看了他一眼。那个面团似的脸发出一声紧张的狞笑。

然后，埃夫里用他的紧身套衫擦掉他鞋上的稀饭之后站起身来。

他站在那儿，猫着腰——任何人朝他的方向瞥一眼都只能看到柜台顶上的白色帽子顶——迅速移到"非工作人员不得入内"的门口。他惊奇地发现门没有锁。天哪！这就是监狱。他们真的认为一个牌子上写着"非工作人员不得入内"就有威慑作用吗？如果你认为有威慑作用的话，那么，长高沼地监狱的半数人口可能都会是自由人了，也用不着挂"擅自入内者将受到控告"或者"我们永远向警方控告商店窃贼"的牌子了。天啊，如果事情有那么简单的话，所有人都会小心谨慎从事，那这个地方就会是空无一人了。

他想到是不是他的邻居贴一张"不要杀小孩"的告示就会对他起到作用时，埃夫里哑然失笑。

他转过身看到一堆吓得要命的平民厨师和服务员在出门口旁边的墙边挤成一团，用惊恐万状的怀疑目光看着他时，他脸上得意的笑容消失了。他马上转回到他刚刚走进来的门口，寻找锁，没有找到一个锁。

"锁在哪里？"他急切地问道。

"没有锁。"一个满脸粉刺的小男孩儿说，埃夫里强烈怀疑那小男孩儿的鼻涕流到他的芥末罐里过。那小男孩儿现在看起来没有那么沾沾自喜，认为埃夫里很高兴。他脸上的粉刺亮得吓人，下嘴唇颤抖不止。

"帮我把这该死的门堵上，不要让一个人通过它！"

埃夫里抓住一个金属托盘小手推车，把它放到门口。他知道这不顶用,但这可以做秀。一个胸牌上写着"伊夫琳"的丰满的中年女人忙碌不堪,很显然是根据她的敌人的敌人就是她的朋友的法则作出了准备帮助埃夫里的决定。

他俩一起连拉带拽把一个冰柜挪到了门口。挪到一半的时候,约十几个中的四五个服务员急忙过来帮忙。

一旦冰柜放到了位置,便出现了一个停顿,埃夫里发现他们全都又对他疑虑重重了。

他的脑子疾速转动起来,为他干的这个事情的后果心里怦怦直跳,他为最近一直进行的训练感激不尽。

在他这一面,他有三件事情:第一,平民餐厅服务员是一个频繁更换的工作,这一点他知道。他只记得今天见过满脸小脓疱的小男孩儿,以前见过伊夫琳——其他人在他的意识中很长时间都在监狱里没有见过,不认识。第二,他是一个其貌不扬的人,在人群中不会引人注目,就更不用说一群全都穿着蓝灰相间颜色紧身套衫的犯人了。即使他们确实认识他,因为他穿着大褂,更为重要的是,他戴的那个白色纸帽子是一个伪装,所有戴帽子的人都没有参战。

对他有利的最后一点是,除了粉刺脸小男孩儿和一个弯腰驼背的上了年纪的人——他穿着肥大的方格裤子看起来像个马戏团的猴子,其他的全是女人。日他妈的妇女解放运动,他知道女人们比起大多数男人来与一个男人进行搏斗的可能性仍然是很小的。基于这些情况,他假装轻松地鼓起腮帮子,心地坦然地看着他们。

"今天天气好,开始了一个新的工作!"

"是的,真讨厌。"粉刺脸小男孩儿浑身战栗着说。

其他人看起来只是稍微有点平静。他们小心翼翼地交换着眼色,埃夫里意识到,如果他要通过这里的话,他必须赶快行动。

他从口袋时掏出了那串钥匙。"有谁知道哪一个钥匙是开那个门的吗？"

出现了一阵小小的宽慰。

"你在哪里得到的那些钥匙？"那猴子怀疑地问道。

"一个看守那儿。他告诉我，大家他妈的都要从这儿离开。"埃夫里一边说一边走到出口门，开始试那些钥匙。

"他怎么了？"猴子问道，他的头猛地一下甩回到吵闹的声音那里。

"天知道，"埃夫里带着情绪说，"我也是对我们大家发生的事情感到好奇。"

这真是一个绝招啊。餐厅的工作人员还是不信任他，他能够看得出来，但是他们现在就像是渴望白天成熟的一群小鸡聚集在他们仅有的逃跑机会上，准备冒与他同流合污的风险，只要能离开这个震耳欲聋的极度混乱的声音就行。两害相权取其轻，埃夫里微微笑了一下，想道。这在他的一生中也许是唯一的机会，甚至，那个小得令人可笑的冠军也是让他获得的。

第四把钥匙令人满意地在锁里咔嗒转动了一下，埃夫里彬彬有礼地往后一站，让大家先通过。现在，他们开始朝他点头，走过去时小声说"谢谢"。只有那个猴子因被解散看上去仍然是一脸懊丧。

砸在门上嘭嘭的声音在他们后面催促他们赶快全部通过，埃夫里锁上了出口门。

伊夫琳匆忙走在前头。埃夫里急忙赶上六七个从他身边飞奔而过的看守时，他全都认出了他们，但是他们的眼睛全都回避了穿着厨房白色大褂和戴着帽子的他，好像他隐形了似的。

他清楚那些厨房的工作人员不会让他和他们一起走出前大门的。一旦他们被看守们稳妥地包围了，看守们不会惊恐万分地跑去，有个人——可能是猴子——会说出他的种种怀疑。

那就是为什么当阿诺德·埃夫里经过A楼时,悄悄落到这群人的后面,脱下他的大褂和帽子把它们塞到他叫不上名字的一个大花丛后面的原因,然后,他直接朝钢丝网栅栏走去。

有个传闻说,钢丝网在如此的高压下用尽全身力气一铁锹砸上去就能使它失去作用,会像一个纸糊的袋子似的裂开。埃夫里不相信那个传闻。而且,他没必要去相信。他有通往自由王国的钥匙。

就在D楼前面,他经过"为了纪念托比·邓斯坦"。两个看守正匆忙朝他这边走来,埃夫里明白,要想把一切事情向看守隐瞒过去,最便捷的办法是停下不动,接受盘问和搜查。所以,他满以为他们已经看见了他,便为他们的到来开始计时,他据起那个长凳子——很困难地——将它扛在自己的肩膀上。

"偷凳子啊,埃夫里?"他们匆匆从旁走过时一个看守说,他们的怀疑被他的大胆举动消除了。

"是啊,长官,普里迪先生!"他狡黠地回答说,啪地敬了个礼。

两个人哈哈大笑,但并没有停下脚步。

没有警报响起。警报只会使其他犯人兴奋。逃跑,暴乱,打架——这一切只能由发出劈啪声的收音机、看守涨红和满面流汗的脸和增援部队潮水般向这个兴风作浪的地区奔跑的不同寻常的脚步声来说明吧。

埃夫里在四个大门之一旁边五十码的距离放下了那个长凳子。

他信步走着——虽然他想奔跑——走到亚斯明·格雷戈莉长凳子所在地E楼的后面。他在途中路过两个其他凳子,但它们不是他做的。他知道这是一件很愚蠢的事情。如果他失败了,他只能自怨自艾,但是他要——必须——做这件事情。

他扛着亚斯明·格雷戈莉的长凳子摇摇晃晃地走回到大门口，他用平稳得使人惊奇的手从口袋里掏出芬利的那串钥匙。

第一把钥匙管用，他知道命运之神正在向他微笑。

两个长凳子，每一个是六英尺长。一堵墙，十二英尺高。

真是老天有眼。

他把两个长凳子拉过去，将大门在他身后锁上，然后把托比放到亚斯明上头，试探性地试了试两个长凳子的稳定程度和颤颤微微的木塔的力量。

托比是他制作的第二个长凳子，没有亚斯明那个结实，亚斯明那个是第五十个。然而，两个就够结实了。

经过两三次失败的尝试之后，他失去了身体平衡，摇摇晃晃，充满危险。阿诺德·埃夫里登上以他的儿童受害者命名的木塔，甚至没有在他身后看它们一眼就踢掉了它们，但是然后却干净利落地从通向广漠无垠的达特穆尔高地的墙顶上掉了下来。

28

斯蒂文脱掉他的袜子，小心翼翼地穿上外面门后放着的他又凉又湿的软底帆布运动鞋。

现在是凌晨五点三十分，他傻乎乎地感到自己仿佛又回到了六岁的时候，他从一个他认为再也回不来了的圣诞节中惊醒了。

斯蒂文暗自发笑了一下。六月的圣诞节。在过去的一周，他每天都有这样的感觉——他从戴维身上跨过去悄悄溜下床，戴维在床罩上像一个海星似地伸开四肢，他走过比利房间外面发出嘎吱嘎吱响声的木板，抓住楼梯的扶手，控制住不让自己从楼梯上掉下去。这时，他浑身有点儿发抖———部分原因是他刚从床上下来的温暖被新的一天吹在皮肤上寒冷的空气取而代之，一部分原因是激动造成的——他轻悄悄地走进了厨房，阳光透过窗户把金色的尘埃照进厨房。

这一切原因是由于黑色肥沃菜地上遍地像小翡翠似的开始长出了小嫩芽。

胡萝卜最先长出来了，斯蒂文扬着脖子凑近去看胡萝卜。他差一点喊叫起来，愚蠢的胡萝卜哟！他根本就不喜欢胡萝卜。

他把胡萝卜的事告诉朱德叔叔的时候尽量不露出他激动的心情，而朱德叔叔却自己激动得不行，立即从他的熏咸肉旁边站起来去看个究竟。斯蒂文感觉如同一个大人在炫耀他的新生婴儿似的，他感到需要抽一支雪茄。然而，朱德叔叔却把一只手放到了他的脖子后面，这使他感觉好多了。

豆角在胡萝卜长出来以后，也在他们绑在棚屋的杆子脚下长出了芽，那些以后爬到棚屋土地高处没有用的小绿霉斑现在看来是不可能长了。斯蒂文充满了好奇之心，它们会争先恐后跃跃欲试的。

他想知道接下来会长出什么来。

是土豆。

但是在那件事情以前——胡萝卜最先长出来三天以后——斯蒂文放学回来，奶奶没有站在窗前。

他心里害怕了，但他不想在屋子里乱跑喊她的名字。

"奶奶？"他上到楼梯上喊了一声。没有应答。他上到楼梯中间，看见卫生间的门半开着，她没有在卫生间。

斯蒂文急忙下去走过厨房，站在那儿一动不动，惊呆了。

奶奶在菜地里。她正在认真地看着那些绿芽，不时地用她的拐棍戳着地。斯蒂文意识到，在某种程度上不是怀有恶意地戳地，但是同时，她也戳向她的小手推车上适合各种地形的轮子。

奶奶现在紧紧抓住那个小手推车作支撑蹒跚地行进，摇摇摆摆，缓慢地回到了路面高低不平的花园。

我一定要给她修一条小路，斯蒂文暗忖，一条平坦的小路。

然后，他跑了，回到屋里，抓起他的书包，跑出大门，上路了。

过了一小会儿之后，他才向他双唇紧闭、站在窗户后面一动不动、十分钟以后才让他在屋子里面呆了一会儿的奶奶挥手致意。

斯蒂文想起来他走到花园的途中时看见的那个景象，然后他突然停住了脚步。

支撑豆藤的杆子倒了。

他急忙走了过去，心里开始忐忑不安。

原来支撑豆藤的杆子没有倒。它们被拔掉了，散落在菜地的其余地方。

干嘛把杆子乱扔一气啊。

发生了大规模和重重踩踏以及松软的黑土被挖的事情，正在长高的小幼苗现在就像在战场上的尸体似的躺倒一片，埋在地下的裸露、细长根部本不该暴露在外，使它们鲜绿的枝芽变得枯萎。

斯蒂文希望这是一只狐狸干的，或者是一头牛干的，他甚至在花园里到处寻找逃避惩罚的牛。虽然牛很坏，但是也不会坏到赤裸裸的程度，一定是人干的这个事情，某个人或者一群人。

穿带兜帽运动衫的家伙们。他们会做出这件事情。在斯蒂文的脑子里，他可以想象得到他们踩坏脚底下的嫩苗，他们模糊不清的脸用愚蠢的幽默扭来扭去时一边跺着脚走路一边哈哈大笑的情景。

但是,正当他想用那样的情景说服自己的时候,斯蒂文突然想起来兜帽运动衫的家伙们根本不屑去做这种事情——或者和他很熟悉,认为他很在乎干这种事情。

斯蒂文的心猛地一下沉了下去,他明白了,这是刘易斯干的。

29

　　由于餐厅里发生的骚乱，因为瑞安·芬利被火速送到了医院——而且是从医院到停尸房——还因为埃夫里在他身后锁上了钢丝网上的大门，在发现他失踪了，不是进错了牢房或者为了他自己的安全躲在什么地方了之后，时间差不多已经过去一个小时了。时间又过去了二十分钟以后，一个看守发现了托比和亚斯明，任何人都能意识到，阿诺德·埃夫里早已经翻过墙逃跑了。

　　自从在南威尔士纽波特公开性监狱副监狱长的位置上得到提升以后，长高沼地监狱的监狱长已经丢了四个犯人了。四年四个，这并不是一个惊人的高数字。两三个精挑细选的犯人甚至被关到高墙外面去干一些打扫卫生的差事或者干一些农场的工作，作为他们改造的一部分。警力不足造成两次两个人完全躲藏到几台机器后面或者偷偷溜走进入大雾之中。所有四个人在任何一个司机还没有把他们放下来之前就在公路上被重新抓获。

然而，四年中四个人逃跑已经给这种事形成了一个模式链。好像五年中应该出现五个逃跑的犯人，六年之中出现六个，以此类推似的，这使监狱长屡屡心跳过速。

那么，一旦发现埃夫里逃跑了，每一个现成可用的狱警都要立即被派遣到公路上设路障搜查每一辆从这个地区离开的小汽车。据推测，像埃夫里之前逃跑的那几个人一样——这个特殊的逃犯会前往距离最近的公路，然后挥手招呼或者偷一辆小汽车。做别的事情都是愚蠢和充满危险的，甚至在夏天也是一样。

这个观点正在被接受，监狱长又接受了另一个观点：多次逃跑反映出监狱的管理很混乱，导致人员士气低落。

监狱长是个好人，他想要尽可能保持人员士气高涨。

但愿埃夫里再过几个小时能够被重新抓回来，但愿一个从前劣迹昭彰的儿童杀手已经越墙逃跑这个事实直到他安全地回到这几堵墙内新闻界还能够被蒙在鼓里……

监狱长是个好人。

但是，他作出了一个糟糕的选择。

他没有报警。

阿诺德·埃夫里在监狱里十八年以后第一次半个小时的自由是他一生中最糟糕的三十分钟。

他从十二英尺高的墙上落下来后一站起来，他就惊慌失措。

他感觉被人掐住了喉咙和被人紧紧抱住，然后他漫无目的地跑到了沼泽地，恐惧使他呜呜哭得上气不接下气。他的两条腿酸痛酸痛的，有心如刀割的感觉，就连他的两条胳膊也是疼得不能转动——全都是四百码之内的墙惹的祸。多年在他的单人牢房静坐，不停地思考，他的肌肉组织张力已经不作为了。

他跌跌撞撞地走着，气喘吁吁，呜呜咽咽地哭泣，直到他自己产生了强烈的自我反感，最后才对自己的恐慌进行了谴责，迫使自己停下来，重整旗鼓，清点存货。

他的惊慌是没有根据的。但是，他回头望了许多次，并没有发现追捕的迹象。那座监狱本身像一个恶梦一般早已经在他的后面消失了。

长高沼地监狱建在一个很大的自然山谷之中，是一个村庄级别的石头庞然大物，每年夏天几乎看得见数以千计的徒步者和游客在沼泽地出没。一会儿时间人们就能走出仅仅长得很低的黄色草地和与之相应成趣暗淡无光的花岗岩岩层；再过一会儿，人们就能看见一个碗状坑里巨大的深灰色轮状物，常常只有星罗棋布的斜屋顶和烟囱耸立在大雾之中，仿佛整个监狱陷入在一个混浊的牛奶湖之中似的。

从这里出来，现在监狱消失了，他的周围全是阳光灿烂的沼泽地了，埃夫里感到他的恐慌被撕碎了，被凛冽的寒风吹落满地。在此之地，他感到了自由的兴奋，突然，令人可笑。

他产生了一股几乎按捺不住的冲动，伸出他的两只胳膊，在斜坡上旋转得头昏眼花。

与他的先驱者们相比，他没有打算挥手招呼一辆小汽车停下或者如果他不由自主的话走到一条公路附近的任何地方。

他本想偷一辆小汽车，但是他是一个连环杀手，不是一个平常的偷车贼，不知道如何用点火器电线短路的方法启动一辆小汽车——或者甚至不知道怎样闯入一辆小汽车，除了用一块砖头砸烂车窗。

埃夫里十八年后第一次对他脱离其他犯人感到遗憾。他本该可以学到很多东西的。现在，为时已晚……

埃夫里希望他完全不需要一辆小汽车。但是，他知道他一开始奔跑，一个计时器就开始运转了。很快，他的脸就会在电视屏幕上出现。不到明天早晨，这件事情就会在每家通俗小报的头版上出现。

他正穿着他的蓝白相间条纹的监号衬衫和深蓝色的牛仔裤哩。他希望继续穿着他的套衫，因为，虽然现在时值六月，但是阳光还没有使天空回暖变热。他知道夜幕降临时他更希望天气再变得更热一点儿。

他走过两只正用嘴轻触沼泽地广阔无垠、一尘不染的草地的羊。两只羊都不耐烦地看着他。

现在，他静静地走着，不去左顾右盼，一边往前走一边重新作着打算。

他的嗓子轻松了，他感到神清气爽，十分欣赏这闻不到今天的晚餐或昨天的袜子味道的天朗气清的空气。这是令人振奋的基本要素，他摇头晃脑地把空气吸进肺里，感到这清新的空气正在通向指尖，取代了监狱里的臭味。

埃夫里直到收到 SL 发给他的那张照片才产生了逃跑的强烈愿望，当时摆在他面前的只是一个非常模糊的概念。他知道，例如，达特穆尔高地东边和南边是星罗棋布的小村庄，有的村庄小得只有几座房子围着一个邮筒或者一个公共汽车候车亭。他还知道，沼泽地的西边和北边居住的人口很少。不仅于此，他也知道在他和达特穆尔高地的北部边缘是绵延数英里长的荒无人烟和艰难险阻的地带，时而岩石嶙峋，时而沼泽无际。与变幻莫测的天气联系在一起，大多数逃跑者容易选择公路就不足为奇了，尽管被抓住的可能性不断增加，因为死亡的可能性减少了。

但是现在，他已经翻过了墙，埃夫里毫发无损，获益匪浅，避免再被抓住就成。

一切都发生了变化。如果他现在被抓住的话，他就会失去为当一名模范犯人拍马屁所得信任的价值。他假释的可能性现在已经确定为零，回到像他已经在恐惧和肮脏之中度过他的第一个十六年徒刑的黑韦特里的某个地方，他会再过二十五年或者也许是三十年郁郁寡欢的生活。

他宁可死去也不愿意再回到那里去了。

他有点儿震惊地意识到，那是真的，然后震惊变成了危险的确定。唯一剩下的一个选择就是坚强了。这使他的脑子清晰起来。

"早上的天气不错啊！"

他转过身发现了一个中年人，埃夫里猜想还有他的妻子，只有几码远的距离。他们拿着套管式的手杖，小帆布背包和地图盒子，两个人太阳晒出皱纹的腿上都穿着卡叽布宽松短运动裤——他的腿细长，长满了毛，她的腿结实圆粗。

谢天谢地，他停止了非常快速的飞行。他们肯定应该认识。

"是的。"他点点头，完全同意他的看法。

"天气就要热起来了。"

"是的。"他又回答说，感到他应该对交流作出更多的贡献，但茫然不知该说什么。

"我们是在去大米斯的路上。"

埃夫里注意到，现在这个人的眼睛正在把他从头上扫视到监号的黑皮靴的脚指头上，寻找他是一个徒步者的证据，并且开始产生了怀疑，他没有发现任何证据。埃夫里一时高兴，早就扔掉了他的套衫，那带特征性蓝条纹罗纹的深灰色套衫顷刻就会将他出卖的。

"你怎么样啊？"那个人继续一针见血地问道。

埃夫里刚刚运动过的神经细胞欣然快速地活跃起来了。

"啊，我没有徒步！"他用了一种也许使他们感到这样想问题很傻的口气说。"我只是伸伸我的腿。我正在去塔维斯托克工作的路上，我想，我利用……"他伸出一只胳膊，"……就这些。我的汽车就在那个山丘那边。"

他们俩朝山丘看了一眼，然后拧过脸看着他，他向他们露出他独特的笑容。那个人到目前为止也没有回答，虽然他点点头表示同意他的说法，但他的妻子却醉心于埃夫里的笑容，笑逐颜开的。

"啊，是啊，太糟糕了，汽车停在那儿动不了了，今天也上不了班了。"

于是，他们两个人都点了点头，从任何意义上来说他们终于达成了共识。

"那么，时间不早了，神父！"

那个人露出一个微小的笑容，对埃夫里扬了一下他的两道眉毛之后，才开始走去。

"祝你们一路走得开心。"他在他们身后喊了一声，他们转过身向他挥了挥手。

他如释重负地长出一口气。那本来是应该很难对付的，而且，更为重要的是，本该耗费大量时间的。

他知道时间是极其重要的。他有太多的事情要做——但愿他不必去做那些事情。但愿他能够往北走，一直走，尽管他最初的恐慌感消失了,埃夫里早已想出了一个方案,现在只有坚持不懈地去进行这个方案了。

他必须给自己提供一个最有可能成功的机会,他必须把大部分时间呆在躲藏地。

他必须寄一张明信片。

埃夫里走了三个小时的路以后,看见了村庄,他在看见村庄之前全身发抖。欢迎他获得自由的太阳现在在白色烟雾迷蒙的天空中是一个轮廓清晰、暗淡无光的圆盘。

这不是一个正式的村庄,他从来不知道它的名字,因为他没有从公路走进村庄。他沿着二十几间房屋上面的沼泽地走着,一直走到他看见了商店,然后从许多房子的中间下来,到了那个商店。

商店很小——是用两上两下带有向外凸出的围墙、窗户上有透明玻璃的农舍前屋改建的。一个为《西部晨报》设立的广告牌使他突然感到好像他一下子被吸了回去似的。大标题写着:查尔斯和卡米拉访问普利茅斯。他们太不幸了,埃夫里想到。

商店外面的一个摇摇晃晃的旋转式木马上放有一些发黄的明信片。大部分是达特穆尔高地,或者是羊群,或者是开满玫瑰花的漂亮村舍,但是也有一摞中有好几张相同的明信片,显示的是遍地紫色欧石南的埃克斯穆尔高地。一看到这个景色他的心里一阵紧张。他取了架子上的全部六张明信卡,把它们塞进了他的屁股后面的口袋。末了,他又挑选了一张达特穆尔羊群的明信片,然后走进了店里。

虽然那天天色很昏暗,但是他的两只眼睛仍然必须适应室内的黑暗。一面墙上有一个报纸架,另一面墙上有一个货架,两面墙之间有一个冰淇淋冷藏柜。货架上的货物琳琅满目，应有尽有，令人惊讶——喷水器、卫生纸、狗食、巧克力棒、咖喱菜罐头、香烟、邦迪创可贴、可口可乐、硬毛刷子……

一眼往冰淇淋冷藏柜里看去，向他显示的是，冰柜的大部分地方都被冻豌豆和鸡肉占去。在剩下的一个角角里，他看见一根"变焦"牌棒棒糖，别的什么也没有了。

有一个小柜台和一个老式的钱箱，但它们的后面都没有人，于是，他打开了一个一升的塑料瓶水喝了几大口。柜台上还有一个捐赠箱——英国皇家全国救生艇协会的。救生艇——在达特穆尔高地中部吗？谁在骗人？他把捐赠箱摇了一下，差点儿笑出来：很显然，没有一分钱。

"有事吗，"一个大约十五岁、身材颀长、高挑细瘦的姑娘悄悄进了房间，一屁股坐在柜台后面的一把餐椅上。

"你好，"他说，"你们有埃克斯穆尔高地的明信片吗？"

"明信片在外面。"

"是的，我知道。我看了看，但看不见埃克斯穆尔高地的任何明信片。"

"这是达特穆尔高地。"

"我知道。我想要一张埃克斯穆尔高地的明信片。"

她凝视着门口，好像随时会有一张埃克斯穆尔高地的明信片来到似的。

"难道我们没有埃克斯穆尔高地的明信片吗？"

埃夫里平稳地呼吸着。控制，忍耐，珍贵的教训。

"没有。"

那姑娘啧啧地咂咂嘴，忽地一下站了起来。埃夫里看见她很细的腿上穿着紧身裤,还有那愚蠢的小芭蕾舞鞋。她从他身边挤过去,也不看他一眼,走到了外面。

她转过生锈的转轴上发出嘎吱嘎吱响声的旋转木马时,他望着她,她那一双略微有点儿鼓突的蓝色眼睛对着那些明信片双眉紧锁,用手绞着她灰褐色的头发。

她对他来说太老了。她已经失去了天真无邪,要么是隐藏到了烦恼之中,要么是隐藏了她的幼雅。当她站在那儿,手放在屁股上,查看他已经看过的那些明信片时,他更恨她了。

"难道你没有看见一张吗?"她最后说。

"没有。"他一口咬定说。

"对不起。"她没有把对不起说出来。他想听她说对不起——这很容易——但是他不想浪费时间了。

他跟着她回到了屋里。

"你知道你们有存货吗?"

"我认为我们没有存货。"

"你能帮我查一查吗?"

她撩了一下她的头发,算是一种方式的回答。他进行了最大程度的自我克制。

"行吗?"

她用两片嘴唇发出了一个气呼呼的声音,拖着脚走进了后面屋里的门。他听见她登上木头台阶和走下木头台阶,对这么瘦一个女孩儿来说脚步声惊人的沉重。让他明白她很恼火。

他笑了一下,然后倚靠到柜台上,动了一下更像是一个作装饰用的脏兮兮的旧钱箱上的"打开"键。每一张十英镑,一共有六十英镑。埃夫里拿了三张和一把硬币。当他最后在一个商店里呆着的时候，竟然还有脏兮兮的绿色纸币。

他注意到有一件淡绿色的卡迪根式开襟毛衣搭在椅子后面，便将它装进了一个塑料袋里。

他用吉卡林先生的花式蛋糕、花生，两个还没有夹奶酪和西红柿的三明治以及更多的水装满了袋子，然后探身门外，把它放到街上看不见的地方。之后，他从柜台上拿走一支咬坏了的比克钢笔，在其中一张埃克斯穆尔高地的明信片上写上了字。

他听到那姑娘又跺着楼梯上上下下的声音，迅速把那张埃克斯穆尔高地的明信片塞回到他的口袋里，这时，她又出现了。

"我们一张都没有了。"

"啊，好吧。那我就拿这张吧。还要一张第一类的邮票。"

那姑娘郁闷地为他服务，他用一枚一英镑的硬币付了群羊明信片的账，把找的零钱投进了英国皇家全国救生艇协会的箱子里。

在外面，他试着去舔湿邮票，但却发现它已经有黏性了——他必须去适应改革啊。

当他把埃克斯穆尔高地的明信片丢进信筒的时候，他注意到离收信的时间只有半个小时了。埃夫里并不傻，他知道这并不意味着上帝就站在了他的一边。但是他也清楚，这意味着上帝无论如何委实没有胡说八道。

当他离那个村庄有一段适当距离的时候，他便在羊啃过的草地上坐下来，吃了三个樱桃杏味果酱馅饼，喝了三分之一升水。糖在他的血液里漫延开来，使他感到强壮和自信。太阳出来了，照得他暖洋洋的。他躺在地上，像屋侧汽车棚上的一只小猫似的伸开四肢。

他抬起一半屁股，把剩下的其中一张埃克斯穆尔高地的明信片从他的屁股后面的口袋里取出来，解开他牛仔裤的扣子。

二十分钟之后，埃夫里站起身来，又看了看他周围的情况。

他没有一本正经地去测量方位。他不需要测量方位。他感到他心里装着一艘奇异、必然的拖船，什么都不做，跟着它走就行了。

太阳的出现温暖了他的脊背，阿诺德·埃夫里，连环杀手，加快步伐，朝北走去。

30

由于菜地的原因，斯蒂文上学迟到了，错过了在铃响之前见刘易斯的机会。他俩不在同一个班，但是，在午饭时间，刘易斯没在体育馆门口露面，这是他俩一直约会的地方。

斯蒂文被风吹得缩成一团，独自一人吃着他的奶酪和马麦脱酸制酵母，不知道究竟是等刘易斯呢，还是去寻找他。两个选择似乎都很差劲，而且两者都没有给他线索，他应该怎么继续去和刘易斯碰面。

他的妈妈把一个玛氏巧克力棒放到了他的饭盒里，一个真正的玛氏巧克力棒——不是玛氏巧克力棒的某种质量低劣的不受商标注册法保护的冒牌货。不管是哪一天，玛氏巧克力棒都会使斯蒂文激动不已。玛氏巧克力棒意味着他的妈妈很高兴。当然，使她高兴的人是朱德叔叔，而不是他，但是他们人人都因为滴入论而获益匪浅。

刘易斯没有去那儿称赞那个玛氏巧克力棒,这使那个玛氏巧克力棒有点黯然失色。不管怎么说,斯蒂文一边吃它,一边对这一丝令人失望的慰藉表示感谢——假如刘易斯不到那儿去夸奖那个玛氏巧克力棒,起码他也不能在那儿吃一半玛式巧克力棒。

不过,一旦浓浓的卡拉梅尔糖的甜味留到了他的嘴里,背叛友谊的苦涩也就留在了嘴里。

说到底,他还是看见了刘易斯,他在学校门口急急忙忙从人群中走过的时候挤着其他孩子,神色紧张地左顾右盼,仿佛他会被人追赶似的。斯蒂文忽地一下在小卖部的垃圾箱后面低下了头,站在那儿,望着他廉价的新软底帆布运动鞋,已经磨烂了。

他清楚刘易斯正在观望着他,希望他在回家的路上不会抓住他。斯蒂文仍然不知道对刘易斯说什么好,于是他让刘易斯先走一段长长的路,然后他才慢慢腾腾地走回家去,莱蒂这些天来第一次对他闭紧了嘴巴。

"你回来迟了。"

"我帮助爱德华兹先生把体育馆的器材收起来放好。门锁上了,他不得不到办公室去取钥匙。"在冗长乏味走回家期间,斯蒂文已经想好了谎话。他嘴里说出来的话听起来似乎令人满意。莱蒂的两个嘴唇张了张,表示认可,但是奶奶用锐利的目光看着他,他感到大家变得很热情。

但是,她没说任何话,而且朱德叔叔下楼来了,吹着"远处有一座绿油油的山"的口哨,这是她的最爱,于是茶端上来了,没有节外生枝,直到朱德叔叔说:"你看见那片地了吗?"

斯蒂文表情暧昧地点了点头,但没有看他。

"知道怎么回事儿吗?"

他摇摇头,往一片面包上抹假冒的黄油,希望他的沉默使这个欺骗无论如何不是那么可耻。朱德叔叔耸了一下双肩,叹了口气。"我们可以再把豆架支起来,不过我们损失了许多胡萝卜和土豆。"

斯蒂文点点头。

"喝完茶就干,如果你愿意的话。"

他更加使劲儿地点了点头。这个傍晚平静而温馨,弥补损失的主意很有吸引力。他还害怕朱德叔叔没有兴趣哩。那个菜地是个一次性的买卖,它现在完蛋了。

"看看你的朋友是不是愿意帮忙。"

"谁?"斯蒂文警觉地问道。

"光耍嘴皮子不动弹的那一位。"

斯蒂文听出来是刘易斯,脸刷地一下红了,感到出现了一连串大笑声,但很快充满了内疚感,以后再见到他最好的朋友会突然紧张的。

"你为什么不去问问他?"朱德叔叔现在正在用谨慎的目光看着他。斯蒂文看见他和他的妈妈交换了一个小小的眼色。

朱德叔叔明白了。多少吧。

斯蒂文看着他的炸鱼条。

"我想他不愿意。挖土不是他的长项。"

他屏住呼吸,等待朱德叔叔收拾他,或者和他争执,或者揭露刘易斯。但是,他没有。

"那么,就我们两个吧。"他反而说道,斯蒂文今天第一次和他四目相遇,而且笑了。

31

阿诺德·埃夫里选择的方向是正确的,但是那个滴答滴答响的计时器对他很不利。

监狱长想要保持高昂的士气。

如果在下午五点钟以前埃夫里还没有被抓捕回来的话,监狱长就要登上他自己开了两年的梅赛德斯·卡姆普莱瑟在下着蒙蒙细雨的沼泽地以不快不慢的速度转悠,使人相信找到埃夫里只是一个时间问题和行动方式问题。

他的兴趣正在被激发得越来越大。

由于没有报警,埃夫里每时每刻都有犯下更大罪行的可能。他每时每刻不报警,没有人知道埃夫里逃跑了,都会增加监狱长把埃夫里抓捕回来的绝望程度。

黄昏以前还没有把埃夫里抓获的话，监狱长就会因没有早点报警而让那个预言把人搞得焦躁不安，以及——不久之后——又变得盲目惊慌而崩溃。

在那种情况下，他以自己的整个前程押赌，早上以前埃夫里会被押解回来。

这就是说，当他的预言没有实现时，这个麻木不仁、很快就会失去工作的监狱长直到早上 7:09 分才报了警——离埃夫里翻墙逃跑几乎过了二十四小时。

32

十六岁的二等兵加里·拉姆斯登不喜欢呆在部队，但是——像他之前的父亲一样——他很喜欢枪。

所不同的是，拉姆斯登认为，他的父亲从来没有一支像 SA80 装弹三十发、有效射程四百码、在每秒一公里以内具有极其细微变化的初速的杀伤力很大的枪。

当然，并不是他的父亲对技术参数胡说八道，拉姆斯登认为，梅森·丁格尔只是想知道如何唾手可得，以及怎么能够找到它。

但是，加里·拉姆斯登喜欢这些技术参数。当然，他希望 SA80AZ 有一个更加令人向往的名字，像科尔特 45，或者乌兹冲锋枪那样的名字一样。不过，这是通过十三周汗流浃背的基本训练以后一直使他垂涎三尺的技术参数。他的两只拳头像少尉布里斯托克一样放在两肋——他精神抖擞，容光焕发，是刚从桑赫斯特（英国英格兰南部一村庄，英国陆军军官学校所在地）来的——像一个令人憎恨的大哥指使他干这干那。

一想起SA80就使他心烦。训练中，他的两只眼睛违反规则地转动，去看正在握枪的其他新兵，他感到宁可去听枯噪乏味的金属碰金属的咔嗒声和保养良好的武器滑动装置敏捷的咔嗒声。当他在进攻训练科目中把耀眼的武器放在一个泥坑上时，他的两只耳朵已经适应了来自附近靶场干脆明快的劈劈啪啪的枪声。在夜里，当他下铺的那个人把他们双方都颤抖到想象中的性交节奏时，加里·拉姆斯登一想起他左手里的弧顶架就面色紧张，右手的食指猛地一下勾在一个虚幻的扳机上。

但是现在，他手里终于令人满意而又大量地掌握了所有的技术参数，二等兵加里·拉姆斯登能够做的唯一的事情不是站起来，转动脚跟，用每分钟七百发速度的大口径子弹射他的一队战友——而是看它的感觉怎么样，他渴望这个武器在他的手掌中发热，从他的手指中间迸出淬火，在他的耳朵里发出嗡嗡的响声，实施远距离的谋杀。

当这个真实的时刻来到以后，二等兵拉姆斯登却从嘴里长长呼出一口气。

SA80如同另一条腿似的适合他。它们诞生时就是分开的，现在SA80又成了他的一部分。他擦它，拆它，擦它，重装它，再擦他，他蒙着眼睛都能做这些事情。你对你的枪好，你的枪才会对你好。按照这个理论，二等兵拉姆斯登每天早上本该把枪放下，然后给自己做一个熏咸肉加煎鸡蛋慰劳自己。

但是现在——终于——到了他的枪报答他的时候了。

二等兵拉姆斯登正在抑制住激动的心情瞄准一个上面没有人形的卡片靶——目标上只有五个靶心。他妈的真操蛋。

然而，他还是集中注意力，全身放松，慢慢吸一口气，细心地射出一发子弹，一发子弹射出后枪托向他的肩上反冲，卡片靶像水波似的飘摇了一会儿，告诉他，他击中靶心了。

"打得好啊，拉姆斯登！"

拉姆斯登没有听见布里斯托克的话。枪声打开了他心喜若狂的闸门，使他心里感到发怵。他不得不咬住嘴唇以免喊出声来。他一百万年都没有想到他的枪竟然会对他好。

他倏忽想起了他的父亲。

拉姆斯登的父亲分享了他的DNA，但不拥有他的姓名。感谢上帝。拉姆斯登的孩子们生活非常艰苦，没有增加像丁格尔这样姓名的麻烦事。怪不得他的老头子脾气暴躁呢。

火爆脾气变成了对小加里和他的兄弟马克的拳打脚踢。孩子们没有抱怨，他们从来不知道其他事情。同时，他们穿的衣服从来都是从商店偷来的。他们桌子上的食物是法定施舍的，他们也没有用偷来的午饭钱购买玩具。

即使他们的母亲也并不是真正属于他们的父亲的——她是凤头麦鸡庄园里的六人女人之一，她给庄园主生了孩子——第一个后代的降临恰恰是对梅森·丁格尔十五岁生日的一大讽刺。加里和马克拥有了一个和他们没有关系的同母异父的妹妹，而且知道他们是同母异父的兄弟，他们的火爆脾气和他们共同拥有的天使般的蓝眼睛是一丘之貉。

年龄在六岁到十七岁的八个男孩子互相在庄园里谨慎地转来转去——知道他们全都有令人友好的微妙的关系。在经过了很长时期令人担忧的和平共处以后，被知道底细的人一一揭穿，但一次次都发生了程度较轻的暴力行为。他们的父亲在多个家庭之间穿梭，他只呆上一会儿，直到事事都顺心，然后他就换一个家庭，如此循环往复。他没有最喜爱的人——好像连那些孩子们都不太认识——除了经常深更半夜或清晨接受警察的访问以外，别无贡献。

加里·拉姆斯登在九岁的时候在一个住宅区的街角小店偷了一管牙膏首次被抓住。他的妈妈叫他去买牙膏，又不给他一分钱，而加里也不指望她给钱。店主紧紧地抓住他的衬衣，直到警察来到，加里胳肢窝底下的红印子好多天都下不去。

他知道在商店里行窃是错误的，但这只是在某种抽象的意义上。在学校，这是错误的。在家里，他知道这是唯一的事情。去到某个地方工作，挣钱，用钱买东西的概念对他是陌生的，在他的家里没有一个人有做这样事情的经历——总是认为试图做这样的事情是傻瓜。牙膏在商店里，他要做的事情是用最低的紧张慌乱程度把牙膏转移到他妈妈的洗澡间里。

警察来了，把他带到了家里，没有去警察局。警察把他从巡逻警车上带到前门，松开了他，告诉他，他愿意对他做许多事情，而不是这种毫无意义的工作。小加里心里明白做这种事情跟他没有关系，那个警察的草率处理受到其他经验丰富的警察的事先指导，只不过加里不知道而已。但是现在，他在船头站立。

他的妈妈出现，没能控制住被警察要求的冷静，甚至对站在她家门口的警察态度冷漠——除了她后来抱怨没有牙膏使用——始终对警察不屑一顾。自从四岁以后，加里一直偷拿街角小店的低劣存货，他第一次轻微的违法行为似乎令人可笑地付出一个很小的代价。

梅森·丁格尔偶尔玩玩"失踪"，但他总是会回来的，好像从来都不感到窘迫，从来也不会受到惩罚或者改过自新，而且加里和马克确信，他们总有一天会继承他们家庭的职业。

直到他们在一张盗版 DVD 碟片上看了《兄弟帮》，然后一切都改变了。

加里·拉姆斯登和马克·拉姆斯登突然变成了好人——忠诚，勇敢，高尚——如果是他们自己的精神世界那该有多好啊！他们不当著名的足球运动员和歹徒了，开始当兵了。

这不是全都当了好人了。一开始，士兵意味着他们要从小偷小摸和商店盗窃转到非常嘈杂的攻击，采用种种威胁、转移注意力的战术迷惑掩盖他们的行动。军事战术，他们学会给它起名字了。

当他们在库房的一个箱子里找到一把没有光泽的黑色手枪时，他们的偷窃活动出现了波折。这把手枪是捷克斯洛伐克造的，枪两头的一个圆圈里写着字母 CZ。这把枪很脏，有划伤，是他们两个人以前谁都没有遇见过的最漂亮的东西。马克和加里忘乎所以地互相把对方扣为人质六个小时，互相开枪把对方打伤，在几乎抑制不住的暴力行为的兴奋中用枪口互相把对方的太阳穴和脊背顶成了有凹痕的许多圈圈。

然后，他们的父亲发现了他们，把他们两个人打得鼻青脸肿。

马克没有志气，挨打使他放弃了拥有 CZ 的勇气，但是慢慢地，一想起那把沉甸甸的手枪在他那双小手里总是那么有新鲜感——加里开始渴望有一把枪了。

一把大枪。

一把他自己可以命名的枪，一把他不需要去偷的枪，一把他可以——可能——向真人开火的后座力很小的枪。

英国军队大声召唤了，而加里·拉姆斯登决不是聋子。

他捡了几张传单，打了几个免费电话；他得知有过一次犯罪记录将不招收他，他便解释了他的行为。

加里·拉姆斯登讲了七年，多次梦见他如愿以偿地得到了那把枪。他当了部队的学员，是每周参加学习的唯一一个孩子，无论刮风下雨照去不误。他的才华没有在英语课上和历史课上得到用武之地，反而突然被信号语、规则手册、队列训练、擦皮靴和烫衣服弄得精疲力竭。他痛恨这一切，但每每被庄园里的其他蓝眼睛的男孩子投掷闪闪发亮的小微章砸他，每每遭到庄园里其他蓝眼睛的男孩子一哄而上与他吵架，每每遭到庄园里其他蓝眼睛的男孩子们妒火中烧的欺侮——每一次都使他产生了离枪更近的感觉。

他尝尽了世间的一切苦难——痛苦，艰苦的工作，羞辱，恐惧，贫穷——他第二次抠动那个扳机，一切苦难都是值得的，一时间，他把枪抓得紧紧的。

虽然他射击的轮次现在结束了，但加里·拉姆斯登并没有加入到他的战友们缓慢移动到湿漉漉的草地上更舒适的位置的队伍中去，或者转而观看他呈扇形散开的伙伴们抠动他们的扳机。

他反而又一次瞄准了他的靶子，放松呼吸，他的手指僵硬地放在扳机上——很费劲——他的手指完全离开了扳机，害怕自己本能地一抠，枪会走火，一旦他们回到普利茅斯，各种各样的屎盆子一股脑儿地扣到他的头上。

他对靶纸上的四个小目标中的一个目标进行了瞄准，心里很清楚他能击中目标，等着吧，等着他的枪次再次到来。

他的左边出现了一阵哈哈哈哈起劲儿而稀稀拉拉的笑声，这意味着有人打脱靶了，脱靶理应受到嘲笑。加里·拉姆斯登没有受到干扰，把眼睛离开靶纸。两只眼睛瞪着——这个办法是他们教给他的。不理左边,运用右边。

在他模糊的视线中,有个东西在动。拉姆斯登重又集中了注意力,发现一个人正在走过射程——在目标后面的长距离,大约有四分之一英里那么远,朝北走去。

拉姆斯登双眉紧锁,微微抬起头,往左右看了一眼,看看是否有别的人发现了那个人。离他最近的战友,二等兵豪尔,离他的右边有二十码,正视着他自己的目标,于是他轻轻地把头转向了拉姆斯登。豪尔是黑人,这意味着他得忍受排里一些偏执的人的折磨。在他的左边,他只能看到许多靴子和二等兵戈登毫无用处的伪装疲劳,他长着一头红头发,所以也吃尽了大家的苦头。他们两个人没有一个人朝那个人看去。拉姆斯登摆动了他的SA80,5.56毫米突击步枪,所以他可以通过瞄准镜看见那个人,但是就算那样他也离得太远,无法填补瞄准镜。那个人正在走路,但看上去又不像是个徒步者。拉姆斯登看见那个人没有拿棍子,也没有背背包。但是,那个人却提着一个像是塑料袋的东西!好像他刚从特易购超市出来似的!那个人连防雨布夹克外套也没有穿——从远处看只穿了一件蓝色的衬衫和牛仔裤,牛仔裤是徒步者能够穿的最糟糕的东西。阳光下酷热,频繁的大雾和霏霏淫雨下寒冷、行动缓慢,慢慢使人口干舌燥。这证实了拉姆斯登的第一个看法,在沼泽地上是这个人力所不及的。首先,他发现不了对生活在达特穆尔高地上行走的每一位经验丰富的徒步者的射击警告。只要他们在手机上看一下电话,他们就能知道现场射击什么时候在覆盖沼泽地东北四分之一圆周的范围举行。这个人却浑然不知。只要他看见了红白颜色的警告牌,那么他就不会既对警告牌漠然视之,又不会傻到要穿过警告牌进入"危险区域"。

二等兵拉姆斯登的手指在他自己私人的SA80AZ突击步枪的扳机上轻轻滑了回来。

那个人准备请求被流弹击中啊。或者不是那么偶然飞出来的一颗子弹。

拉姆斯登在瞄准镜的十字标线下跟着那个人的进程移动，双手平稳，呼吸均匀。

如果他现在扣动扳机，他应该是能够击中他的，他紧张地意识到，他是不会开枪射击的。但是这个人在他射程之内拥有的感觉，冰凉的钢铁在他的手指下变得温热，几乎使他不知所措。

离他左边远一点儿的地方，又是一句挖苦的话，他听到二等兵诺克斯声音很大地说"操"，但是他丝毫未动。

他身上的每一根神经都被那个步行者绷紧了。他用一切力量自我克制，以免一不留神扣动了扳机。

没有上级的命令发射一发子弹是严重的问题。在非战争情况下向另外一个人的方向开枪射击是要受到军事法庭审判的。故意朝在达特穆尔高地上行走的平民开枪几乎肯定是要进监狱的。他进行了激烈而又长时间的思想斗争，别走他的父亲和马克那条路。他现在不能开枪——并不是现在他终于有枪了。

拉姆斯登在心里叹了一口气——外面叹气会使他的瞄准晃动。

四百码啊。那是他武器的射程。那个步行的人也许超过了射程。拉姆斯登除了把那个人控制在他的视线之中，他心里明白打中他是有可能的，如果他准备开火的话，如果他机灵一点儿的话。按达特穆尔高地的标准，天气虽然很好，但很少有令人满意的小风。四百码以外，打出去的子弹开始失去推力，失去方向，变得无法预测。

那个人在一些岩石后面消失了，拉姆斯登轻轻移动了一下他的枪，期待着他的再次出现，那个人直接走回来进入了的瞄准镜时，他又一次感到紧张。

他正在走近一个突岩，在他前面大约有五十码的距离。如果他到了突岩，拉姆斯登就会丢失他这个目标。一阵紧急感让他的手指紧紧地扣在扳机上，但他不得不提醒自己再次把扳机松开。他的呼吸发出了嘘嘘的声音，虽然整个排的士兵仍然在对着他们的靶子射击，枪声听起来很密集，离他很远。

拉姆斯登很佩服自己的克制力。他还年轻，但是这次的基本训练将他尚存的一身孩子气一扫而光，使他变得坚强起来，把他塑造成了一个男子汉。他知道自己已经成为一个比他的父亲，比他的兄弟，比他的同母异父的兄弟们之中的任何一个都要优秀的人。

在这里，他的手中掌握着生与死的权力。加里·拉姆斯登，这个男孩儿，本来就会射击的；二等兵加里·拉姆斯登，这个战士，比那个男孩儿更加坚强。他感到有一种异乎寻常的自鸣得意。

那个人又出现了，朝前走去，穿过一片阳光，加里·拉姆斯登又把他控制在视线之内，稳稳地，小心谨慎地。那个人向突岩越走越近，扣杀的机会将会失去，但这是不能扣杀的，他告诫自己，这是要负责任的，成长起来，作一个真正的男人。

徒步人爬上了一堆巨大的灰色岩石的第一块岩石，又爬上第二块岩石的时候，就从加里的视线里消失了。

不到两分钟，二等兵加里·拉姆斯登已经拥有了造成立即死亡的权力，但是，他却选择了允许生命继续存在。这是天意。

拉姆斯登看着远处，考虑着他能走到什么范围，感到一双天使般的蓝色眼睛火辣辣的刺痛，那个愚蠢的人伸出手要把他自己吸引到第二块岩石上去。人那么瘦小，那么容易受到武力攻击，那么旁若无人，距离多么近啊……

二等兵拉姆斯登意识到自己的脑子正在嗡嗡作响，这必有所指，这很关键，他永远也忘不了这个时刻。

然后，在一阵先天性格因素大于后天性格培养的突然暗自洋洋得意之后——他义无反顾地扣动了扳机。

阿诺德·埃夫里面朝一片茫茫的白色天空睁开了眼睛，背是湿的，左胳膊剧烈地疼痛。

他的第一个模糊不清的意识是，一只鸟儿飞到了他的身上。一只大鸟。他所记得的唯一一件事情是，他从一直站着的岩石上摔下来时一心想抓住德文郡清新的空气。

他僵硬地把头转到一侧，草尖刺痛了他的脸颊。他的头旁边有一个上面带着两个红点的纯白圆圆的东西，他眨了几次眼睛，终于想起来它是吉卜林先生的樱桃杏味果酱馅饼，从他偷来的购物袋里掉了出来。白色酥皮上的一个红点儿是樱桃，另外一个红点儿是血。

埃夫里坐起来，看到他的左袖子黑红黑红，不禁沮丧地哼了一声。他动了动胳膊，呲牙咧嘴，皱眉蹙额。胳膊受伤了，但没有断裂。

他朝四周看了看，什么也没有看见，一个人也没有。他掉到了突岩后面的一个缓坡上，他不知道他失去知觉有多长时间了，或者他发生了什么事情。他的监狱论是狗屁，他早已有所察明，但他没有别的理论。他周围的沼泽地绵延数英里，阴云密布之下，现在一片灰黄。

他从胳膊上拉下袖子，擦掉衬衣下摆上的血迹，看了看流过二头肌上部血迹斑斑的皱痕，仿佛有人用食指在他胳膊的肉上划过似的，去除了皮肤，在胳膊上留下一个血槽。

看起来他好像是被人打了一枪，但是他知道那是不可能的，这里毕竟是英国，而且，派遣看守们去追捕逃犯可能武装起来光汽车费就不是一点点开销。

　　他摇了摇头，让他的脑子清醒清醒，慢慢开始把他偷来的东西收拾到一块儿。呆在这里不走，一门心思地解开他发生了事情的秘密也没什么意义，起码他认为此事未必有什么关联。假如是一名武装的、过于热心的看守的话，那么，到目前为止他已经被抓回去了。如果这是一只鸟儿，就会有羽毛。没关系，有关系的是准备继续走人。他试图在云层后面找到太阳，但找不到。天色并没有越来越暗，但那说明不了什么，现在是六月，晚上十点以前都有亮光。

　　阿诺德·埃夫里虽然不清楚他中弹的个中底里，但他失去知觉很长时间，没有听见二等兵加里·拉姆斯登军事生涯骤然而几乎是必然结束的非常微弱和愤怒的叫喊声。

33

斯蒂文眼睛瞪着他什么也看不见的黑黢黢的天花板,凝神听着朱德叔叔和他的妈妈争吵。

他听不清那些话,但是有个人的声调使他非常紧张,他的两只耳朵也感到非常刺痛。

她很生气。斯蒂文不知道她为什么要生气。他的脑子疾速转动,费劲儿地估计前一天的情况,正当他一心想把事情抖落清楚的那一刻,情况发生了变化。有情况。有情况。事情发生了。肯定有情况!因为昨天夜里,他就像这样睁眼躺着,凝视着一片漆黑,听到他们正在性交的响声。他是从他和刘易斯上个学期的假期中观看的一张 DVD 碟片里听到这种声音的。是安吉利娜·朱莉在 DVD 里发出的声音。弄事儿是在被单底下,所以整个性交过程中没有一丝有效的亮光。他和刘易斯脸红心跳地瞪着荧光屏,一直到把戏演完都不敢说话或者互相看上一眼。DVD 看完后,刘易斯说,"我要给她一次。"多余的喜悦。

不过,朱德叔叔和他的妈妈两个人的性交是在昨天晚上。今天晚上是吵架。朱德叔叔大部分时间都是沉默不语,偶尔防守一下。他的妈妈厉害无比,冷酷无情。他对她义愤填膺,想跑到隔壁门口对她尖叫一声,让她停下。停止吵架,停止伤害,停止当这么一名……这么一名——日屄的猖妇!

他手指疼痛,他意识到他的手指抓着羽绒被的被头抓得太紧了,手指僵硬,不住地颤抖——就像他身体的其他部分一样。他呼出一口气,想放松放松。

"朱德叔叔要走吗?"

斯蒂文一下跳了起来。"闭嘴,戴维!"

"你闭嘴!"

斯蒂文真的闭嘴了,想要听一听这场吵架怎么结束,但是不再有声音了。

"我不想让朱德叔叔走。"戴维的声音令人烦躁,嘴噘脸吊,反而使斯蒂文很生气,斯蒂文也受了相同情绪的影响,所以他什么也没说,咬着嘴唇,勉强闭上了他愤怒的双眼,直到他睁开眼睛,发现已经到了早上了。

夜里的某个时候,朱德叔叔走了。

斯蒂文不顾季节,拖着两条沉重的腿和冰凉的脚无精打采地走下楼去。

下到楼梯的一半,他看到了门口地垫上的那个紫色的长方形的东西。

在楼梯底下的旁边,他看到那是一张明信片,把它拾起来一看,是一张紫色欧石南的照片。

斯蒂文将它翻过来时,心一下子跳到了嗓子眼,血开始往嗓子眼涌,使他的整个脖子突突作痛。

与他们以往的书信相比,这张 6×4 英寸的明信片上有众多的信息。

有埃克斯穆尔高地的边界,被一条缓冲线减少了熟悉程度。DB 应该在那里。SL 是他揭露埃夫里的地方。在两者之间是一个距离不长的辐射状线的奇怪的圆圈,如同费莱尔·塔克发型的开阔视野,包围着字首 WP,只有一个词:

黑土地

斯蒂文吃不下饭,他绝不认为这种事情是有可能的。这并不是因为他不饿,这是因为他的脑子里想的事情太多了,想法多得脑子里装不下了,猛捣他的嘴,捣他的喉咙,捣他的胸口,甚至一直捣到他的胃里,一条愤怒的飞旋希望之河和白浪涛涛的恐惧使他没有地方吃下东西。

他一看到埃夫里的指南方向,第一个想法就是如何迅速把他自己探求的目标从脑子里抹掉。朱德叔叔的回来、那片菜地、刘易斯、货真价实的玛氏巧克力棒,这些东西——这些平常的东西——把比利舅舅一天天挤出了他的意识之中,挤入了他心后面的一个角落。

然而,这张带来了比利舅舅的明信片又使他产生了一阵过去了的愧疚和新的希望。

刹时间，他又来电了，浑身充满了活力，思想集中起来了。

他忘记了洗脸、穿衣和刷牙，但是这些事情肯定都发生过，因为他来到餐桌旁，眉毛没有扬起来。

戴维很苦恼，他的妈妈用她一只吃力的手和紧闭的嘴巴切掉了他们的三明治，而奶奶对她女儿爱情生活的话题一反常态地缄口不言了。不过，斯蒂文在最微不足道和神思恍惚的状态下察觉到了这些事情。

我知道比利舅舅埋到哪里了！

当他的奶奶用呆滞的目光定定地看他的时候，他几乎想把这句话大声地喊出来。

"把黄油递给你弟弟。"

斯蒂文把黄油递过去，突然心生肯定，别人可能先找到了比利舅舅。

既然他有了埃夫里的地图，事情看来是很明显了！黑土地！当然了！他从自己卧室的窗户几乎能够看见黑土地，那么近啊！

就连刘易斯都曾经想到过黑土地了啊。"下次我来帮忙，我要在黑地土上挖……"

为什么要阻止别人挖黑土地啊？

有个人今天不必去上学吗？

有人会在他的前头赶到黑土地吗？

有人要推开机会之门，他的人生就会从这次发现中得到改变，而不是他的人生得到改变，使他在他的奶奶和他的妈妈两人之间陷入困境，而他自己的尿还渍在昏暗和水汪汪的地毯上呐。当他心里的一切事情压出来，压到他的嗓子眼和他的肠道的时候，斯蒂文变得不寒而栗，感到他的腰部空了。

他从桌子旁站起来,弄出了刺耳的磨擦声。

"你要到哪儿去?"

"学校。"

"你没有吃饭。"

"我不饿。"

莱蒂看起来好像要在这个问题上挑起争端,然后用保鲜膜狠狠地把他的三明治包起来,砰地一声把三明治扔进了他的午餐盒里,没有巧克力棒。

斯蒂文不在乎。巧克力棒是小孩子们吃的东西,今天他长大了,不吃那种东西了。他也许不知道性交是怎么回事儿,两性的肉体关系是如何产生的,但是在傍晚以前他希望他的家庭会是一个整体,而不是这种令他六神不安和伤心的名声败坏、家庭几乎破碎的状况。

斯蒂文对他的妈妈、戴维和奶奶逐个看了一眼——他们全都没有意识到他要改变他们的人生。

他转身离去,但仅仅走了两步,他的妈妈便厉声说:"等等你的弟弟。"

于是,斯蒂文不能去挖一个被谋杀了的孩子的尸体了,而是必须等着他的弟弟,送他去学校,然后才能直接去上重演历史课,在课堂上,洛夫乔伊先生让他们绘画金字塔的横断面,展示埃及人采用确保他们的祖先几千年尚不为人所知和未被干扰的所有深藏而秘密的方法。

斯蒂文还没有学习反语的意思,当反语在他面前出现,你就是在他脸上扇他一记耳光,他还是不懂得反语的意思。

一整天,他感到好像在不断尖叫似的。

34

星期五,阿诺德·埃夫里的胳膊一整天不断地流血。

他不时感到头昏眼花,但搞不清楚这是不是失血或者樱桃杏味果酱馅饼糖份很快消失了的原因。

星期四晚上,他开始走路,一直走到天黑,然后想睡觉,但是寒冷袭人,没有人能够睡着觉。他弯着腰坐了一个小时之后,牙齿不住地打战,裹着太小的绿色卡迪根式对襟毛衣,站起来在黑暗之中继续上路,虽然走得较慢,但起码是正在走路。

可能会更加糟糕,他暗忖。天可能要下雨。

他走走路感觉好多了。在他的明信片到达以前,他必须赶到埃克斯穆尔高地。他想寻找 WP,没有 WP,他感到厌烦透顶。

星期五凌晨,在大约朱德叔叔拾起他的卡车钥匙为了不惊醒斯蒂文和戴维悄悄离开的同一时间，埃夫里到达了塔维斯托克，偷了一辆小汽车。

这件事情惊人的容易。

他发现几辆小汽车停在各家的停车道上，车门都没有锁。那里对你来说是农村，他一边想一边把两只手伸进车里和汽车仪表盘上的小储藏柜里乱摸一气。

一个停车道上有一辆有磨损痕迹的宝马停在一辆小红日产后盖箱的后面。后盖箱挡风玻璃上方的遮阳板底下有几把钥匙。钥匙只拧了一圈，汽车发动了，宝马车挡住了他对面的出口，埃夫里把汽车猛地一颠，打了一个L型的弧线穿过前面的草坪，闯过象征性的栅栏，汽车的后盖箱都被扇了起来。

霎时间，他一直向北驶去，在座位上弓着腰像一个蜘蛛似的调整成一个小老太太的姿式趴在方向盘上，他的双膝猛地往前一伸，心脏与高速运转的发动机同时跳动，于是，由于某种惊慌失措的原因，他挂不上三档。

在一个路边停车区，他把座位调整到一个更舒服的位置，在小汽车里搜寻东西。后座位上有一本儿童图画书——《奇特又奇妙的毛鼻袋熊》和一盒纸巾。汽车后部的行李箱里有一个工具箱，里面有一条亚麻绳子和一塑料袋妇女杂志。他把杂志从袋子里取出来，将那条亚麻绳子放进袋子里，随手把车轮螺帽扳手也放了进去。他快要把行李箱关上的时候，又探身拿出了一本《四海为家者》。他也许要等很长时间。

他关上行李箱后，头昏目眩，筋疲力尽，不能自持。他费了很大的力气回到汽车里，用钥匙寻找发动机点火开关，但他最后还是打着了火。他把日产车开出公路，在一系列无序的背街小巷里高速行驶，直到在一个树篱后面的一块空地上才停了下来。

然后，他爬到后座，睡着了。

他醒来后，已经快到黄昏了，他感到好多了。他的胳膊仍然感到刺痛，但已经完全停止流血。他的衬衣袖子粘到了胳膊上，但他只有让它粘在胳膊上。

他喝了很多水，吃了一块奶酪西红柿三明治，畅畅快快地在树篱上尿了一泡，享受着下午的习习微风吹拂着他的阴茎的感觉。这里如同自由王国一般。

有了精神，阿诺德·埃夫里又出发了，这一次，他在日产米克拉的变速器上洋洋自得地变换着各种挡位。没有发动机使出很大劲的尖叫声，他的心跳减缓到了正常的速度，他也可以再清清楚楚地想问题了。

他尽量不去想他有什么样的很快到来的将来。这个问题太分心了，太令人激动了。

然而，他却一心把注意力集中到了重新学习驾驶上，集中在不时拍打乘客座位窗户的灌木树篱发出的气味上，集中到呈现在各个拐弯处最令人难忘的景象的马路上光滑的黑色隔离带上。

真是令人心潮澎湃啊。

只是在眼下。

35

星期六拂晓时,静谧无声。大雾弥漫,声音尽失。

斯蒂文醒来了。他已经醒来几个小时了。

他感到恶心,感到高兴,感到肚子里有许多蝴蝶在飞,感到两个膝盖有针扎的感觉,使他的两条腿跳动着想要奔跑。向黑土地的那条小径奔跑,对那死去的男孩儿——比利舅舅的尸体立桩标明土地所有权。

他又一次感到恶心——这一次恶心得他跑到卫生间的抽水马桶上弯着腰干呕了一会儿,什么也没有呕吐出来。他在马桶里吐吐沫,但没有冲水,以免把家里人惊醒。

他穿上了他最喜爱的衣服。他最好的袜子磨烂了——然而他一直没能自己拿出来把它扔掉——但别的所有衣服也都是他最喜欢的。

他的妈妈在义卖商店买到的李维斯牛仔裤，仍然是深蓝色的，不耐磨，把他的屁股包得紧紧的；背上印有"8号"的红色利物浦衬衫，衬衫的上部用白色印着他自己的名字，这是两年以前的一个生日礼物。奶奶买的衬衫，他们去巴恩斯达帕尔的时候莱蒂出钱印的字，号码是十英镑，每个字母两英镑。她开玩笑说，他们没有起名叫拉姆比诺夫斯基已经很幸运了，他们全都哈哈大笑起来——尽管戴维不知道他笑什么。

斯蒂文穿上衣服时（干净的内裤和所有衣服），觉得有点儿手足无措，这些是他的发现公布于众后他为报纸拍照片才要穿的衣服。

这是他作为后代，多么希望的事情啊。

他朝窗外看去。薄雾弥漫，但他辨认不清薄雾后面太阳正在放射光芒。不到晌午，太阳就会将薄雾驱散。也许吧。他随便把他新的汽车行李箱旧货销售推买来的带兜帽厚夹克衫的两条袖子系在腰上。这是去沼泽地，你可千万别忘了。

他在楼下做了一个紫莓酱三明治，自己精心地把三明治弄好，又把三明治和水瓶放进他的兜帽夹克衫的口袋里，感觉它们摇碰着他的大腿后部。

在花园中的外面，空气滞重，天空朦胧，薄雾白茫，大地静谧。斯蒂文听到了兰德尔家的淋浴声，更清晰的声音是霍金夫人正在唱着一首柔曼且走调的什么歌曲——声音被空气中的水汽降低了，但仍然通过树篱、栅栏和五个花园的灌木林流畅地传入了他的耳朵。

他拾起铁锹时弄出一个磨擦水泥地动听的刮擦声，好像是在静止的空气中响起的一声很大的"当"一般。

斯蒂文已经计划带着他的铁锹出发，但他却先去了菜地，走在花园的路上，一想起朱德叔叔走了，他愁肠百结，但是一走到菜地，他便转忧为喜。就在两三天以前,他们弥补了损失,而且把损失弥补得很好。他仍然能够看见土垄上朱德叔叔的脚印,仍然可以看到他抢救幼苗时压在黑土地上的手指印。朱德叔叔的痕迹尚在,纵然他自己的痕迹不在都无所谓。

斯蒂文看到了刘易斯现在仍然留在他心里的有负信赖的证据,他下意识地朝刘易斯家的屋后看了一眼——下意识地朝刘易斯卧室的窗户看了一眼——而且下意识地看了一眼那里的动静,好像一张脸迅速地从玻璃的黑色倒影那边撤回去了似的。刘易斯?也许。薄雾使一切都令人生疑。斯蒂文望了望,但什么都没有重新出现,他像一个老兵非常老练、毫不费力地把铁锹扛在肩上,转身走出了菜地。

他走回房子又穿过房子时,听到了他奶奶在楼上的响动——用她老太太的手指捂住嘴制止小声的咳嗽,以及她白皙的穿着拖鞋的脚踩在地板上发出的嘎吱嘎吱的响声。一想到就这样离开她——自打他认识她以来她一直就是这样——而且对人的态度焕然一新,令人高兴又使他心痛,因为事情很快就要结束了。

斯蒂文尽量小心不让他的铁锹碰上东西发出响声,他离开屋子拉开前门,轻轻地在身后把门关上。

他快走到台阶上时,刘易斯撵上了他。

刘易斯气喘吁吁,斯蒂文不知道对他说什么,有点儿茫然不知所措,于是他俩便站了一会儿,面对面,默默无语,在尴尬之中感到局促不安。

末了,刘易斯瞥了一眼铁锹,说:"要帮忙吗?"

斯蒂文想带着情绪大喊一声"不",但他一张开嘴,却说:"我认为挖掘不是你的事情。"

刘易斯急切地点点头,从防雨服的口袋里掏出一个塑料袋。这是折成一种长方形的东西,大概是一个三明治。斯蒂文没有问袋子里面装的是什么,而刘易斯也没有主动说出,他们两个人心明如镜,他们只能在工作之中才能吃它。

"那好吧。"

斯蒂文上了台阶,台阶被薄雾打得湿滑,刘易斯紧跟其后。

两个孩子举步维艰地爬上小山往沼泽地走的时候,天还没有大亮,他们在村庄上方五十码快速穿过晨雾,微风佛过海面,越过太阳时,他俩又被薄雾笼罩。

还不算坏,斯蒂文估计他们能够看见前面二十或者三十英尺的地方。他知道,穿过薄雾后的天空是温暖的。由于罕见的温和气候的原因,欧石南和荆豆慢慢绽放出一丛丛紫色和黄色的花蕾。

刘易斯把三明治给斯蒂文看过以后,不想麻烦把三明治放起来,便三下五除二先吃了起来,吃了好的那一半之后,他又小心翼翼地把不好的那一半包了起来。

往小径又走了两百码,他又吃掉了不好的一半。

在岔路口,斯蒂文往右拐到一幢幢房子的后面,而不是通常的左边,刘易斯自从在台阶上到现在,第一次开口说话。

"你要去哪儿?"

"黑土地"

"为什么?"

"为了挖掘。"

"我……"

刘易斯咬住他的嘴唇,发出吱吱的声音,但是"这样给你说吧"这句话悬挂在了潮湿的空气之中。没关系。斯蒂文欣赏意愿行为,刘易斯已然忍受了没有流露出来的嘲笑。他们在沉默之中走着，此时，天空放亮，怯生生的鸟儿终于掌握了黎明大合唱的窍门。

他俩快走到黑土地时，斯蒂文脑海里又浮现出那张明信片的情景。他把那张明信片装在了他的屁股口袋里了，但他不想在刘易斯的面前把他拿出来，然后不得不解释事情。

他从地理课上知道了佛莱尔·塔克发型的标志是什么意思——它指的是地面上的一座山丘，而且他还确切地知道那个山丘的位置，那山丘看起来与邓克利·比肯上的乱坟岗很相像——离家较近。想到这儿，斯蒂文停住脚步回头朝希普考特村看去。希普考特村看不见——仍然笼罩在下面的雾霭之中和他们的身后。

又过了十五分钟，他们走到了黑土地的土岗，斯蒂文又转过了身子，俯瞰着沼泽地，村子就位于那里。

"你干吗老是停下来？"

斯蒂文没有回答刘易斯。他瞥了一眼他们头顶上的土岗，想起了地图，想起了他曾经非常绝望地看到的那几个字首所处的位置。

他开始围着土岗，稍稍弯曲地穿过欧石南，刘易斯跟在他的后面。花上的露水很多，他俩的牛仔裤很快就湿了。

刘易斯浑身打战，斯蒂文停下来测了方位。

在这里，大概是在这里。

斯蒂文几乎不敢相信，经过几年漫无目的的挖掘之后，根据内部消息他就要把真正的精力投入到这项工作了。当然，还有一大片土地没有挖过——大概有半英亩——然而与整个埃克斯穆尔高地比起来，半英亩微不足道。就是这个地方。这里的某个地方，阿诺德·埃夫里把他从来没有见过的舅舅埋葬了，现在他要开始真正找出他的工作了。斯蒂文不在乎这项工作会花费他多长时间，什么也不能阻止他让比利舅舅回到他的家里。

决不是感到激动和自鸣得意，一想到就要成功了，他突然感到莫大的悲伤。他又一次向茫茫雾海看去，知道——在一个晴天——他能够看见他家的房子，比利舅舅一直被埋在他自己的后院视线以内的地方啊。他心碎的妈妈，看到电视指向延绵数英里的欧石南和荆豆的搜寻者们，一定会向卧室窗外的后面看去，而且能够看到她儿子的浅墓。

斯蒂文浑身打了个激灵，从希普考特村转过身来。

"冷吗？"刘易斯用锐利的目光凝视着他。

"不冷"。

"那么，我们准备挖哪里？"

"这里，我想。"

斯蒂文慢慢转了一个圆圈，选择了一个点——突然停了下来。

从他们上面不到二十英尺的一片白色的欧石南中，有一个人正在监视着他们的一举一动。

斯蒂文大吃一惊，浑身打了个激灵。

接着，这个激灵还没有打完，他便一眼认出了阿诺德·埃夫里，在震惊中拉了一下裤子。

36

埃夫里在刚过凌晨五点钟就到达了希普考特村。

不像百德福镇、巴恩斯达帕尔镇和南莫尔顿镇，希普考特村几乎没有什么变化。没有新的道路规划，没有小转盘式的交叉路口，没有道路单向行驶系统。当他绕来绕去，退来退去，来到感觉像是从不同的方面走了十几次的小镇广场时，巴恩斯达帕尔的那条路已经他妈的让他在夜里不知不觉走了几乎一半。

最后，他在一家报刊经销店停下，穿上那件绿色卡迪根式对襟毛线衣遮住他衣袖上的血迹，买了一份《每日镜报》，寻问了方向。

然后，他回到小汽车上，凝视着头版上标题底下的人物：儿童杀手在逃跑中。照片很小，不清晰，他过去常常在利弗医生夹在夹子里的资料中看到。在他们第一次庭审的时候，利弗医生亲自拍了那张照片，由于利弗医生的照相技术有许多地方需要加以改进，他便聪明地投入了变态精神病学这一行。

阿诺德·埃夫里因为没有行为能力已经不止一次感谢上帝了，但是他却感到痛心疾首。是他错过了机会了吗？如果他今天上了头版，那么想必他昨天肯定没有上报纸吧？也许SL知道他跑出来了，或者受到警告不要离开家里。

他消除了绝望，那种想法在他心里发出点点亮光，在后视镜中检查了一下自己的脸。他看起来就像《镜报》头版上的那张照片似的有点儿模糊不清，即使它看上去是一模一样的人，大多数人也不会留心的。埃夫里想起来从前——想起来他始终是会被人截住的，要是人们保持把眼睛睁开，双方建立起一种关系，相信他们的胆量，该多好啊。

没有人睁开眼睛看着他，有时候他感到什么也看不见。

他在许多纵横交错的新建公路中往北德文郡绕了一圈，他的汽油不多了，他把汽车开进了一家加油站。他一边不断笨拙吃力地按各种按钮开关拉水龙带和多种选择，一边准备了一个法语的托词。但是，收费窗口睡眼惺忪的服务生几乎连看都不看他一眼，省略了埃夫里的一个微笑、一个谎言和糟糕的口音。

一旦他到了希普考特村，他就确切地知道他准备去哪儿了。

他把车开过雅各比先生的商店，注意到那商店现在成了一个斯巴食品连锁店了。全球化进驻了埃克斯穆尔高地，他暗忖道，狞笑了一声。商店还没有开门，一捆捆的报纸撂在外面，等待分类出售，这样希普考特的居民手里就会有他不清晰的脸，对他进行防范了。

他穿过正在沉睡的村庄，拐进一条死胡同，注意到他在巴恩斯达帕尔路，正当他放慢速度前行，费力地偷看一家家房屋的时候，他的心脏开始快速跳动。房屋的颜色在黎明晦暗的灰色中被街灯的钠光照射，变成了淡粉黄色。

109号……110号……111号。

埃夫里把汽车停下，嫌麻烦没有停在路缘，注视着SL住的那幢房子。

许多年以前，他玩过扑克。他不会打，心情紧张地输了一把，丢了丑。但是，要是现在他拿上一对A，就能知道桌子上另外两个人的牌是什么，他开始浑身战栗。这就是他明白了为什么现在迅速穿过他的双手、他的两个肩膀、从脸颊到嘴唇发抖的原因，这是一件好事情。他有一只战无不胜的手。

小汽车没有熄火，埃夫里注视着破旧的小房屋黑暗的窗户，想象着SL在里面睡觉的情形，想象着爬上楼梯，无声无息地打开每一个卧室的门，就能看到居住者，直到他发现SL不防备而虚弱地躺着，任凭自己摆布……

埃夫里哭了，猛地一下收回了他的想象。他离得太近了，回不到现实中来，不能在冥想中浪费精力了。假如事情闹到不可收拾的地步，那就悔之晚矣，也许他就得回到巴恩斯达帕尔路111号冒险了。但是眼下……结束他上帝赐予的爱好这一自然萦绕心头的恐惧沉重地压在他的心头，使他一直趴在方向盘的后面，他也许因此可能要在马路边上冒险，在窄窄的人行道上冒险，在一扇打开的窗户底下冒险……

那个失去控制的失败一直在他的心头萦绕了十八年，他不会重犯那次错误了。

他迅速从村子的后面离开，驶过一块农田进入小径，离开村子两三百码。这里杂草茂盛，他通过三次之后才发现是穿过树篱拐入了黑暗的洞穴通道。米克拉颠簸行驶，发出吱吱的尖叫声穿过草地和沼穴，当汽车的油漆表面被黑霉灌木丛和黑刺李擦刮损毁时，它在一声声抗议中发出刺耳的尖叫声。

这时，他不能把车开得更远了，埃夫里拿着他的新补给袋下了车，把一瓶水和几个奶酪番茄三明治装进袋子里，往沼泽地走去。

他立即受到了由饱含晶莹露珠的欧石南和他想着怀里抱着一个分量不重的小男孩儿构成的一个感觉上的沉重压力的打击。两方面的攻击使他一时间兴奋得眩晕无力，他不得不停下来，俯下身子，将两只手放在膝盖上，直到喘气渐渐平缓下来。

他必须保持注意力集中。埃夫里对他的未来不抱任何幻想。他清楚他不能逃亡很长时间——尤其是他拟订了计划之后。那时，他拼命干活，为他的合法释放等了那么长的时间，他没有逃亡生活的经验——或者希望有逃亡生活的经验。事件发生以后，他的人生实际上已经结束了。他现在的唯一目的是尽可能长时间地保持克制，使他逃向自由王国是值得去做的。

慢慢地，他感到那股激动劲儿平息下来了，而且他也恢复了那种克制力。他知道他必须提高警惕，一个人在沼泽地上激动几乎是无法抗拒的。把这条长满了杂草的小径的记忆与摆在将来的可能性联系起来，埃夫里用了十足的力气保持镇静使他出了一身汗。他的胳膊感到刺痛，皮开肉绽的神秘沟槽里疼痛难忍，他感到有点儿头昏眼花，但他对此置之不理；他认为情况看起来比应有的还要糟糕，即使他错了也没关系，胳膊的疼痛阻止不了他，什么也阻止不了他。

他又开始上山了。他的思绪嘈杂地猛烈撞击着他脑子里被烟熏黑的玻璃窗，冒死也要获得自由，冒死也要像猞猁狂吠的小狗一样向前猛冲。埃夫里快要被吵闹得耳聋了，他深深呼了一口气，开始从 1000 倒数。

982……981……980……989……

他停下来，又从头开始数。

于是，埃夫里把全部精力投入到数到正确的数字之中，到达黑土地的一路上千方百计保持克制。

他易如反掌地发现了那个土堆。

下面的峡谷之中雾霭蒸腾，希普考特村被笼罩其中，然而这里却是天空晴朗，也许很快就会阳光明媚。

黑夜终于消失了，留下一个太阳从地平线上懒洋洋地爬出来的惨淡、苍凉的天空。

埃夫里爬到土堆顶上向下俯瞰。

他激动得热血沸腾，把他的指关节握得发白，用拳头用力压住他的大腿，保持一会儿清醒的头脑。

他不敢肯定他是否能够保持清醒的头脑。

他呜呜地哭了，咬住嘴唇。他的呼吸在胸中参差不齐，他的心跳在耳朵和鼻窦里声音很大。

就在这里。他就在这里。一个他认为他也许永远不再来的地方。一切都是值得的。假如他们现在向他发起猛攻，把他从沼泽地赶到一张火床上，那也是值得的——只管站在这儿，闻着湿漉漉的欧石南和欧石南下面潮湿泥土的味道。

埃夫里舔了舔嘴唇渗入嘴里的血。他不知道如何阻止他的脑子快要爆炸的不幸，但他知道他必须阻止。只要他能够好转，他希望这种情绪一直持续下去，他知道如果他非常非常幸运的话，这种情况终究会得到好转的。

但是就在现在，他必须对事态进行遏制，他必须控制局面。

他紧闭双眼，抹去不可抗拒的视觉兴奋。

别见鬼！

别见鬼！

别见鬼！

呜呜哭泣，不停地出汗，浑身剧烈发抖，埃夫里在埃克斯穆尔高地上和他自己的身上慢慢重新夺回了控制权。

他哭得越来越弱，停止了每次呼吸的大口喘气，他的双拳松开了，掌心像微小的圣伤痕（状如耶稣在十字架上被钉死后身上留下的伤痕）似的半月形裂口。

他感到黎明的空气充满了他的全身，突然恢复了活力和镇静。太阳带着殷切的希望使他浑身打战，这时，第一只云雀向他歌唱赞美之歌。

他终于睁开了双眼，感到像神灵一样。

镇静，忍耐，克制。

力量强大，报仇心切。

他在一片潮湿的白色欧石南中铺上一个塑料袋，轻轻坐下来，感觉那沼泽地像一个老情人似的拥抱着他。

一个小时之后，两个男孩儿穿过薄雾起身向他走来，埃夫里的两只眼睛被这美不胜收的景象弄得模糊不清。

他俩像天使一样从云中出现，所以他应该欢迎他们进入天堂。

37

"你好!"刘易斯说。

"你好!"连环杀手阿诺德·埃夫里说。

斯蒂文什么都没有说。他能说什么呢？嗨，刘易斯，别跟他说话——他谋杀了我的比利舅舅……

斯蒂文这会儿说任何话都需要许多情况说明，都会招自刘易斯的许许多多的提问，那样的话，他就不能正确地思考问题了。有件事情提醒他，这在他的人生中是一个关键时刻，这个时候的正确思考将会是有判断力的。

他几乎已经把自己暴露了，在埃夫里还没有来得及看见他脸上露出震惊的表情的时候，他已经及时地把脸扭过去朝欧石南看去。

现在，他用眼睛凝视着沼泽地，除了报纸上死去的孩子们以外他什么也没有看见，斯蒂文的脑子在毫无意义的重叠圆圈里转来转去，真是一幅纵横交错的用圆表示集与集之间关系的思维图啊。这又能怎么样？这是不可能的。阿诺德·埃夫里在监狱里，不在这儿。这里是斯蒂文应该来的地方，而不是埃夫里应该来的地方。疯了要比逃跑的可能性大得多，这一想法在他的脑子里闪现———一种梦幻，一种药物引起的幻觉，一种好莱坞式的身体交流，一个真实的电视秀对正在遭遇十足的噩梦的两个孩子的反应力进行了判断。在他产生了逃跑的想法并六神不安地在此作出定论之后，时间过了半秒钟，感觉就像是过了半生似的。这是最糟糕的选择。

一阵狂热的兴奋渐渐降到了可控制的程度。他的呼吸还是不够正常，但至少不会把自己埋在沼泽地里。他回头看了一眼埃夫里，绝对是他。他在这个问题上严格地扪心自问——希望已经犯了错误——但他最终还是肯定无疑。斯蒂文认为局势和时机使他准备好要认识这个杀手，尽管埃夫里是他希望见到的最后一个人。

但是，他有空子：埃夫里不认识斯蒂文，因此没有理由认为斯蒂文会认识他。如果他要保持这个空子，他必须举止正常。

斯蒂文全身战栗深呼一口气，强迫自己的头往后转去，向那个完全真实的人眨了眨眼睛，他充满了他的生活那么长时间，就正这里，坐在一圈超凡脱俗的白色欧石南上面，前臂时不时地在膝盖上搁一下，牛仔裤从他的劳动靴子上提起，这使斯蒂文能够看到他廉价的蓝色卡通短袜。

他盯视着埃夫里的一双短袜，产生了一种惊羡的奇怪感觉。

袜子如此普通，如此俗气。在早上穿短袜的人怎么能是一个连环杀手呢？短袜不结实，而且充满危险。短袜很令人可笑，不过是一副脚套嘛，那就是短袜的功能。短袜是由你的脚趾做成的一个小的球形突出物的铰链,成为两个滑稽的袜子木偶。想必穿短袜的任何人对他或者对别人都不会是一个真正的威胁吧?

斯蒂文意识到他在凝视短袜的时候他们两个人都在看着他。刘易斯一脸迷惑不解的表情,埃夫里抬了抬一边顽皮的眉毛向他示意,好像他俩在分享一个秘密似的。

他们当然要做这样的表情了。

斯蒂文脸红了,他必须举止正常。一旦埃夫里看出斯蒂文知道他是什么人……

斯蒂文没有想完,这太吓人了。

沉默在他们俩人之间是一件很自然的事情。埃夫里过去常常沉默不语,斯蒂文直到有了可能要说话的某种想法才愿意打破沉默。

那么,就剩下刘易斯带头了,和平时一样。

"天气不错啊。"徒步者们常年爱说的话。

埃夫里慢慢点点头。"到目前为止。"

斯蒂文浑身打了个冷战,刘易斯对他皱了皱眉头,仿佛是说斯蒂文无论如何让朋友感到难堪了似的。

"我们准备挖掘。"刘易斯主动说,用他的下巴朝斯蒂文的铁锹努了努。

"啊,是吗?"埃夫里冷冷地问道,"干吗?"

刘易斯的不打自招使自己走投无路。无论在哪一天他都会对陌生人招供的,斯蒂文心里清楚。他会胡说一通,然后再观察那陌生人的反应,如果对方肃然起敬,刘易斯对接头就会有功劳,如若对方感到厌恶,刘易斯就会转动着眼珠子,蓦地一下向他竖起一个大拇指。

但是,由于这是他俩第一次共下赌注——因为他们的关系发生了奇怪和无言的转移——刘易斯似乎不敢肯定是否暴露他们真实的目的。

刘易斯看了看斯蒂文，惊奇地发现他的朋友脸色比平时更苍白，斯蒂文看样子是病了。但是不管怎么说，现在举起谈话接力棒的是斯蒂文。

"兰花。"

埃夫里又扬了一下眉毛。这一次，刘易斯几乎要加入他了。斯蒂文对此置之不理，"把兰花卖给园艺中心。"

埃夫里谨慎地看着他，"那不是非法的吗？"

"是的。"

刘易斯向斯蒂文投去一个忧虑的目光，然后又向那个人投去一个忧虑的目光，但是那个人看起来并没有被这个惊人的真相搞得非常担心。

实际上，他耸了一下肩，几乎笑了一下——仅仅在短暂地露了一下他突出的牙齿尖后，就被他紫红色的嘴唇收回去了。

"啊，这样很好。"他说。

又出现了一大块时间的沉默。

"这儿附近有吗？"

"有什么？"刘易斯说。

"有——"埃夫里彬彬有礼地清了清嗓子，把他的拳头放在嘴前面，"兰花。"

刘易斯瞟了斯蒂文一眼，他把兰花拉进了这个话题——他确实也能再把兰花杀出局。

"没有，"斯蒂文说，往地上扫了一眼，"我们该走了。"

"别走。"

两个男孩儿抬头看着他。刘易斯认为那很奇怪——像那样说"别走"。在沼泽地碰上的大部分人都不会等到你走了,消失了,再恢复他们美好孤独的幻想。但是这个人说"别走",好像他实在不想让他们离开似的。

刘易斯不是一个敏感的孩子,但他正好感到身上隐约发痒,暗示他事情很不对头。

阿诺德·埃夫里马上认出了 SL——认出了他的模样——从照片上看到的。

现在,SL 就站在他面前,把他的连帽厚夹克衫系在他惠比特犬似的瘦腰上,瘦骨嶙峋的双臂从一件红色体恤上伸出来,一头黑发,家里剪的破头发,身体微微转过去不看他。

他 T 恤衫的后背上有个词 LAMB(拉姆)。这孩子的名字叫 S. Lamb(拉姆)。

拉姆。

他忍不住哈哈大笑起来。

现在 S. Lamb 和他身体比较强壮的朋友两个人都在看着他,因为他用那种愚蠢和穷困潦倒的方式说了"别走"这句话。

梅森·丁格尔和一个嚎啕大哭的孩子在他脑子里一闪而过。埃夫里对自己很生气,但他克制住了恼怒,所以不会流露出来。

他必须谨慎,他们有两个人,S. Lamb 有一把铁锹扛在肩上,他俩比大部分其他孩子年龄要大,比他记得的那些孩子个子要高。他说了一句"别走",他们两个人都惊奇地抬头看着他。

他必须小心谨慎。

他一定要微笑。

于是他照做了,而且看见那个孩子圆圆的脸,立即放松下来。他很招人喜欢。

S. Lamb 瞥了他一眼,但仍然显得憔悴警觉。可以理解,埃夫里暗忖——沼泽地里的一个陌生人嘛,一个男孩子就应该有警惕性。他对 SL 公开的怀疑感到自豪,对他被一个小男孩儿戏弄的方法感到高兴、起码他不是一个笨孩子。

"对不起,"他说,"我的名字叫蒂姆。"他特别看着那个个子比较高的男孩儿,直到他吃不消后,说:"我是刘易斯,他是斯蒂文。"

"很高兴见到你们。"

斯蒂文·拉姆。埃夫里只敢稍稍瞥一眼,对斯蒂文·拉姆点一下头,因为他不想在他的脑子里进行心理感应的图像传送——斯蒂文·拉姆的两个黑眼珠吓人地从他的眼窝里鼓凸出来的图像;他自己的手指掐住斯蒂文·拉姆细长的脖子,鲜血像间歇泉一样从他的两个眼窝里喷流出来的图像,除非因为特别的原因;一张带有 WP 旁边永远有 SL 字首的几乎不是但又令人啼笑皆非的埃克斯穆尔高地地图的图像。

"我有三明治。"埃夫里把亚麻绳递过去要勒死他们,又临时补充了一句:"如果你们想要的话。"

刘易斯的确想要。

斯蒂文注意到刘易斯在他自己和阿诺德·埃夫里之间距离很近。刘易斯伸手去接三明治的时候,他屏住了呼吸。刘易斯的手快要摸着埃夫里的手时,斯蒂文警告的大喊声在他的嗓子里卡住了。

除了刘易斯拿到一个三明治而外,一切都没有发生。斯蒂文如释重负地哼了一声。

埃夫里现在看着他,又拿出了另外一个三明治。

这就是三明治。现在是斯蒂文必须作出决定的时刻。接受杀手的三明治,或者把铁锹扔在一边,转身,跑回沼泽地,回家。

这又一次整个回到了巴恩斯达帕尔镇了。没有刘易斯,他本该可以跑了,给埃夫里个冷不防跑到他前面。这家伙有十五英尺远的距离,而且是坐着的。在他站起来开始跑以前,斯蒂文可以离开他三十码。他跑得很快,而且毫无疑问恐惧会使他跑得更快。

但是刘易斯怎么办?刘易斯正在吃那个人的三明治啊,如果他突然大喊一声,预先通知,然后跑掉,刘易斯会迷惑不解。他也不会跑的,而且,即使他真的跑了,他也不会认识到他是在逃命。这个逃跑行为会提醒埃夫里,斯蒂文已经认出了他。

即使埃夫里没有抓住他,他也肯定会抓住刘易斯的,斯蒂文不能把刘易斯留在一个连环杀手的手里。

斯蒂文对自己的愚蠢内疚得心里一阵刺痛。他给埃夫里设了一个圈套,他自己也掉进了这个圈套。现在,他感到要对刘易斯的安全也为他自己的安全负完全责任。

不行,跑不是一个选择。

于是,斯蒂文决定把他的双腿移动一下,迫使他的手伸出来,当他从那个他现在知道计划杀他的人手里接过三明治的时候,命令他的嘴唇含糊不清地说声"谢谢你"。

38

　　三明治是奶酪番茄的。斯蒂文咬了第一口，嚼了嚼，无论如何也要咽下去，他不想激怒埃夫里。

　　刘易斯的防范意识现在很差，他又在吃了。他把沼泽地的有关情况告诉了埃夫里——编造了他自己也弄不清楚的情况——埃夫里一边听一边点头，问了几个相关的问题。

　　斯蒂文隐隐约约注意到刘易斯在埃夫里的关注下颇感得意。斯蒂文对埃夫里使刘易斯感到轻松、变得健谈的无拘无束觉得很不舒服。

　　但是他大部分——全部重要的部分——是脑子里正在翻腾着一百万个闪现的印象：一张地图上用圆珠笔画的十字标，一个乳白像素的龅牙，在昏暗的蓝色卧室里的莱哥拼图玩具空间站，泥土的味道，他口中留下的泥土味道，牙齿在羊下颌里晃动，他在嘴上饱含感情地说他正在穿越沼泽地，一脚踢进一个厢式货车洞开的车窗，他的奶奶正在等待，永远等待。

而且，这是最后在他脑子里停止疯狂旋转的图像。他的奶奶等待着比利，也等待着他。他很想结束她的苦难，但是他却将要把苦难弄得更加深重。阿诺德·埃夫里将要杀了他，之后，他的奶奶将会永远等待他们两个人，而他的妈妈会变成他的奶奶站在窗前，像奶奶一样等待，即使奶奶死了以后。

还有，戴维呢？戴维会发生什么事情？戴维不会常常没人管，但他就会没人管了，世界上再也没有爱他的人了。所有爱他的人都要死去了——或者跟死去了差不多。

斯蒂文感到心烦意乱。

他心乱如麻。操他妈的。他烦恼极了。他是一个愚蠢的他妈的。操他妈。

操他妈对他来说并不是一个受欢迎或者糟糕透了的词，但是眼下必须操他妈了。是什么使他认为他应该做这件事了呢？他那么愚蠢，活该被人谋杀，但他感到对奶奶、妈妈、戴维和刘易斯太不幸了。

末了，他突然想起来他来这儿干什么了。他一开始为什么着手这件事情。还有，他为什么现在不能离开……

一想起那个令人恐怖的真相，他不禁浑身战栗。

"冷吗？"

埃夫里一说话，斯蒂文猛地抽搐了一下，意识到他正在发抖。

"嗯。"他还把他的三明治抓得那么紧，手指都穿过了面包，他能够感到烦人的湿番茄在他的手指尖上就像黏泥似的。

"要衣服吗?"

埃夫里脱下淡绿色的卡迪根式开襟毛线衣,斯蒂文注意到这件毛衣与他奇特和呆滞的眼睛很相配。这双最后一次看到的眼睛,比利舅舅曾经也看到过。

他的喉咙发紧,他又做了一次努力后才可以挤出:"不。"

埃夫里镇定自若地凝视着他,斯蒂文看了看他一团糟的三明治,感到他的脸颊在审视的目光下变得发烫。

他从自己的眼角看到埃夫里的右手松开了卡迪根开襟毛衣,然后向他移动。他望着他自己的胳膊上起了一层鸡皮疙瘩,而后,那个人的手指在他的脸上轻轻碰了一下。

"你的脸上有黄油。"

斯蒂文的肚子鼓了一下,他轻轻打了个饱嗝,想起来他吃了番茄了。

想起了亚斯明·格雷戈莉星期二的短衬裤。

想起了报纸上含糊地提到过"体液"使埃夫里感到恶心的事情。

手在颤抖,已经有点儿想呕吐,斯蒂文打起精神又咬了一口三明治。

埃夫里收回他的手,用轻快的粉色舌头舔掉了他食指上的黄油。

"你的胳膊怎么啦?"

刘易斯在注视埃夫里撕烂的衬衣袖子上的血,他脱卡迪根开襟毛衣时暴露了血。埃夫里低头看了看血,感到一阵自我憎恶。他真是粗心大意啊!他在想什么啊?一想起他的胳膊他就感到头昏眼花,浑身无力。他并没有失去很多血,但这条胳膊现在比昨天还要刺痛。大概是胳膊感染了吧。这真是背运,背运啊。正当他想要——需要——从身体上也是从精神上达到他游戏的顶峰的时候啊。而现在这个脸上有雀斑的孩子正盯着血看——眼下只是好奇,但埃夫里知道好奇离怀疑、恐惧和逃跑只是一小步。

或者企图逃跑。

一转而想到企图逃跑,他心里便咧嘴笑了,从这个想法上聚集了精神力量。

"来这儿翻铁丝网被钩住了。"他对刘易斯说。

刘易斯慢慢点了点头。那个三明治使他忘记对埃夫里的担心了,但是现在他的嘴已经完成了它的工作,他的脑子又重新开始运转了——铁丝网的故事不是真的。尤其是沼泽地上没有铁丝网这件事情。农场周围有铁丝网,但他想不起来附近的哪条路到沼泽地有铁丝网,任何人在沼泽地上越过的东西不是石头就是木头台阶。

他站起来,把两只手在牛仔裤上抹了抹。

"谢谢了,老弟。"他说。说完,他看着斯蒂文:"我们该走了。"

斯蒂文嘴里嚼着,痛恨每一秒钟时间,然后又咽下了几大块三明治,双眼含泪。

"你走。"他说。

"嗯?"

"你走,"他迅速地说,之后,他恢复了勇气,"我要呆着。"

刘易斯发出一声迷惑不解的哈哈大笑,瞥了一眼埃夫里,埃夫里脸上带着一股奇怪的表情看着斯蒂文。

斯蒂文脸色煞白,两个颧骨一片通红,眼睛盯在三明治上。刘易斯注意到他在浑身发抖,他也注意到了斯蒂文正在吃的里面有番茄的三明治。他一边看着,斯蒂文又咬了一口,草率地把流出来的一点儿西红柿汁吸进了嘴里。

他的朋友很不正常。

"行啦,斯蒂夫!"他又哈哈大笑起来,但是这笑声在他耳朵里听起来很怪,他便停止不笑了,接着进入一阵气氛紧张的沉默。

他一直全神贯注地吃着他自己的三明治,但是现在他看见埃夫里两手之间正在捏着那件绿色的开襟毛衣,拧来拧去,要把毛衣捏碎,手指关节紧张得发白。他忐忑不安的隐约感觉变成了肚子疼痛。

"行了,你这个傻瓜。我很快就回来。"这当然不是真话,但刘易斯突然感觉急需回家。

斯蒂文把他剩下的三明治猛然扔向刘易斯,击中了他的胸部。

"见鬼,赶快走!见鬼,赶快走啊!"

刘易斯的眼睛惊愕地瞪得滚圆。他朝后退了一步。

斯蒂文站了起来,浑身发抖,而且拉近了他们两个人之间的距离。

"我知道你对花园做了什么事情。"

刘易斯的脸刷地一下红到了脖子根。"什……什么?"

"你听到我说的话了吧,我知道你做了什么事情了,你赶快滚开!"

斯蒂文用铁锹把在刘易斯的胸上推了一下,他往土堆后面踉跄了几步。斯蒂文撑上他,又推了他一把。刘易斯倒在了他后面的欧石南中,斯蒂文脸上突然出现了痛苦不堪的表情。他一把抓住刘易斯的肩膀,使劲儿把他提起来,但同时又推了他一把。刘易斯踉跄了一次,两次。斯蒂文对他尖声喊道:"我恨你!我他妈的恨你!赶快滚回家去!赶快走!"

一些三明治和唾沫从斯蒂文愤怒的嘴里吐向刘易斯。他迅速站了起来,斯蒂文又朝他扑了过去。这一次,刘易斯拔腿向小径跑去。

"你疯了?"他朝斯蒂文大声喊道,"你像疯了一样!"他又向那个人瞥了一眼——仿佛是寻求帮助似的。

"他疯了！"刘易斯大声喊道，但那个人根本不理他。他正在看着斯蒂文，他红红的，红红的嘴唇往后一缩，在倾力的咬合中露出了他尖利的白牙。不仅仅是斯蒂文的突然攻击，那种景象使刘易斯心里昏头转向地一怔，他突然觉得必须跑了。一定要跑，不能再呆一秒钟了。他突然想起早期的恐惧事件，于是大喊一声，仿佛受到了突然袭击似的——然后转身就跑。

斯蒂文看着他走了，感到他的生命之绳解开了，拖在他朋友身后的小径上，好像缠在他的脚后跟上，他自己留下无关紧要，但满腔的怒火和一些见鬼的番茄在他蠕动的胃里随意流动。

他感到埃夫里正在从他身后的小山上慢慢地走下来，湿漉漉的欧石南打湿了他的脚踝，一把匕首，一条绳子，一把手枪，做好了杀他的准备。

一阵震颤通遍了他的全身，他转过身子掉出了眼泪。

埃夫里没有走过来。

良久，他俩互相对视。斯蒂文用自己的手掌根抹掉了痛苦的眼泪，他感到非常奇怪的是允许自己认为埃夫里会把他和刘易斯的吵架归于他俩自己的事情，与他没有关系。这几乎好像使他心里的一块石头落了地，现在可以用很短的时间考虑他自己的行动了。那种冷漠的表情使他不寒而栗，但无论如何他对这种冷漠的表情都挥之不去——这几乎就像他是他脑子里的另外一个人，作出几个决定的另外一个人——而且这是避免他在欧石南花丛中吓得要命，缩成一团，等待不可避免要发生的事情的唯一办法。

"你没事儿吧？"

斯蒂文点点头，咬着嘴唇。又出现了沉默。

埃夫里站起来，小心地轻轻拍了拍他的屁股，然后往土堆走去。

斯蒂文看到那个人的裤子湿到了膝部，这使他意识到他自己和埃夫里也是一丘之貉，胫部冰冷酸痛。

他的神经末梢抽动，跳动，惊叫着要他转身逃跑。

但他却站在那儿一动不动，等待着那个杀手朝他走来。

为什么？

一个声音对他说，要求回答。斯蒂文没有回答，只是像最初打开盒子时的一堆拼图玩具似的在心里说出一堆乱七八糟的话和想象。他知道那些大小不一的积木能拼成一幅图——一个乡村花园，帆船和一筐子的小狗——但是那些积木在他脑子里是碎块，有的面朝下颠倒放着，会费力地发出一个声音：把它们组装成一个叫人明白无误的东西，一个有用的东西。

埃夫里现在离他近在咫尺，斯蒂文不得不抬起头来看着他的脸。

"怎么啦？"

他的声音很亲切，表达也富有同情心。他的面部表情正在做出一切正常的活动，但是他的眼睛却瞅到了别的地方，正在考虑其他事情。

他把一只冰凉的手放到了斯蒂文的肩膀上。

刘易斯忘记他是在逃命了，他只记得自己是在沼泽地上，突然就离开了沼泽地。

他吃了太多三明治好的一半，变成了一个身体健壮的孩子，但是肾上腺素充满了他的肺，而且比以前能够发生的条件反射或者以后会再次发生的条件反射更有效地挤压他的心脏。

小径底部的台阶蹭伤了他的胫部，碰破了他的膝盖，然而他却没有停下来清理他的伤口。

他往左拐到了狭窄和静止不动的雾蒙蒙的街道——是任何有记录通向希普考特存的唯一一条街道——他对他这一路上急促且掷地有声的一连串脚步声和在一些明亮的、弧形墙的村舍矗立的峡谷里发出的回荡声感到惊诧。

刘易斯不知道他为什么害怕，因此他焦虑的是如何把他的担心分给能够帮助他的任何人。但是，他知道他必须设法去做，因为凭直觉他知道这不是一个特工或者是一个狙击手或者甚至是一个足球运动员的工作。

这是一个成年人的工作。

虽然是一个星期六早上的一大早，但薄雾给希普考特笼罩了一种死气沉沉和阴森恐怖的感觉，大街上异常空荡。他在马路上绕了一个短弯，这才知道为什么。

斯蒂文家外面有一小群人正在涌入狭窄的人行道走进马路。

"成年人。感谢上帝。"

刘易斯几乎如释重负地喊了一声。

门上响起敲门声的时候，莱蒂正在洗澡间里。第一遍急促的敲门声响起时，她皱了皱眉，纳闷星期六谁会这么早来敲门。但是之后，她双眉紧锁了，因为这不是真正的敲门，是咣咣咣的砸门。砸门的类型莱蒂以前只在酒鬼丈夫养成与他迷途的老婆的新情人进行对抗习惯的电视上看到过，像警察似的砸门。

砸门使她害怕，使她火冒三丈，同时也使她震惊不已。

她急忙下到楼下，把门开了个缝，左手紧紧抓住她的浴衣，不是因为她害怕门会被推开，而是要让擂门的人知道她讨厌他的鲁莽无礼。

来人是雅各比先生,他手里拿着一份报纸。

莱蒂又陷入了完全的迷惘之中,在此期间,她想知道她家现在是否有一份投递的报纸,如果是这样的话,他们为什么要订《每日邮报》?而且,送报纸的人可以说是个外行——雅各比先生为什么要亲自送报上门,而不是把报纸交托罗尼·特里维尔来送?在他十四年当中至少有十年风雨无阻地背着日辉牌邮袋远离市中心往返跋涉中,根本没有在街面上留下他的身影,也许他整天都在瞎忙。

"雅各比先生。"她干巴巴地说,这样,在接下来需要的时候,她可以露出微笑或者皱起眉头。

使她惊讶的是,雅各比先生颤抖着举起报纸,新闻纸弄黑了他的双手,张开嘴,好像要告诉她一件非常重要的事情——但却放声大哭起来。

戴维的双腿被包住了。这没有什么新奇的,你五岁的时候,双腿是你的常伴。你五岁的时候,你积累的整个经历是由拉开的线缝,磨破的裤裆,肿胀的大腿,磨破的膝盖和拖地的裤边组成的。

但是,这一次是最厉害的。当人们全都围在他们身边去看《每日邮报》的时候,戴维在他家外面的街面上千方百计要呆在他妈妈的身边。许多人的腿碰他,撞他,这样那样推他。

不时会有一只手伸出来稳住他,表示歉意,但没有一个人说他或者看他一眼——在大腿林立之中,一切事情都在他头上的华盖之中进行着。他紧紧抓住莱蒂破旧的毛巾浴衣,感到他手指关节下妈妈的大腿很温暖。

他的妈妈没有哭,而雅各比先生却在哭泣。戴维以前从来没有见到过一个男人哭泣——绝对想象不到这种事情实际上是有可能的——认为男人哭鼻子很烦人,他不想看到或者听到男人哭喊,但禁不住想看一看。个子高大的雅各比先生身穿绿色的斯巴衬衫,胸脯颤动,双臂多毛,正在痛哭。戴维神经兮兮地哈哈大笑,希望这是一个玩笑——但没有一个人参与他的哈哈大笑。他把妈妈抓得更紧了。

人们正在起劲儿地讲着大人们说的话,但非常神秘,戴维只能抓住只言片语。他听到的最多的一句话是"这会杀了她的"。

杀谁?戴维拼命暗忖。为什么要杀谁?

"不能保守这个秘密……总是会知道的……别暴露这个事情……这会杀了她的。"

从头到尾全是这种话,雅各比先生哭得令人奇怪,气喘吁吁,上气不接下气,这时刘易斯的爸爸拍拍他的肩膀,朝另一边看去,但不是朝雅各比这边。对戴维来说,雅各比先生看起来就像是一个巨大的学步儿童,有人把球开到了秋千上了,而刘易斯的爸爸试图发现被告要狠狠训斥他一顿的时候却正在保护自己。

"不要乱讲谁谁谁怎么怎么了吧?"

人们全都内疚地抬起头看着奶奶。戴维挤在林立的大腿之中看不见她,但知道是她。没有一个人说话。

"不要乱讲谁谁谁怎么怎么了,行吗?"她又一次说道,声音里有点儿怀疑的语调。

戴维认为有个人正在鼓掌,一个缓慢热烈的鼓掌声越来越近,当他周围的人拥挤着让开路让满脸通红、放肆地瞪着眼睛的刘易斯现身时,鼓掌的声音突然停止了。

刘易斯几乎说不出话来。他看着他的父亲。

"爸爸!"

"安静,刘易斯。我们正在说事。"

"但是,爸爸!"

"刘易斯,回家去!"

他的爸爸转过脸不看他,聚集的人群转过身背对着这个孩子,重新开始谈话,把他像一条变形虫拉的屎一样撂到边上。

特里维尔先生,斯格尤·罗尼的爸爸手里拿着《太阳报》,刘易斯看到了报纸头版上的那张脸了。虽然这张照片不是最佳照片,但他无论如何都能认出这张脸来。红红的,红红的嘴唇不干了。刘易斯把空气吸进他倒空的肺里,尽最大声音喊了一声"操他妈"!

那句话穿过了几堵墙壁,大家都转过身愤怒地看着他。他往那张照片上戳了一指头。

"就是他!他就是在沼泽地的那个人!"

出现了一个使人震惊的沉默,而愤怒也变成了迷惑不解,于是他利用这个时机进一步说明了情况。

"和斯蒂文在一起。"

39

埃夫里把一只手放到了斯蒂文的肩膀上时，斯蒂文不禁打了个激灵，但他转而又耸了一下肩，猜想埃夫里没有发现他打的激灵。

他用"没什么"回答了埃夫里的问题。然后，他转过了身子，这样他就可以不必看着埃夫里奇怪地闪动的眼睛了。

相反，斯蒂文却眼巴巴地往后看着沼泽地，从沼泽地他知道希普考特村整个笼罩在薄雾之中。就连教堂的尖塔也不能看到，使他感到十分孤独。

斯蒂文感觉如芒刺在背，背对着那个杀手站着的时候，他脑子里的拼图玩具打着转转，迅速转动。他多少意识到一些事情：比利舅舅咧嘴大笑的片断，曲线不稳定的草拟地图，被沼泽地的凹坑把刃弄钝的铁锹，盒子上写着这是一种鱼片。他写了一封令人满意的信。拼图积木随意飘动，到处撒落。他不知道从哪儿入手。于是，像所有优秀的拼图玩具建造者一样，他开始寻找一个角。

而那个角——使他完全惊愕的是——愤怒。

他认为他的恐惧是完全能够利用的，而愤怒也没有什么不好。这使他能够集中注意力战胜一会儿恐惧，使他感到更加坚强。

刘易斯走了，很安全。斯蒂文感到心里一阵剧痛，他对他的朋友说的最后那些话虽然无情，但却把剧痛挤到了一边。他做了他该做的事。这是他的混乱局面，所以，他保护了刘易斯。

现在，他必须做的一件事情是逃出这个精神病患者的魔掌，还有，用某种疯狂的和可怕的办法——摆脱他从监狱里逃跑出来到这儿杀他的狼子野心。

哈里·波特用了一台链锯。

斯蒂文不禁哈哈大笑，同时浑身战栗，感到喉咙里涌起一股胆汁酸水。

他使劲儿吞咽了一口唾沫，感到浑身虚弱无力。他心里清楚，假如逃跑是他要做的唯一一件事情的话，他现在就要碰碰运气。他已经着手做这件事情，他已经开始行动了。现在，情况变化得太快了，正在失去控制，但斯蒂文感到急需将局面控制下来。一切想法，一切挖掘，一切计划，他所写的一切令人满意的信都要控制起来。他离得那么近，现在就放弃这个想法，既不合理又那么诱人，这使他想起了舌头和钱特勒·考克斯。放弃这个想法是很容易的，他感到自己麻木的手指嘎吱嘎吱地放开了，解除了他已经挑起来了的精神重担，这个包袱背了很长时间，后来竟没有真正抓牢它。

但是，三年来在沼泽地浸泡、日晒和皮肤生茧练就的倔强个性使他把这个想法推到了前面，斯蒂文把头晕目眩的痛苦束之高阁，感到他拥有压倒一切的种种天分。

由于只有他和杀手孤零零地在一起,一个想法自己就分离了,心脏比任何人跳动得都要急促:他试了很久了,他走得太远了,他做得太多了,他太累了。他想记住,他需要记住,他必须记住。

记住意味着——不用铁锹击他,然后逃命——他对埃夫里笑了一下。

"去他的吧,"他耸了一下肩,"你还有三明治吗?"

斯蒂文望着薄雾悄悄爬过欧石南朝他们移动过来。薄雾现在在他们下面只有四五十英尺的距离,移动得非常缓慢,几乎感觉不到。十点钟以前,这里会是夏天。

埃夫里给他又放了一个塑料袋,让他坐在上面——离得那么近,他们的屁股和肩膀都挨到了一起,而且他都能够感觉到那个家伙通过牛仔裤和血迹斑斑的衬衫传过来的体温了啊。这使他浑身不自在得要挪开,但他没有挪开。

现在,斯蒂文目视着埃夫里的最后一点儿三明治,心想如果他不马上开口说话,他的机会就会丧失了。

"你住在附近?"

"不是。你呢?"

"嗯,住在下面的希普考特,就在那里。"他朝缓慢移动的薄雾含糊地挥了一下手。

埃夫里不感兴趣地哼了一声,然后往斯蒂文的周围看了看。

"我听说这里有许多尸体。"

一股纯电流穿过了斯蒂文的全身。他突然心跳加快,感到浑身震颤,整个皮肤发出轻微的爆裂声。

埃夫里笑了一下。"你没事儿吧?"

"嗯,"斯蒂文说,"很多尸体,令人毛骨悚然。"

他全神贯注地看着掉在面包片背面的一片番茄,费了一会工夫将它吃进嘴里,舔了舔自己的手指,嚼了嚼,没有尝出水分。他等待着他的心脏停止连续击打他的胸部,但砰砰跳动没有减缓下来。

这是他所需要的事情。他一直在等待他所需要的事情。他连问都不必去问。很多尸体。他很兴奋,在同样的程度上也很害怕。

"是的,"埃夫里说,"我听说有个疯子杀了一些人——一些孩子——把他们埋到了这里。"

"哦,是的。我也听说了那件事。"他多么希望他的心脏能停止砰砰的跳动啊——他害怕埃夫里会听见他的心脏的砰砰跳动声。

"他是勒死他们的。"

斯蒂文点点头,极力保持镇静。

埃夫里放低了声音。"还强奸他们,就连男孩子也不放过。"

斯蒂文使劲清了清嗓子,番茄卡在嗓子里了。"人们都发现他们了吗?"

"没有。"

斯蒂文感到一阵晕眩。不是"我认为没有",不是"我不敢肯定。"只有"没有"。

"有两三个就在这里,我认为。"埃夫里说。

两三个啊。

保尔·巴雷特,马里尔·奥森伯格,威廉·皮特斯。

"是吗?"他说,"比如在哪里?"

斯蒂文问了那样一个问题,预感到要头晕。

埃夫里朝邓克利·比肯看去。"干嘛这么关心？"

当他为什么这么关心的原因几乎使他不知所措的时候，时间对于斯蒂文来说在一个奇怪而令人讨厌的漩涡里放慢了速度。幸运的转轮和冻土的压抑包围着这个小男孩儿孤单的身体。

"我不关心，"他说，他的声音在他紧张的喉咙里变哑了。"我只是对……感兴趣……我是说……假如你要把一个尸体埋在这儿的话，会把它埋在哪儿？"

他希望他的声音碰巧有点大，但他的问话声音听起来却非常大而且胆大妄为，因为这声音在静谧的晨空笼罩了他们。他问了这句话，感到恶心，感到既恶心又冰冷黏湿。

埃夫里转过身端视着他，斯蒂文与他四目相遇，希望这个家伙没有看穿他的眼睛在黑洞洞的眼窝里颤抖的恐惧。

斯蒂文发誓沉默的时间一直延长到极度紧张之下他感到沉默发出了劈啪的声音。

末了，埃夫里只是耸耸双肩。"在附近，大概吧。谁知道呢？"他向斯蒂文露出一丝微笑，在袋子里翻找了一下，"你想要喝的东西吗？"

斯蒂文想要杀了他。

他猛地一下站起来，拿起他的铁锹就走，但埃夫里牢牢抓住铁锹把，抬头看着他，表情突然便得冷酷无情，充满危险。

"我需要这把铁锹。"埃夫里声音低沉地说。

斯蒂文凝视着这个家伙淡绿色的眼睛，他知道自己赢不了这次战斗，便将他脑子里的书本紧紧合上了——当埃夫里像看一块广告牌似地读这个孩子的时候，埃夫里宝石红般的嘴唇歪斜着咧嘴笑，露出一口白牙。

斯蒂文大喊一声，好像他摸到了什么黑黑的、黏糊糊的东西似的。

他松开了铁锹，使铁锹狠狠弹回到埃夫里血迹斑斑的胳膊上。

然后，他转身跑去。

他到达小径时，听到埃夫里追上了他——很近，太近了，他本该之前就采取行动的，那时他就有了先起步的优势了啊！之后，他感到背上一阵剧烈的疼痛，一头栽倒在地上，喘不过气来。

他感到埃夫里一把抓住他最好的T血衫的背部，像提一只糟糕的小狗似的把他提起来。他几乎摇摇晃晃直起身子的时候，他的脚胡踢乱蹬着东西，然后他瘫倒在路边，双膝顶着那家伙的双腿。

埃夫里仍然紧紧抓住斯蒂文的T恤衫，俯身拾起铁锹，斯蒂文不能直接起作用的脑子隐隐约约地通知他，那是他的背部受到了猛击——是用朱德叔叔的铁锹拍的他。他是被自己的武器击倒的，就像他陷入了自己的陷阱一般。

因为，他只是一个很蠢很蠢的孩子。不是一个狙击手，不是一名警察，甚至不是一个成年人。他玩了大人们玩的游戏，这游戏如何收场啊。他穿着背上印有"拉姆"的最好的红色T恤衫死在沼泽地上，报纸会报道说不是他的胜利，而是他的同情、孤身奋战和软弱无力造成了自己的死亡。他会成为一个在地图上被缩成的字首和在一张褪了色的报纸上有一张模糊的旧照片的死者。连一张好照片都没有，他敢打赌。大概是在学校照的那张照片，妈妈在壁炉上方有一张，那张照片使他看上去像一个难民一样。不是他今天早上着装打扮的照片，这个时候，他仍然认为他能够是个英雄。

恐惧、羞愧、恶心的感觉在他心里交织在一起，他颓然倒在埃夫里冰凉的牛仔裤上。

埃夫里把他拉开，扇他的耳光。

"你知道我是谁吗？"

斯蒂文对着埃夫里的黑色橡胶底鞋默不作声地点点头。

"好。"

他把斯蒂文使劲拉起来，半推半拉把他弄回到那个土堆上，他的胳膊上重新开始的疼痛弄得他呲牙咧嘴，备受折磨。途中，斯蒂文开始哭泣。但愿他不知道阿诺德·埃夫里的事，知道比不知道糟糕，知道他对别人做的事，知道他也会对他做那件事。实际上，不知道似乎是不可能的，他在报纸上看到过这件事，所以，这件事肯定是真实的，他要查明真相。想到这儿，他又掉下恐惧的眼泪。

"闭嘴，"埃夫里说。"跪下！"

斯蒂文还是站着，双臂无力地垂下，低下头，哭着移动脚步。

"我说过了，跪下！"埃夫里再次摇晃他，指着一片他坐过的白色欧石南，退一步说，此时斯蒂文仍然有一个选择，仍然有一个逃跑的机会。

"坐下？"斯蒂文好像迷惑不解了。他惘然若失，"坐下"这句话对他好像是一个噪音似的。这是说不通的。

"坐下，跪下。"

斯蒂文傻乎乎地点点头，但没有跪下。

埃夫里身体前倾，把他的嘴唇凑到斯蒂文的耳朵旁，斯蒂文浑身发抖。

"跪下，否则我就做了你。"

"好。"但他仍然没有动，不能动，不要动，不该动。站着比较好，跪下比较糟。他跪得越低，他拥有的机会越少。他宁愿一直站着。这个概念很简单,斯蒂文的脑子里是很清楚的。一旦他跪下了,他敢保证他再也站不起来了。

"坐下,我说过了!"

"好。"他轻轻打了个嗝,一股番茄味道的胆汁涌向他的嗓子眼,他停止了哭泣。

但是,他还是没动。也许他只是一直同意跪下,但实际上不跪,埃夫里会要求得厌烦的。

埃夫里的确要求烦了。斯蒂文只听到一小声警告的哼声之后,那把铁锹猛然拍到他的双膝后面,使他滚成一团,痛苦地蜷起了双腿。

"你这个小混蛋!"埃夫里浑身一缩,对着他自己的胳膊呲牙咧嘴——鲜血流出来了。

而后,埃夫里一把抓住他的后颈将他提起来,小心翼翼地把他放成跪姿。

"听着,呆着别动。明白吗?"

斯蒂文点点头,摇晃了一下,但仍然呆在那里没动。他感觉到有些东西顺着他的后背往下滴,他想这肯定是他拼命逃跑时铁锹拍的地方流出的汗或者血。他一想到汗就感到他的脸变得热辣辣的,突然汗如雨下。他又摇晃了一次,他想在欧石南中躺下,那里比较凉爽,他不会感到头晕目眩。跪着很不利,躺下会比较低,因此实际上会更不利。他必须努力坚持,虽然他正在全力坚持,但他担心监视得太严密。他必须坚持,他必须努力使埃夫里尽可能慢地走过来杀他,并不是因为他认为他可以完全避免被杀,而是因为要拖延他自己的死亡时间,看来这是他要做的明显的事情。

他自己的死亡啊。

他快要死了。他没有留下任何遗憾的事情,就连他的生命也不遗憾,这是一个必然的结果。这个想法给这个必然的结果产生了一种反常的自由行动。

"是你杀了我的舅舅比利吧?"

"你认为呢?"

斯蒂文惊诧地抬起头看着埃夫里。他不希望反问他的看法。

"我认为你杀了。"

"你想知道怎么杀的吗?"

斯蒂文不想知道。一想到知道了怎么杀的他就感到恶心。但是,这可以再次拖延时间。

"是的。"

埃夫里现在站在他的面前,用一只手抚摸着他的头发,几乎很轻。

"他刚从商店出来,我向他问路,我有一张地图……"

他戛然而止,斯蒂文抬起头来,看到埃夫里的目光中露出一丝温馨的回忆。

"我有一张地图,我要求他在地图上指给我看,他斜靠在窗户上,我……就……一把抓住他……"

埃夫里的手猛地一下紧紧抓住他一把头发,斯蒂文大叫一声。

"这很容易,很他妈的容易,他吓得要命,我不得不立刻击打他,阻止他尖叫。我打他的时候你本该看看他的脸!好像我以前从来没有见过那么好的表情!非常滑稽。"

他对斯蒂文狞笑一声,然后转过脸,又向他回忆中的沼泽地望去。

"我调戏了他,你知道吗?我先把他们整个调戏一遍。之后,我再杀死他们,就像我准备调戏你一样。"

斯蒂文的头发又被紧紧抓住的时候,他扭动着头。他忍住痛疼的抽泣，不想让埃夫里想起来他在这里，跪在他的面前。他记得比利舅舅和其他人的时间越长，他斯蒂文活着的时间就越长。但是，这很艰难。他头上的疼痛很不舒服，他仍然浑身颤抖而且恶心。但是，他必须这样做。他必须保持平静，一声不吭，始终希望有一个摆脱困境的办法。只有一个选择的余地，而斯蒂文不想要这个选择。不想弄清他可能被"玩弄"，被折磨和被杀死的情况，但他却大声呼喊着他的妈妈。正是那种想法使他的眼泪又一次自然地从眼眶里滚落下来。不是羞愧或者惊惧地呼喊，这一次他真的是在呼喊他的妈妈，然而是悄悄地——为了使埃夫里不分散注意力。

"他需要玩弄，你知道那个情况吗？你的舅舅比利就像你一样是他妈的一条小母狗，我能识别出来。"

一股强大的怒火在斯蒂文的胸中升腾起来，在这个从来不喜欢抵抗的孩子胸中升腾起来，尽管他从来不认识他。他一直隐藏的一切美好愿望刹时间烟消云散了。

"你是个骗子！"

埃夫里抓住头发使劲儿摇他，使斯蒂文疼得大声号叫。

"你是什么？"

"你是一个……他妈的骗子！"泪水潸然而下，但是现在这眼泪是愤怒的眼泪，而愤怒使他感到自己更加坚强。他知道他向埃夫里挑战很愚蠢，但是，他不再在乎，挑战使他正在获得解放。他举起双手极力阻止埃夫里抓他的头发，极力与埃夫里搏斗解除他打得很紧的结的疼痛。埃夫里使劲儿抓他的头发，这使他想起来他和戴维等待弗兰肯斯泰因来找他们时在客厅绿色的窗帘里拉扭的情景。哦，他想当弗兰肯斯泰因的朋友，便扯断了窗帘，他的头发现在被拽着，疼痛得更厉害了，心脏在心口后面砰砰跳得也更厉害了——厉害得似乎不能忍受。仿佛那个生命器官被他肚子里爆发的巨大骇人力量挤到了嗓子眼似的。

他用双手疯狂乱舞，抓住了埃夫里被梅森·丁格尔抓得道道血痕的伤口。埃夫里号叫一声，在光辉的一瞬间，松开了他的头发。斯蒂文的头一被松开几乎跌倒在地。

然后，埃夫里突然打了他一拳，彻底灭了他的威风，整个搏斗他以失败而告终。

他头昏眼花地躺在地上，只意识到他的脸埋在冰凉潮湿的欧石南之中，但是，从很长时间以前起——他就感到自己的身体被人搬了个仰面朝天，像一条鱼似的全身松软。

一双手使劲拽他的牛仔裤。

一阵邪恶的运动使他的肚子憋胀起来——他猛地一下绷直身子，剧烈呕吐，吐了自己一身和埃夫里一身。

在接下来静止沉默的一刹那，他注意到埃夫里的袖子上有一滩罪恶的西红柿，那个家伙退缩以前恶心地惊叫一声，轻轻甩了甩令人恶心的双手，用淡绿色的卡迪根式开襟毛衣把自己擦了擦。

"你这个小混蛋！你这个肮脏的小杂种！我他妈的杀了你！"

但是，斯蒂文已经跑了。在他意识到他要站起来以前就开始跑了。穿过潮湿的欧石南，拍打着欧石南，被草丛和草根绊得跟头趔趄地往小山下跑去，却找不到那条小径了！小径在哪儿呢？他随便往右一拐，慌不择路地穿过坑洼不平的地带。他听到一声很小的尖叫声，他意识到这个尖叫声是一个正在逃命的孩子吓得心提到嗓子眼的令人心惊胆战的噪音。

斯蒂文胡乱扭过头往身后看了一眼，埃夫里在他上面，在他后面，但正在赶上来。他发现了那条小径，很容易便奔跑到那里。他跑得较快，斯蒂文跑不过他。不是在这里，不是在深紫色的欧石南之中。

他又一次斜穿过去，企图再次走到小径上，在此期间，他的速度依然更加缓慢，而埃夫里却快要到了。如果他能够赶到小径，他就会成功。他敢肯定。去他妈的！他猛然拐弯，跃过小山回到小径，然后急速滑到小径上，继续奔跑。

埃夫里在他后面只有二十码的距离了，这时，斯蒂文跑进了大雾浓浓的雾墙之中，浑身打了个激灵。他犹豫了一会儿，本能的心里斗争松弛下来，一头冲进了白色的浓雾之中。

他能够听见埃夫里在他的后面用伴有喷出的呼吸的声音骂人。他的声音听起来很近，但一切事情都是在雾中进行。

之后，他什么也听不见了。

他一动不动，呼吸急促，喘息不止，然后在雾里转着圈圈，两只耳朵受了伤，能够听见他自己的血砰然落下的声音。没什么。

斯蒂文决定继续跑，但转而认识到停下来是一个极大的错误。之前他跑得完全正确，因为他脱离了埃夫里。然而现在，他却停下不跑了，他失去了一切方向感。他低下头看了看自己的脚，他的周围全是地面。欧石南拦住了他能够选择的去路。他悄无声息地拖着脚往一侧移动，发现脚底下只有草和一片荆豆。随着一阵令人惊慌的耳鸣，他认识到他迷了路。他站了很长时间，谛听着自己的心脏怦怦跳动，极力抑制住呼吸，以免暴露自己。

斯蒂文听到一阵沙沙作响的声音，吸了一口气，屏住了呼吸。他分辨不清楚这沙沙作响的声音来自何处，有多远。他转过身子，出现一个声音低低的特别熟悉的尖叫声和碰撞声。他转到了另外一个方向。

这是一个错误的移动。

他的头猛地往后一甩，站立不稳，摔倒在地。有个东西软绵绵地套到了他的脖子上，一个膝盖顶到了他的肋骨上，使他倒抽一口凉气。埃夫里抓住了他，控制住了他，用他露出的牙齿和眯成一条闪闪明亮的缝的眼睛俯视着他的脸。

有个软软但很紧的东西绕到了他的脖子上，斯蒂文意识到他被那条淡绿色的卡迪根开襟毛衣勒住了脖子。他能够闻得到他自己吐到上面的呕吐物的味道。

他不能呼吸了。他感到头似乎变得巨大，快要爆了，他的肺一阵痉挛，急需空气。他必须呼吸。

他盯着埃夫里的眼睛，离他自己的眼睛只有几英寸的距离。求你了，他在心里说，但他的嘴唇只能默默地蠕动，没有空气产生说话的声音。他无力地踢了几下腿，想把那个家伙从他身上推开，但只有力气提起双拳碰着埃夫里穿着劳动布裤子的大腿，把两只手放到埃夫里的大腿上，他们两个人像一对老朋友似的，这是他们俩玩的一个游戏。

求求你，他又想说，但是一句话也说不出来。

这就感到好像死了似的。

好像永远被夺去了生命，这种死法不止是受到惊吓，而且是造成了痛苦。

比利舅舅像这样遭受过痛苦。比利舅舅看到过这双同样发亮的眼睛，而且像这样受到过痛苦。比利舅舅没有留下线索，他自己也没有留下线索，他恍如隔世地想道。他现在才知道他没有料想到这会是他生命的末日，他穿着他最喜欢的衬衫被谋杀了。

他心里的疼痛是令人难以置信的，他自己的血被挤出了眼外，开始在一个雾状的红色帘子之后弄脏杀手的脸。

求你了。

他搞不清楚他是在极力乞求生还是乞求死。

他影影糊糊地认为两者都可以。

黑暗如同一股冰冷黑色的海浪席卷了他的全身。

40

出现了呼吸声和脚步声,呼吸声和脚步声。

沼泽地使出了它最恶劣的手段。

盘根错节的草根把人绊倒,缠成一团,潮湿的欧石南拍打着人,荆豆草抽打扎人。泥地吸人,使人陷落进去。

薄雾是一个很厚的白色面纱,或者是一道幕。薄雾使人的眼帘变得寒冷,钻进人们的鼻子里,漫进人们张开的嘴里——它潮湿的手指轻抚着童年的海边记忆和死亡的不祥之兆。

但是,穿过它的一切是呼吸声和脚步声,呼吸声和脚步声。

带着一个目的。

41

有声音传来,突然,斯蒂文可以呼吸了。这事没有夸张,没有出现大口大口的喘气,他又开始活过来而不是死亡的时候,只有一个起伏不定的小鸣咽声。他仰望着呈现出道道条痕的粉红色天空,想知道埃夫里发生什么情况了。他心里模模糊糊地想站起来再跑,可他的头感觉像铅一样沉重,交叉的双腿感觉有一个巨大的秤砣把他死死地压在沼泽地上。

如果埃夫里出现,想要再次杀他的话,他没有丝毫的抵抗能力,他是那么的虚弱啊。他可以说是真的不管了。

那件卡迪根式开襟毛衣依然缠在他的脖子上,现在既暖和又舒服,他只是感到陈旧和轻薄。

仍然有声音,声音不远,但没有那么近,没有到他的身边,那声音是男人们急切的声音——是电视剧里有叫人担心的事情发生时人们常常抓捕人的那种声音。斯蒂文并没有焦急地估计他们在说什么,但是他非常纳闷他们为什么不对他说话。也许他们认为他死了,他不会责怪他们——他早就认为他死了。也许他死了,但如果他死了的话他认为自己就不会感到背底下的一小块地方有潮湿的荆豆草扎扎的感觉了。斯蒂文让自己的思绪脱离他死亡的问题,这事情真烦人。

"斯蒂文。"

像那样的话说了很多。

斯蒂文向右边移动了一下眼睛,发现他的妈妈穿着她破旧的蓝色浴衣在他身边弯着腰。

妈妈,他想这样说,但说不出来——他静静地作出努力时,才感到他的嘴唇微微张开了。她正握住他的右手,这使斯蒂文感觉又到了五岁的年龄,像戴维一样握住他的手。一想到这儿他差一点笑了,但是,没有着急。太累了,太累了便急不起来了,也许他需要睡一会儿。

然而,在吵杂的声音下,他意识到他左耳朵里有一个正在转动的嗡嗡声。他尽力把他的头微微转过来,双眉紧锁。就在他脸旁边的右边,一个山地车的轮子正对着天空懒洋洋地转动着,有东西正在从轮子上往下滴落,不是水。

这与大局格格不入,他一定要知道更多的事情。疼痛和努力有所减缓,他又把头转到左边,不由自主地看着一个粗壮的脚踝上扣着一只绛紫色的拖鞋。

那是他的奶奶,正在他旁边躺在欧石南之中——她的小手推车在他俩之间。

莱蒂抚摸着他的脸,但所有的声音都在奶奶一边。所有的活动也都在奶奶一边。从村子里来的几个人陪着她,一个人对着她的脸轻轻地喃喃自语,像一个公开的情人一样把他的嘴唇压向她的嘴唇,另一个人用两臂搂住她起伏的胸脯,第三个人用他的夹克衫裹住她的双腿。

第四个——刘易斯的爸爸——只是站着,茫然视之,表情呆滞,色斑奇黑,与他脸上的苍白皮肤形成了鲜明的对照。

在所有人的后面,有一小块地方,几乎被浓雾遮蔽,是刘易斯。

但是,他朋友的目光没有与他的目光相遇。然而,他朋友的眼睛却在斯蒂文的两腿和他父亲的脸之间转动,惊恐地瞪视——一阵疼痛使斯蒂文猛然把头抬了一下,看看他的双腿是否还在。

双腿还在。然而,两秒钟后,斯蒂文又能继续把头抬起来了,他拍了一张将会永远在他心里萦绕流连的精神快照,然而,他千方百计要把这张精神快照消除掉……

埃夫里仰面朝天躺在斯蒂文交叉的腿上,两只手在他的头旁边弯成两个松松的拳头。

那么,他的脸是什么情况呢?

现在,那是一个有血块、头发和碎裂骨头的脸。只有那双眼睛按照以前的形状提供了一个线索——如同一只死猫似的目光呆滞地半闭着绿色的眼睛。

斯蒂文的头懒洋洋地躺回到欧石南中,这时,他感觉他的童年在他后面逐渐消失了,在过去的黑暗中眨眨眼睛,突然留下了成人般的滚滚热泪。他现在知道山地车的轮子上正在滴下的东西是什么了,而且为什么刘易斯爸爸脸上的色斑看起来那么黑了。

医务助理人员把斯蒂文从沼泽地上抬走的时候,他望着血红的天空高低不平地从头顶上经过。

他想知道他的奶奶怎么样了,但他说不了话。他只知道不知怎么的,她和许多营救人员来到了小径,由于什么原因她在小径上发生了事情。

由于他的原因。

这个想法使他流出了红色的眼泪,一切事情都如万花筒般千变万化。

他认为他的奄奄一息是今天搞得最坏的事情,但是他错了。他的奶奶发生的事情是今天搞得最坏的事情。

因为他的原因,因为他的计划,因为他的困境,因为他写的令人满意的信。盒子上写着鱼片。因为他是个孩子,不是个男人,男人能做各种不同的事情,一切事情都会做得比较成功。

他俩被抬进了同一辆救护车里。他的妈妈用手捏了捏他的手,说她一会儿会来看他,便走了。

在救护车里,斯蒂文看见他的奶奶戴着一个氧气罩,但他也一样,所以毫无意义,他还是什么都不知道。

奶奶,他用嘴唇说,但是声音仍然不能挤过他肿胀的嗓子。

奶奶。

很难通过他眼里的血看清东西,所以他嫌努力睁开眼睛麻烦。他闭上了眼睛,又一次错过了机会,由于埃夫里给他吃了番茄三明治,他仍然感到恶心。

42

斯蒂文躺在比利舅舅的床上,看着他的奶奶织毛线活。

他们把他移到这里,这样就没有戴维干扰他好好休息了——这样,戴维也可以没有斯蒂文的翻来覆去,在噩梦中哭泣,把他吵醒,使他整天满腹牢骚而好好睡觉了。

窗帘全都拉开了,一切东西都特别的明亮——即使现在雨飘到窗户上,通过不合季节的风狂打窗户。

卧室从床上看,全都不一样了。由于他的双脚伸到了比利舅舅蓝色的羽绒被的一头,房间突然看起来像是一个正常的男孩子的卧室——仿佛一个魔咒解除了似的。斯蒂文感到这里特别的心平意静,特别的完美。

莱格拼图玩具空间站推到了床底下,脚的一端的正常通道放着书籍、不冷不热的汤和"卢考萨德"运动强身饮料。

比利舅舅的照片被放到了床边桌子上的后面,桌子上现在拥有一排和斯蒂文有关的东西:几个有五六片药片的瓶子,一个插有一个易弯曲吸管的玻璃杯子,一盒"奶托"巧克力,戴维坚持不懈地用他的办法艰难地买来的,还有许多健康问候卡。

房间里现在还有一件和斯蒂文有关的事情,那件事情只有他自己知道。在晚上,他的妈妈、奶奶和戴维在去睡觉的途中全部顺道看过他之后——斯蒂文就会滚到一边,用圆规的尖把他的名字深深刻在床后面的墙上。一方面,他知道这样做是一件很坏的事情——莱蒂发现后会生气的。但另一方面,他绝不敢在屋外冒险行事——或者任何屋子——不能再留下一个他曾经有过的线索,他懂得生活的无常本质。

每个人都应当成功。

斯蒂文让自己的思绪飘到他最近的长信上——包括印有一个花盆、一把铁锹和园艺手套的一张卡。

亲爱的朱德叔叔:
谢谢你的卡。刘易斯正在照看花园直到我身体恢复。他说他擅长挖掘,但那可能是个谎言。也许是吧。你再来后再见。
你忠实的,
斯蒂文

他很想写"爱你的",但最后还是没写。他不想吓着朱德叔叔,他也不想吓着自己。

现在,莱蒂给他寄了一张卡,这张卡太迟了,他希望他早点儿拥有这张卡。

不过，这张卡是必须要寄的。这张卡肯定会非常好。

他叹了一口气，转过脸不看天空了。

奶奶在床头的椅子上慢慢织着毛线活。她的手指很粗糙，骨节突出，她经常停下来，把手指弯曲弯曲。斯蒂文眨了眨眼睛，但什么都没有说。

她坚持编织，她那双恢复了健康的脚穿着他最好的袜子。她在离开医院之前，要求莱蒂把袜子带来，直到她回家的时候也没有把袜子从她粗糙的老脚上彻底脱下——带着新的心绞痛药——袜子只是底部周围带有花边的小圆圈脚脚踝管。

"你想要什么颜色？"她问道。

斯蒂文把身子往后靠到比利的枕头上，想了一下，看见了他头上方的曼彻斯特城围巾。

"天蓝色。"他回答说。

奶奶烫平袜子的时候，斯蒂文正躺在长靠背椅上享受人生。她不想让他帮着支烫衣板，而是把烫衣板架到了她常常站着的窗户突出部分，将一个发皱的黄棕色纸袋放到袜子上面，以免把羊毛弄得发亮。

斯蒂文看见街对面一伙穿着兜帽夹克衫的家伙，双手插进口袋里，缩着肩膀，用兜帽遮住他们的脸，挡住明媚的阳光，回到了埃克斯穆尔高地的情景。他们默默地拖着脚走路，凝视着房子，但不敢靠近。斯蒂文想，他们可能再也不会靠近了。

情况已经发生了变化。

刘易斯把他们所有人怎么来到了小山上的情况告诉了他。男人们奔跑而来,莱蒂穿着她的浴衣半系着鞋带疾步如飞、惊慌失措地跟上他们——而他的奶奶在后面跟跟跄跄,气喘吁吁,购物手推车在欧石南上弹来跳去,却一直保持身子笔挺,那时,她本该倒下十几次的,一直紧紧抓住刘易斯结实的二头肌,直到他的二头肌青肿起来。

刘易斯的爸爸是第一个到达斯蒂文和埃夫里身边的,但刘易斯接下来对所发生事情的禀报是一反常态的简单。他只是说,男人们强行把埃夫里从斯蒂文身边拉开了,然后他的眼睛就迅速悄悄地移开了,他一点儿都弄不清楚下面发生的事了,尽管斯蒂文已经听到刘易斯的爸爸正在接受唧唧喳喳的盘问,而且被警察释放,没有受到指控,但刘易斯的爸爸被释放后再也没有去红狮子酒吧买酒喝了。

而后,刘易斯的回忆重申了关于奶奶如何看见斯蒂文躺在那里,一件淡绿色的卡迪根式开襟毛衣紧紧缠在他的脖子上,血像《天哪》恐怖电影里出来的东西似的从他的眼睛里流出,而且她先是怎么样颓然坐下,然后在紫色的花丛中倒下,男人们怎么样——一旦他们知道斯蒂文会没事——全部冲过去救她。而且,刘易斯在他的背景中让他的父亲当了那个时刻的英雄,否认了斯蒂文醒来看见刘易斯的爸爸在一种血涌脑门的迷乱状态中站在旁边而其他人都在抢救这一真实情况。

斯蒂文不在乎。刘易斯应得那块三明治好的一半。

他奶奶无力的双臂在袜子上颤动的时候,斯蒂文想知道山地车的轮子现在在哪里,把轮子要回来该多好啊。警察把彻底毁坏并染上了血的手推车、他的铁锹、淡绿色的卡迪根式开襟毛衣一起用袋子运出了沼泽地,还有阿诺德·埃夫里。

斯蒂文下意识地摸了摸他的喉咙,喉咙仍然又肿又疼,允许他大量吃冰激凌和果冻。当然,是在刘易斯的帮助下。

用手指摸自己的喉咙使他全身打战,尽管屋里的煤气取暖炉子开着,屋里像夏天一样暖和。像那样自摸使他感到像杀手似的。他手指底下敏感的皮肤,奇怪的凹陷,他自己气管的软骨组织,跳动的血管全都是奇怪松软的易受攻击的地方。过紧的拥抱、过重的挤压、过多的寒意都能使他崩溃并轻而易举地被人征服。

在过去的两个星期当中,斯蒂文想得最多的是杀手的事情。关于黑土地和比利舅舅他也想了很多。

而且,那片白色的欧石南也想了很多。

埃夫里一直坐在那里,在白色的欧石南中等待他们。

他强迫斯蒂文上到土堆上面,让他在白色的欧石南中跪下。

"跪下!"

斯蒂文又一次不寒而栗。

"你冷吗?"奶奶警惕地看着他。

斯蒂文舒适地蜷伏在她从比利舅舅的床上给他拿来的羽绒被底下,摇了摇他的头。

奶奶把熨斗竖在金属格栅上,掂起黄棕色的纸袋子。

"给你。"她说。

斯蒂文坐起来,从她手里接过袜子。袜子还是他的旧袜子,但就像新的一样,比新的还好。

她看着他穿上袜子,扭动着他曼彻斯特城天蓝色的脚趾头。

他抬起头看着她,突然不得不紧咬嘴唇,不让嘴唇松开。

她看到他依然粉红的眼里含着泪水,把一只手放到他的头上,免除他必须表示他的感谢。

"奶奶!"

"嗯？"

"我想……"

他嗯了一声，又开始说了，声音仍然沙哑，很低。

"我想，我知道比利舅舅在哪儿了。"

她的手在他头上扭动了一会儿，斯蒂文在突然的恐惧回忆中，在她的手下浑身打了个激灵，但他没有离开她的手。他强迫自己用心地恢复平静，让她的手呆在他的头上，不会伤害他，他的头感到温暖舒服。

他能感觉到她在思考，仿佛通过这个身体与她的思考连接上了似的。

奶奶很长时间缄言不语，当她说话时，她一边说一边轻轻地抚平他的头发。

"你恢复好了，"她说，"那才是最重要的事情。"

后　记

　　《挖掘》绝对无意要写成一部犯罪小说。我想它会成为一个关于一个小男孩和他外祖母的一个很小的故事。

　　当我在电视上看到一个被谋杀了很长时间的孩子的母亲，开始想知道犯罪的影响，例如埃夫里的犯罪，犯罪为什么会多年、一生——也许甚至是几代人影响着人们的时候，写这本书的灵感来了。

　　我想："如果我是儿子被谋杀的一个女人的孙子的话，那件事会怎么影响我？我的一生会怎么样？"转眼间，我就有一种一个家庭悲惨地破裂的巨大感觉，这个感觉在谅解和巨大的痛苦方面超出了我所有的预想。一个十二岁的孩子都早已想到了，那时，我唯一的问题是："我怎么能够改变这个想法？"

　　作为斯蒂文来说，给埃夫里写信求助似乎是完全符合逻辑的。作为埃夫里来说，为了满足我自己的需要安排这个追求真理的人物是一种残酷的快乐。从那里，这个完全失控的感觉把《挖掘》赶入了出人意料的黑色土地。

　　这是一部虚构的作品。我的人物不是根据任何真人，活着的或者死去的人塑造的，如有雷同，纯属巧合。然而，埃夫里从长高沼地翻墙越狱是受到了一个真实的监狱骚乱事件的启迪，此事发生在2003年。

译后记

自 2006 年 10 月，在中断了十年之后我重新拿起笔来翻译长篇小说，每译一部书，我都会经历一件我人生中极为不平凡的一件事，《挖掘》这部书也没例外。如果说在译其他几部书的时候，我经历的人生之事称为"极不平凡"的话，那么，在译《挖掘》这部小说期间我所经历的人生之事可以称为"最不平凡"。2011 年 3 月 2 日上午 9 点 30 分，我的儿子孔繁想降临世间。中年得子，善莫大焉。4 月 2 日，到了给儿子过满月的时候，朋友们鹄望以待，要喝满月喜酒，然《挖掘》还有三分之一没有译完，我只有将儿子的满月庆祝活动束之高阁。《华商报》读书周刊编辑张静等众多至友数次电话催问，我回答说等这本书译完后再说，张静们批评说，给儿子过满月比译书还重要吗？我始终认为，给儿子过满月固然重要，但按时给出版社交稿则更为重要。译稿按时交给新星出版社综合部主任李娟后，我请了八十位各路精英朋友，摆了八桌豪华宴席为儿子过了满月，时间是公元 2011 年 6 月 4 日，孔繁想降临人世九十二天之际。

当然，《挖掘》的最后几万字是在一边给产妇做饭，一边给婴儿洗尿布的过程中翻译完成的。李娟可怜我，在电话中说，你们要是在北京的话，我来帮你看孩子，你专心翻译。虽然是一种假设的话，我听后还是感激涕零。遥想译事，往事不堪回首，2008 年给译林出版社翻译美国作家托马斯·马伦的小说《地球上的最后一座小镇》的时候，恰遇 5.12 汶川大地震，西安震感剧烈，马伦根本不知道，他的书是在持续两个月的书房摇晃的惊慌之中翻译完的；2009年在给群众出版社翻译英国作家雷纳德·希尔的小说《儿戏》时，正值我举行新婚大典的时候，由于交稿时间紧迫，大典的筹备时间只用了十三天时间便匆忙举行；2010年在给译林出版社翻译美国女作家戴安娜·迪克逊的小说《隐讳》的时候，正值孔繁想他皇额娘孕育他的阶段，孕妇的行动不便和娇情混合在小说翻译这项伟大的事业当中，对译者来说，既是一种毅力的考验也是一种水深火热的炼狱；2011年在译《挖掘》这本书的时候，小贝勒出世，译林出版社外国文学出版中心主任王理行博士说，西北地区唯有你一人被出版社邀请译书，你不下地狱谁下地狱？其实，对我来说，磨难多了就会变成一种淡定。《挖掘》就是在淡定和坚韧的耐性中完成的。然而，《挖掘》这本小说的难译程度超出了我的想象，贝琳达·鲍尔使用了大量的生冷词汇、方言、土话、同义词和近义词，使我在翻译过程中，对每一个句子每一个段落都丝毫不敢马虎。

小说翻译的最大困难是对句子的正确理解和通篇把握，书中的难点难词，一些翻遍所有词典也找不到的罕见词汇，作者贝琳达·鲍尔都给予了解释，减少甚至是消除了诸多遗憾，对于她的帮助，我表示衷心的感谢。

2010年11月，在译林出版社外国文学出版中心主任王理行博士的举荐下，时任新星出版社副社长（现任外文局事业发展部副主任）的于九涛博士和新星出版社综合部主任李娟力邀我翻译《挖掘》这部小说，使我有幸成为《挖掘》这本书的译者，我谨代表我自己向王理行、于九涛和李娟表示深深的敬意和感谢。

一部小说的出笼面世，编印过程复杂劳人，几位编辑在这部书的编辑过程中倾尽了心血，付出了艰辛的劳动，我向他们致以深深的谢意。

由于本人比较落伍，至今不能在电脑上直接将译稿打出，我的同事张璇和黄燕两位编辑帮我将《挖掘》这部译稿在电脑上打出电子版发往出版社，我对她们给予的帮助和辛勤劳动表示极大感谢。

尽管在翻译这部小说时发扬了一丝不苟的精神，但由于译者水平有限，错误之外在所难免，恳请方家批评指正。

孔保尔

2011．6．13 凌晨于西安